国家出版基金项目
"十二五"国家重点图书出版规划项目

中國京劇流派劇目集成

启功题签

《中国京剧流派剧目集成》编委会 编

第 拾肆 集

學苑出版社

图书在版编目（CIP）数据

中国京剧流派剧目集成 ：第 14 集 ／《中国京剧流派剧目集成》编委会编．—北京 ：学苑出版社，2014.1
ISBN 978-7-5077-4452-1

Ⅰ．①中… Ⅱ．①中… Ⅲ．①京剧－剧本－作品集－中国 Ⅳ．① I232

中国版本图书馆 CIP 数据核字 (2013) 第 304555 号

出 版 人：孟　白
责任编辑：潘占伟
装帧设计：徐道会
出版发行：学苑出版社
社　　址：北京市丰台区南方庄 2 号院 1 号楼
邮政编码：100079
网　　址：www.book001.com
电子信箱：xueyuan@public.bta.net.cn
销售电话：010-67675512　67678944　67601101（邮购）
经　　销：新华书店
印 刷 厂：北京信彩瑞禾印刷厂
开本尺寸：889×1194　1/16
印　　张：12
字　　数：292 千字
版　　次：2014 年 5 月第 1 版
印　　次：2014 年 5 月第 1 次印刷
定　　价：180.00 元（精装）

序言

◎黄克

京剧向称国粹艺术，内容博大精深，剧目十分丰富，人们常以"汉唐三千宋明八百"形容其浩瀚。其中流派剧目又以演员表演的鲜明个性使剧目显得更为多彩多姿，充满魅力，既被专业人员钻研承继，也为广大戏迷喜闻乐见，遂成为京剧舞台上一大亮点。

流派

举凡表演艺术，原本就无不带有表演者的个人色彩。京剧表演艺术因其唱念做打诸多方面功夫的综合性和繁难性，表演的个性化尤为突出；加以行当的粗分、剧目的雷同，于大致相同的条件下尽显各自的千姿百态、千变万化；一招一式、一腔一韵之中可以体现不同的特色，同样一出戏，甚至同样一个戏中人物也完全可以演出不同的风采，这种充满个性化的表演，遂成为京剧竞技场上最是为人乐道而又情趣无穷的审美内涵。倘若这种富于个性化的表演为受众所认可，且代有传人，形为规范，即可自成一家，成为迥异于他人的艺术流派。以"四大名旦"(梅兰芳、程砚秋、荀慧生、尚小云)为例，虽皆工旦行，却又各有千秋。京剧大师王瑶卿就曾这样分析这四位后起之秀的独到之处："梅兰芳的样儿，程砚秋的唱儿，尚小云的棒儿，荀慧生的浪儿。"所谓"样儿"，指梅的艺术造诣全面，要什么有什么；所谓"唱儿"，指程以行腔之新颖动听为能；所谓"棒儿"，指尚的刀马功底深厚；所谓"浪儿"，指荀的柔媚多姿、风情万种。寸长尺短，一语道破各有专擅的各家流派特点。如此成就固然来自自己的勤学苦练、苦心孤诣，更少不了观众的知音捧场、鼓励有加。因此，一个艺术流派的形成，对于创始人来说，无疑是开拓了审美追求的新境界；对于受众戏迷来讲，则更是得到了多样化审美需求的新满足。梨园行有云：唱戏的是疯子——指其追求的执着，听戏的是傻子——指其享受的痴迷。二者相得益彰、相映成趣，或许正道出京剧流派形成之三昧。

流派剧目

在京剧传承的一二百年间，随着历史的变迁、社会的发展，以及新人辈出、师承转换，荡涤旧物、崇尚新声，传统剧目中的绝大部分早已绝迹于舞台，然而，其精华部分（包括剧目中表现出来的唱念做打等程式体系）还是被完好地保存了下来，并得到长足的发展。其间，流派创始人于剧目的推陈出新做出了不可磨灭的贡献。基于对剧目乃至剧中人物的理解和认识，以及更便于发挥自己技艺特长的需要，流派创始人对浩如烟海的传统剧目进行了严格的筛选，经过了整理加工再创作，使之又焕发出崭新的韵味和光彩；随着这样剧目的增多，最终形成了自己流派所特有的剧目系列。而另外的流派又在另外的剧目系列中发挥着自己的优势，即或剧目相同，不同流派依然可以于演出中表现出自己的独特风格。总之，在其演出的剧目中，无不打上自己表演风格的鲜明烙印。京剧舞台上一度出现的这种百花齐放、争芳斗艳的盛况，实由自丰富多彩的流派剧目，这在京剧发展史上已是不争的事实。

但也应看到，如今京剧流派剧目相对于京剧的鼎盛时期，已是光景不再。个中原因很复杂，就客观因素而言，新兴的艺术形式的多种多样，人们的欣赏习惯和娱乐方式已经有了更广泛的选择余地，因而完全可以去旁骛；此外，就京剧本身而言，演出剧目之贫乏不能不说是观众锐减的重要原因之一。本来演出场所和演出场次就不多，翻来覆去又只是那几出骨子老戏，怎么能吸引观众，特别是年轻观众呢？——连那些老戏迷们也都听腻歪了。

回过头来看，今日演出剧目的贫乏和流派创始人晚年艺术景况也不无关系。他们在艺术的巅峰期——集中在上个世纪二三十年代，创作或改编了一出出新戏，直令观众赏心悦目，目不暇接。当其时，除了富连成科班或游动的散班演出些大路戏外，北京的京剧舞台几乎就是流派剧目的天下。据1932年商务印书馆出版的《五十年来北平戏剧史材》的记载，自民国十二年（1923）至十八年（1929）这六七年间，以梅派剧目为例，只"初演"的剧目——也就是自家独创的新戏或整理改编的传统戏，就有前后本《西施》、《洛神》、《廉锦风》、头二三四本《太真外传》、《俊袭人》、全本《宇宙锋》、《凤还巢》、《春灯谜》等12出戏（其中前后四本《太真外传》这四出戏是在一年多时间里陆续完成的）；同一时间段，马派"初演"的剧目也有《化外奇缘》、全本《玉镯记》、《秋灯泪》、《战宛城》、全本《火牛阵》、《鸿门宴》、全部《临江馆（"馆"应作"关"）》、全部《浣纱溪》、《范仲禹》、全本《清风亭》、头二三四本《大红袍》、全本《天启传》、《许田射鹿》、全本《十道本》等15出戏（其中《大红袍》分头二和三四本两次演出），当然，其中还不包括“初演”以外的经常性的大量的传统戏演出。试问，这些曾经轰动一时的流派创始人编创的新剧目于今又有多少出传承下来了呢？个中主要原因就在于流派创始人到了晚年一些唱做吃重的剧目已难胜任，只有将其已臻于炉火纯青的技艺凝炼到少数剧目之中，或演出或教习也只拘囿于这少数几个剧目了。而其传人也就将这几出戏奉为圭臬，全不知其鼎盛时期的所谓“文武双全”、所谓“昆乱不挡”为何事，致使一些当年的热门戏几近失传，这不能不说是梨园一件憾事。记得梅兰芳先生曾撰文论述学艺过程中的“少、多、少”，大意是初学时会的戏（包括技艺）自然是少的。随着所学剧目的增多，技艺的增长，激发起拓宽其艺术驰骋领域的热情，兼收并蓄，从而极大地丰富了自己。进而又随着审美取向的定型，艺术见识的提高，势必要对自己所学所用下一番去芜存精的工夫，扬长避短，使自己的独特技艺集中在少数几个代表剧目之中。表面看来演出的剧目是少了，但炉火纯青，在艺术创新上却达到了新境界。从少到多，从多而少，贯穿着的是继承与发展的艺术成熟的过程，也闯出了一条攀升艺术高峰的必由之路。后学者以为，学会了几出流派代表剧目便可以薪尽火传，得到了真经，孰不料缺少广博的根基，既影响个人的发展，也造成了剧目越传越少的现实。这难道不是应该汲取的教训吗？

有道是“礼失求诸野”。由于流派剧目的独特韵味及其所富有的艺术魅力，由于京剧作为自娱自乐的审美取向已深入人心，更由于迷恋传统演唱艺术者的大有人在，京剧传统剧目——包括一些已经消失于舞台的流派剧目，至今仍在京剧爱好者中间传唱不息。我们不妨到公园里看一看那一圈圈围着的戏迷，他们来自四面八方，或许彼此并不相识，只凭一把胡琴就将大家凝聚在一起，有滋有味地互相欣赏着一段段流派唱腔。更不用说那遍布全国各地乃至国外华人聚居区的票房，他们还时不时地粉墨登场，过一把戏瘾呢！这种自拉自唱、自娱自乐的红火场面，充分显示了京剧流派剧目的深厚群众基础和顽强的生命力，对于相对落寞的京剧舞台不啻一种发人深省的挑战。然而，这又何尝不是对京剧振兴的潜在的呼唤和有力的支持呢！

流派剧目集成

正鉴于其强大的生命力和深厚的群众基础，“振兴京剧”作为文化建设的国策的提出可谓正得其时。而振兴之务，首要的是挖掘和继承优秀传统剧目，以之作为发展和创新的基础和借鉴。我们编纂《中国京剧流派剧目集成》的初衷正在于此：将流派剧目演出的精彩瞬间记录于永恒，将构成流派剧目的诸多元素一一记录在案。诸如每剧的剧情本事、创始人表演特点的提要，剧中人物行当归属、服装扮相，剧本曲文、唱腔谱、伴奏谱、锣鼓经，以及身段谱等得以再现流派表演风格的内容，都力图完整地记录整理出来，为流派艺术的教学和研究提供文字的基础资料。持此，内行自可作为表演的参考，京剧爱好者也可以作为演习的蓝本。

这一工作，对于京剧剧目的基本建设虽然可谓之善举，但具体做起来却困难多多。首当其冲的就是剧目的选定。京剧剧目虽称汗牛充栋，但保存下来的资料却十分有限。京剧形成初期，以“老生三杰”又称“前三鼎甲”的程长庚、余三胜、张二奎为代表的一代固然没有留下什么音像文字资料；即或以“老生新三杰”又称“后三鼎甲”的谭鑫培、孙菊仙、汪桂芬为代表的一代除了少量的唱片外也没有完整的剧目传下来，所以我们的剧目整理工作只能从民国初年以降的“四大须生”、“四大名旦”开始。他们受熏陶于前辈艺术家，可谓传统的集大成而又能创新的一代，整理剧目以他们为重点自然最合适不过。遗憾的是这些艺术大师大都已经作古，得到他们指点和首肯已不可能，为此，我们只能通过其亲传或再传弟子来进行流派剧目的整理工作。从中我们更深地体会到抢救要及时，当初未能抢救下来现在也不要嫌晚而不为，抢救一点是一点，否则能够保存下来的精华越来越少，越加难向历史向后人交代了。

更难的则是遴选整理者。剧目的全面整理需要全面的人才。我们在组织稿件的过程中却发现这样的人手颇不易得。如果流派创始人或其传人曾在戏校任教，且有较为完整的教案保存下来，今日稍加整理即可选用，自然不是难事。不过这样的情况并不多，大量的剧目尚需要对当年的演出本进行追忆记录，加工整理。曾经受业于流派创始人或其传人的京剧工作者虽然是整理演出本的合适人选，但是他们大都是单位的骨干，忙于演出，忙于剧务，或居于领导职位，很难分出身来。即或肯于应承下一两出戏，也常有如下的情况：能演不能说，能说不能写，能写又不能打谱。因此，完成一个剧目经常需由记录者、整理者和打谱人联袂而行，倘再加上剧目的传授者和提要的撰写人，则非四五人鼎力不可。《中国京剧流派剧目集成》收入二百多出戏，每出戏即使平均两三人参加，也要组织四五百人次。其繁难可以想见，其壮观亦可以想见。当然，这还仅就整理者的数量而言，更为难能可贵的还在于参与者的无私奉献。试想，跟演一出戏或教一出戏相比，以文字整理出一出戏，不仅费时而且费力，无疑是一桩一般人不肯为也不屑为的苦差事，而我们的整理者却能甘之如饴，乐此不疲，没有为京剧事业的传承而不计个人得失的宝贵情操，是难有这种积极性的。不仅如此，随着岁月流逝，整理流派剧日益困难，更需要求助一些老专家，他们或是资深艺员、教师，或是资深票友、戏迷，而今已是硕果仅存的京剧艺术的专家、流派历史的见证人。在他们身上洋溢着一种传承京剧流派的使命感，和对振兴京剧的期待。他们热情地参加到这项工作中来，或亲自动手，为我们整理剧目；或答惑解疑，给我们工作以指导。使我们在受教于他们的同时，油然而生一种深深的敬意。

克服了上述困难，《中国京剧流派剧目集成》终于呈现在读者面前。书中，除了囊括主要流派的主要代表剧目，试图反映京剧鼎盛时期的大致面貌而外，尚有可说道者。

首先是挖掘整理出一批流派剧目，其中不乏已近失传的流派艺术精品。其中共收流派五十余家、剧目二百多出，不仅是从装扮到曲谱俱全，而且半数以上不曾整理出版过，可算是京剧剧目建设的一个不小的工程。下列剧目可为佐证。如王（瑶卿）派名剧《南天门》（今能见到的只剩下王和老谭合拍的剧照）、余（叔岩）派名剧《太平桥》（据说是老谭给余说的开蒙戏）、马派名剧《白蟒台》（写王莽被俘后向旧臣一一乞命事，老生扮演反面人物堪称奇特）、麒派名剧《斩经堂》（其中吴汉的悲剧性格曾引起过热烈争论）、荀派名剧《鱼藻宫》（写吕后残害戚姬事，乃荀派悲剧剧目之一），以及汪（笑侬）派名剧《哭祖庙》、龚（云甫）派名剧《徐母骂曹》、徐（碧云）派名剧《绿珠坠楼》、裘（盛戎）派名剧《打銮驾》等，都是难得一见的流派剧目之珍品。而以“关外唐”名世的唐（韵笙）派名剧经其家人和传人的努力竟整理出其代表作《驱车战将》、《闹朝击犬》、《好鹤失政》、《绝龙岭》、《未央宫斩韩信》、《刀劈三关》等七出之多，堪称流派剧目建设的新收获。除此之外，《中国京剧流派剧目集成》还特别着力于武戏的挖掘整理。较之文戏，武戏更难整理，需要将演员在台上的动作招式一一准确地反映出来，没有深入的钻研领会、亲身体验，很难下笔。众所周知，杨小楼作为一代武生宗师，其“武戏文唱”乃武生的不二法门，也是令人神往的一种表演境界，在武戏剧目整理中理应得到体现。资深票友朱家溍先生得其真传，整理了杨派名剧《麒麟阁》，并详细记述了前后六次观剧的心得，惜乎不及将其用工尺谱记下的昆曲吹腔翻为简谱便溘然而逝了。另一出杨派名剧《镇潭州》则是根据京剧耆儒刘曾复先生的讲授整理出来的，其中杨再兴上场的“蝴蝶霸”、和岳飞对打的“枪架子”，皆独得杨派之秘，给人以再闻《广陵散》般的惊喜。此外，高盛麟的《长坂坡》、《走麦城》，王金璐的《落马湖》、《虮蜡庙》也都走的杨派的路子，有的就是直接跟杨宗师学的。南派大武生盖叫天武功盖世，他的剧目身后却乏人整理，多亏移居上海的原中国戏校武功教师赵雅枫先生以耄耋之年勉力整出《一箭仇》，也算保存了盖派一脉。还值得一提的是收获了一批武丑戏。叶盛章当年是以武丑戏挂头牌演大轴的第一人，勇于创新，能戏甚伙，现将其创作的名剧《酒丐》、《祥梅寺》、《打瓜园》、《徐良出世》、《三盗九龙杯》、《铜网阵》等七出代表作一并推出，既再现了叶氏当年神勇，也为乏人承继的武丑行当提供一些演习之本。尤为可喜的是我们也挖掘整理出富连成科班总教习、文丑“萧派”创始人萧长华老先生的《选元戎》、《荡湖船》、《变羊记》等已近绝迹舞台的拿手剧目。凡此，整理者挖掘流派剧目的辛勤劳作成果，均为我们编纂“集成”增添了光彩。

为了方便读者翻检使用，本书采取四五出戏合编一册的形式，这样全书约有五十册之多，并拟分三批推出。第一批为老生行的余派，以及号称“南麒、北马、关外唐”的三派，和武丑行的叶（盛章）派，计五家八册。第二批则以旦行“梅、尚、程、荀”为代表，包括老旦、刀马旦等流派。第三批是老生、小生、武生、净、丑等其他流派。

预期一两年内出齐。倘若其中有重要疏漏，又得人整理，亦可考虑编辑出版“集外集”，以满足读者的需求，也使这部“集成”更为名副其实。

当然，《中国京剧流派剧目集成》的编纂，其目的只在提供流派剧目作为研究家和后学者的参考借鉴。而流派、流派，意重在“流”。所谓流，指流行和流变。流派艺术正是在流行、流变中最终形成的，即或在最终形成之后，也还是靠流行、流变而发展的，倘若泥古不化，抱残守缺，就会失掉其鲜活的生命力，艺苑奇葩也会枯萎，这已为京剧发展史所证明。不过，流派艺术发展也需要有个前提，那就是首先要掌握渗透在表演程式唱念做打、手眼身发步中的艺术个性，而流派剧目就是其艺术个性展现的载体。继承流派艺术，不能只满足于模拟外在的“体”，更要在剧目演练中去体味其艺术个性的“魂”，这样才能促使京剧流派艺术从剧目建设到表演个性都得到发扬光大。此乃传承流派剧目的题内之义，自毋庸赘言。

目录

尚小云

尚长春 **口述** 万凤姝 万如泉 **整理**

汉明妃

尚小云演出本

汉元帝选妃，朝臣张槐奏越州太守王朝珊之女昭君貌美。元帝命画工毛延寿去往越州描绘真容。毛延寿因索贿未遂，恼羞成怒，将昭君画得奇丑。元帝见像震怒，囚昭君于永巷。一日，帝游冷宫，偶遇昭君，方知受骗，遂封昭君为明妃；降旨要杀毛延寿全家。毛事先得信逃跑，将昭君真容献于番王单于。单于下令兴兵侵汉，索取昭君。元帝无奈，遂命昭君和番。昭君见番王单于，提出从今后不许侵犯汉室疆土、将已真容带回汉朝、将毛延寿斩首三个条件。单于一一听从，当面将昭君真容交昭君之弟王龙带回，将毛延寿杀死。

《汉明妃》一名《王昭君》，又名《昭君出塞》、《青冢记》。在元、明时，流传王昭君故事的戏剧颇多，如元代马致远的《汉宫秋》杂剧、关汉卿的《哭昭君》杂剧、吴昌龄的《月夜走昭君》杂剧；到明朝时，有陈与郊的《昭君出塞》杂剧、《和戎记》传奇。尚小云所演的《汉明妃》，据萧盛萱讲：当年昆班演出的《昭君出塞》，据说是弋腔旧本，所唱属于弦索调，一般标明是《青冢记》中的一折。它以唱为主，以舞为辅，流传久远。从尚小云起，将这折戏增首益尾，编成整本的《汉明妃》。此次在整理尚派《汉明妃》一剧时，曾查阅弦索调《昭君出塞》和尚本《昭君出塞》，除个别念词有出入外，唱词基本相同。

《汉明妃》成为尚派的代表作，我想其原因有三。

首先，在人物塑造上，尚小云在此剧中，塑造了一个以国家利益为重，识大体、顾大局，具有高尚品质的妇女形象。王昭君虽牺牲了个人的幸福，但她亲自去北番和亲，换来的是边疆稳定、汉室安宁、人民免受兵灾。

其次，尚小云对《汉明妃》一剧的音乐，进行了创造和充实。此剧既有弋腔、又有皮黄腔，但从整剧的音乐进行来看，它并不显得是“硬山搁檩”，相反，《出塞》的音乐和唱腔别具一格。在第三场戏里，王昭君上场唱的〔西皮慢板〕，头一句“困人天蝶莺飞暮春时候”，“困人天”三个字，唱得特别有精神，在“蝶莺飞”行腔的安排上，委婉迂回、刚柔相济、抑扬分明，尤其是“暮春时候”的“候”字行腔，腔一蹦出既有力度，又灵巧，显示了一个少女的青春活力。王昭君被打入冷宫后，唱的〔二黄散板〕，唱虽不多，尤见功力。在唱“伤寂寞”的“寞”字时，用了颤音，贴切地反映出王昭君在冷宫中忍受的孤独和冷清。

再次，阳刚壮美之舞蹈，是《汉明妃》一剧的特点之一。在过去，对《出塞》这出戏，素有“唱死昭君，累死王龙，翻死马童”的说法。其实，说是“唱死”、“累死”昭君也不为过。那让人看着惊心动魄、具有阳刚之美的身段，那高亢峭拔的歌声，伴着使人眼花缭乱的马趟子，那载歌载舞的表演，让人倾倒，让人惊叹！

在《昭君出塞》里，尚小云调动多种艺术手段，来丰富表演。首先，他结合剧情，运用了各种各样的脚步，来渲染特定的环境、特定的气氛。“先看一步走，再听一张口”。《出塞》里送别的那场，王昭君的出场脚步用的是“压步”。这一步走是那样庄重沉稳，走出了娘娘的身份及离别前的沉重心情。再有在“马趟子”表现马失前蹄，向前疾走的“盖鞭三倒步”，表现勒缰时的“左右跨步”、“碎步”后退和“垫步”，这些步法以虚带实、虚实交融，达到了以步抒情的艺术效果。值得一提的是《出塞》的圆场，小云除了使用一般跑法的圆场外，他那伏身、拧腰、蹲腿的快步圆场很有特色。跑起来很“边式”。如〔楚江吟〕中的“汉岭云横雾迷”的动作，“汉岭云”双手持鞭三绥指出。“横雾迷”唱出时，左手扯起斗篷，右手横端马鞭，敏捷快步地走“塌身圆场”。这行走如风的圆场，将斗篷随风带起，那飘飘洒洒的美姿，使人们仿佛看到是一只展翅飞起的蝴蝶。这种“塌身圆场”是很吃功夫的，它需要腰里的“擎劲”和“拧劲”、双腿的“蹲劲”、脚腕子的“轧劲”。这三股劲拧在一起，才会形成有姿有神的身段。圆场跑完后，在“迷”字的落音结束时，尚小云走了一个以屁股坐子“起法儿”，而落地时变后背着地、仰面向天的大“卧鱼”。〔楚江吟〕的唱腔是不上板的，但这散腔的节奏，高亢的行腔，行走如飞的圆场，惊险、高难度的大“卧鱼”特技，正是用来恰如其分表达昭君刚出关就碰到汉岭如此恶劣天气后宣泄心中蓄积已久的复杂情感的有效手段。这情与技和谐的统一产生了强烈的美感。

王昭君的扮相是昭君盔、翎子、狐狸尾，带水袖的昭君服、斗篷。这在掏翎子时，既要顾及水袖别缠上翎子，又要顾及身上的姿态，这是难度不小的技巧，可尚小云在戏中却做得游刃有余。那翎子在他手里犹如活的一般，怎么掏怎么准，怎么用怎么是。那双手颤动的“抖翎”，那手指手腕交错绕转的“绕翎”，那双唇紧闭的“衔翎”，那双翎并扬的“搬翎”，那因情而变的各种造型的“掏翎”，这一切做得既干净利索又潇洒帅气，无处不显示出美的魅力。常言说：“技不惊人不算精，情不动人不算真。”尚小云正是用动人的情、惊人的技，把观众带进了想象的意境之中，给观众展现了一个有血有肉、栩栩如生的王昭君形象。

万凤姝

人物行当

张　槐	老生	十宫女	旦
鲁　成	净	女輦夫	旦
宋颜昭	老生	马　夫	武丑
张守信	净	院　子	老生
刘　奭	老生	车　夫	杂
毛延寿	净	王昭君	旦
四太监	杂	王朝珊	老生
二大太监	丑	王　龙	丑
杂　毛	丑	梅　香	旦
金吾卫	净	单　于	净
四青袍	杂	虏　王	净
四校尉	杂	八番兵	杂
郑仁德	小生	报　子	丑

服装扮相

张　槐　俊扮。相纱、髥三，香色蟒、玉带、苫肩，香色彩裤，厚底。

鲁　成　勾红三块瓦。侯帽、黑满，红蟒、玉带、苫肩，红彩裤，厚底。

宋颜昭　俊扮。方纱、黑三，白蟒、玉带、苫肩，红彩裤，厚底。

张守信　勾白三块瓦。黑大镫、黑满，绿蟒、玉带、苫肩，红彩裤，厚底。

刘　奭　俊扮。王帽、黑三，黄蟒、玉带、苫肩，红彩裤，厚底。后换黄帔衬红褶子、九龙冠。

毛延寿　勾白脸沫。尖纱、黑满，紫官衣、玉带，紫彩裤，厚底。后换紫褶子，青绒大坎肩，系绦子（或软带），学士巾。

四太监　俊扮。太监帽、太监衣，红彩裤，薄底。

二大太监　丑扮，勾圆脸。大太监帽，绣花褶子（红、绿各一件），系绦子，红彩裤，朝方。

杂　毛　丑扮。黑大板巾、八字吊牟，绿箭衣、大带、黑马褂，红彩裤，朝方。

金吾卫　勾油白三块瓦。黑满、黑扎巾、大额子，蓝箭衣、青团龙马褂、大带、下甲，红彩裤，厚底。

四青袍　俊扮。红秦椒帽，青袍，红彩裤，薄底。

四校尉　俊扮。黑大板巾、小额子，紫箭衣、黑马褂、大带、苫肩，红彩裤，薄底。

郑仁德　俊扮。荷叶盔挂穗子，淡青绣花褶子，系绦子，粉彩裤，厚底。

十宫女　俊扮。梳大头、线尾子、顶花、过桥，素褶子、云肩、白素裙，彩裤，彩鞋。

女犛夫　俊扮。梳大头、线尾子、面牌、偏球，打衣打裤，战裙、云肩、腰巾子，彩薄底。

马　夫　勾马童白脸。改良头巾、小额子、小耳毛子，侉衣、坎肩，青彩裤，白袜、裹腿、洒鞋。

院　子　俊扮。青软罗帽、黄绸条、黪三，青素褶子、大带，青彩裤，厚底。

车　夫　俊扮。梢子帽，青布箭衣、大带，青彩裤，白布袜、皂鞋。

王昭君　俊扮。梳大头、线尾子、水钻头面，淡青褶子、绣花裙子，浅色彩裤，彩鞋，淡青包头，粉红色斗篷。“出塞”时，凤冠、红蟒、玉带、云肩，后换昭君盔、狐狸尾、翎子，昭君服、飘带裙子、红斗篷。

王朝珊　俊扮。方纱、黪三，蓝帔衬红褶子，青彩裤，厚底。

王　龙　丑扮。绿文生巾，绿褶子，红彩裤，朝方。“出塞”时，圆纱、狐狸尾、翎子，红蟒、玉带，红彩裤、红帔衬素褶子，后换鞑子帽、短狐狸尾、绿褶子系绦子。

梅　香　俊扮。梳大头、线尾子、抓髻、水钻头面，裤子袄子，坎肩，腰巾子，彩鞋。

单　于　勾瓦灰脸。八面威、狐狸尾、翎子、黑满，蓝蟒、玉带、苫肩，红彩裤，厚底。

虏　王　勾黑碎脸。蓬头、翎子、狐狸尾、黑扎、黑耳毛子，黑蟒、玉带、苫肩，红彩裤，厚底。

八番兵　揉脸。鞑帽，素箭衣、大带，青彩裤、薄底。

报　子　丑扮。鞑子帽，蓝布箭衣、大带、卒坎、青彩裤，薄底。

道具

桌子	两张	**椅子**	两把
香炉	一个	**牙笏**	四支
红门旗	四面	**描金扇**	两把
车旗	一副	**琵琶**	一个
宝剑	一口	**提炉**	一对
宫灯	一对	**符节**	一对
掌扇	两把	**古镜**	一面
圣旨	一道	**云帚**	两把
文房四宝	一份	**马鞭**	六根（各色）
白画纸	一张	**画像**	一幅
黄包袱	一个	**腰刀**	六把
报旗	一面	**红桌围椅披**	一堂

第一场

张　槐
鲁　成
宋颜昭
张守信　（内白）嗯咳！

「【一锤锣】四朝官张槐、鲁成、宋颜昭、张守信由“上场门”上场，整冠、理髯，四人向前台口走去，至前台口站“横一字”。【大锣归位】

张　槐　（念）巍巍架海紫金梁[1]，

鲁　成　功勋久列在边疆；

宋颜昭　簪缨世代人钦敬，

张守信　圣主恩德日月长。【大锣住头】

张　槐　下官【撕边一击】张槐。

鲁　成　下官【撕边一击】鲁成。【大锣住头】

宋颜昭　下官【撕边一击】宋颜昭。

张守信　下官【撕边一击】张守信。

张　槐　列位大人请了。（拱请式）

鲁　成
宋颜昭
张守信　请了。（拱请式）

张　槐　圣驾临朝，分班伺候。

鲁　成
宋颜昭
张守信　请！（拱请式）

「胡琴奏〔西皮小开门〕四朝官整冠、理髯、束带，由中间双分下场。四小太监由“上场门”上场，站门。二大太监持云帚由“上场门”上场，到台口后分站两旁。刘爽由“上场门”上场，抖袖、整冠、理髯，走至台口。

刘　爽　（引子）风调雨顺，

庆升平，四海风清。（转身归“大座”坐好。四朝官由两边分上，进殿，是“横一字”站）

四朝官　臣等见驾，吾皇万岁！（众打躬）

刘　爽　众卿平身。

四朝官　万万岁。

「众朝官分“八字”站好，曲牌止。

刘　爽　（诗）晓日熏风紫殿开，

万国来朝拜金阶。

---

① 这是戏曲中常见的一个词组。“金梁”应作“津梁”。津，渡口；津梁，为渡口和桥梁。喻义为引导事物或过渡的方法、手段。而“金梁”费解。

太平天子原无事，
剩有闲情畅心怀。

〔【小锣归位】四小太监归堂桌旁“八字”站好。

刘 奭 孤，大汉天子元帝在位。自孤登基以来，海晏河清，万民乐业。惟有一事叫孤十分忧虑；正宫皇后正位多年，不曾生下太子，皇嗣不宜下虚。三宫六院虽多，只是无有意中之人。

张 槐 臣启万岁：如选嫔妃，必须德容俱备。臣闻越州太守王朝珊之女王昭君，生得龙眉凤目，容光照人，秉性幽娴，可称淑女。何不差一使臣，选入宫中，立为偏妃，异日生下太子，也好传宗接代。臣举荐画匠毛延寿前往越州，描取仪容。不知万岁龙意如何？

刘 奭 卿言甚是。替孤传旨，宣毛延寿上殿！

张 槐 领旨。（从“大边”走至前台口）万岁有旨（拱请式）毛延寿上殿！

〔毛延寿内白：“领旨！”

〔【大锣五击】毛延寿从“上场门”上场，站右台口。

毛延寿 （念）皇恩春浩荡，文治日光华。【大锣住头】（进殿）

毛延寿 臣，毛延寿见驾，吾皇万岁！（跪）

刘 奭 卿家平身。

毛延寿 万万岁。（起身站“小边”）宣臣上殿，有何国事议论？

刘 奭 正宫皇后多年不曾生下太子，皇嗣不宜下虚。闻得越州太守之女王昭君，有倾国之貌，孤命卿前往越州，描取昭君仪容，勿负朕意。

毛延寿 领旨！

刘 奭 朝事已毕。

众 请驾回宫。

刘 奭 退班！

〔【一锤锣】刘奭抽场下；四太监、二大太监分两边下。众出殿往台口站，四朝官均站“八字”形，毛延寿站“八字”的中间。

张 槐
鲁 成
宋颜昭
张守信 毛大人此次若能成功，其功非小。但不知何日起程。

毛延寿 即日起程。

张 槐
鲁 成
宋颜昭
张守信 我等相送。正是：（扎）但愿此去姻缘巧。

毛延寿 选得贤妃慰圣心。

张 槐
鲁 成
宋颜昭
张守信 请！

〔【一锤锣】众人拱请式，张槐、鲁成、宋颜昭、张守信归“下场门”；毛延寿归“上场门”，分下。

第 二 场

〔【撤锣尾子】

〔杂毛内白：“啊哈！”

〔【小锣五击】杂毛从“上场门”上场，走至前台口。

杂 毛 （念）别说奴才威风小，

全凭老爷来升高。【小锣住头】

我，杂毛。乃是毛延寿毛大人手底下一名小差官。今有我家大人去往越州描取王昭君仪容，我想这趟差事，我们爷们儿又得肥上加肥。天不早啦，我先把我们大人请出来。有请大人。

〔杂毛走至“大边”站，向“上场门”打躬。

〔毛延寿内白：“嗯咳！”

〔【大锣五击】毛延寿从“上场门”上场，站台中。

毛延寿 （念）练就一枝丹青笔，

全凭恩怨定主张。

今奉圣命（拱请式），前往越州描取王昭君的真容。来，车马可曾备齐？

杂 毛 都备齐啦。

毛延寿 带马，越州去者！

〔【闪锤】四青袍两边上，由头家青袍给毛延寿带马，毛延寿上马。

〔西皮流水板〕

2 32 | 1 2 | 3 2 | 1 | 2 | 1 | 2 | 2 3 |

2 | 1 2 | 3 2 | 1 | 2 | 1 | 2 | 2 |

那 妙笔 丹 青。到 越 州 索

1 2 | 3 5 | 2 1 | 3 5 | 2 1 | 6 1 | 2 0 | サ 3

1 2 | 3 | 2 | 0 | 0 | 0 | 0 | サ 3

黄 金 十

3 2 2 1 2 3 5 2

拿 九 稳，

〖【快长锤】四青袍“插门”由“下场门”下，毛延寿走至左台口，右转身勒马亮相。

〔西皮摇板〕

（7 6 5 5 5 3 6 5 5 3 2 1 2 6 5 5 5）2 1 2

不 枉 我

1 3 – 2 2 1 6 1· 2 3 3 5 2 1 1 ‖

走 长 途 一 路 风 尘。

〖【大锣打下】毛延寿左转身打马从“下场门”下，杂毛随下。

第三场

〖【撤锣】 〔西皮慢板〕

4/4 0 0 0 0 | 1· 1 6 5 3· 2 1 2 |

【小锣夺头】

（龙 冬 答答 答答 | 台 另台 乙另 台

1 5 i 3 5 35 65ii | 3 6 3635 6i36 5 1 |

答 台 台）

（王昭君从“上场门”上，整衣、抖袖、

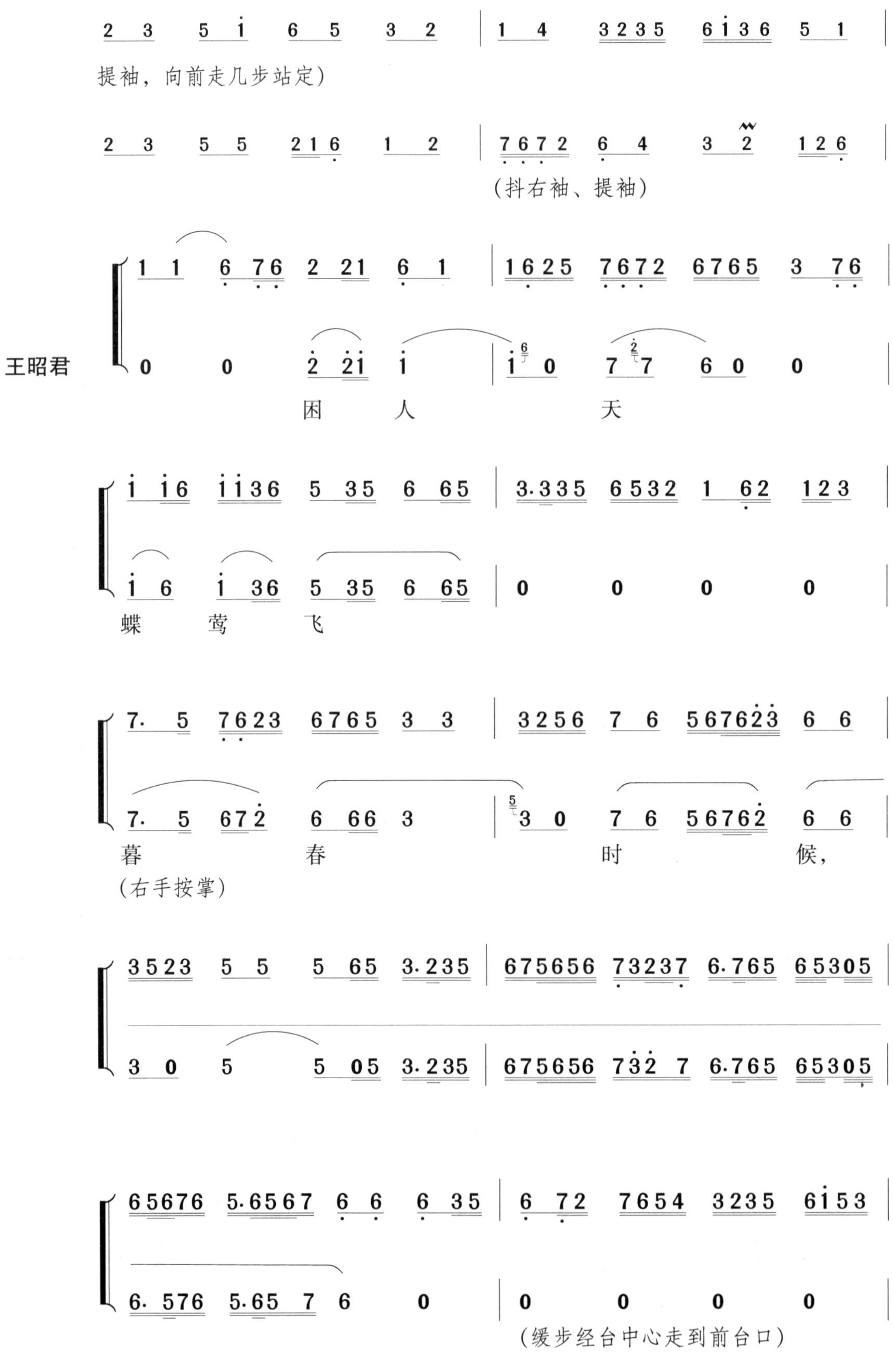
提袖，向前走几步站定）
（抖右袖、提袖）
王昭君
困 人 天
蝶 莺 飞
暮 春 时 候，
（右手按掌）
（缓步经台中心走到前台口）

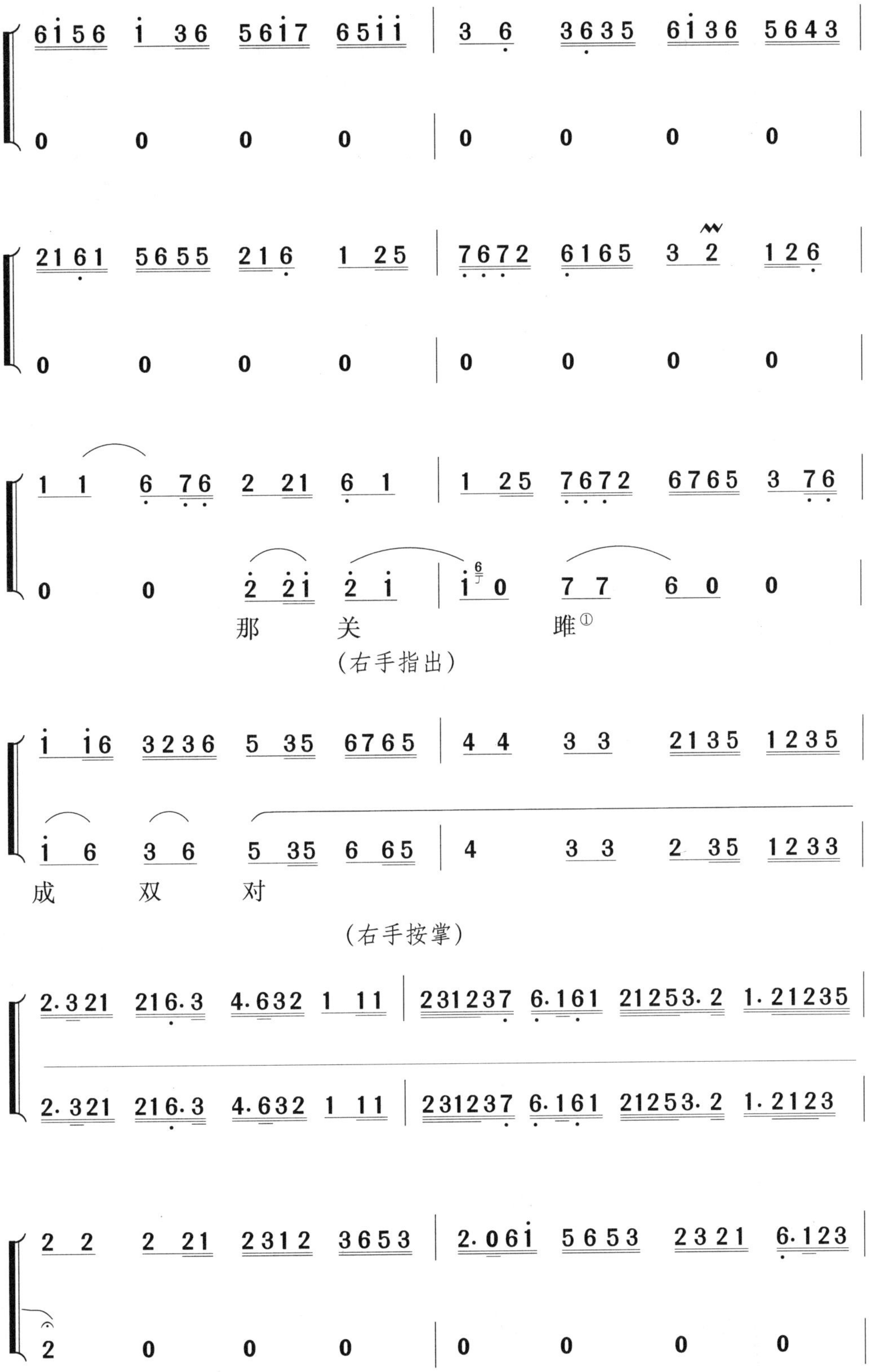

① 《诗经》中第一篇诗歌的名字，为描写男子追求女子的民间情歌。起始句为“关关雎鸠”。“关关”，雌雄二鸟和鸣之声；雎鸠，鸟名，即鱼鹰。

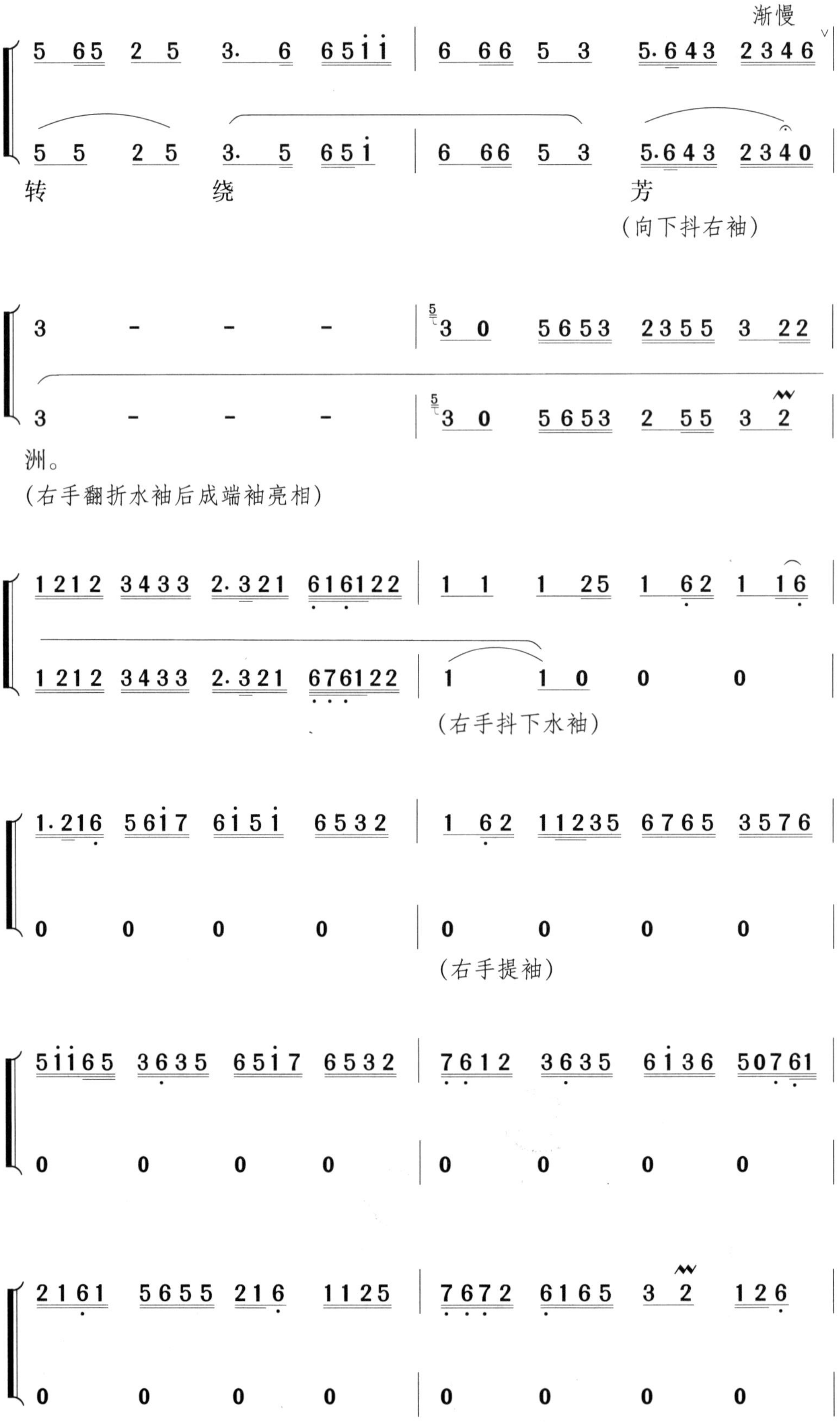
渐慢
转
绕
芳
（向下抖右袖）
洲。
（右手翻折水袖后成端袖亮相）
（右手抖下水袖）
（右手提袖）

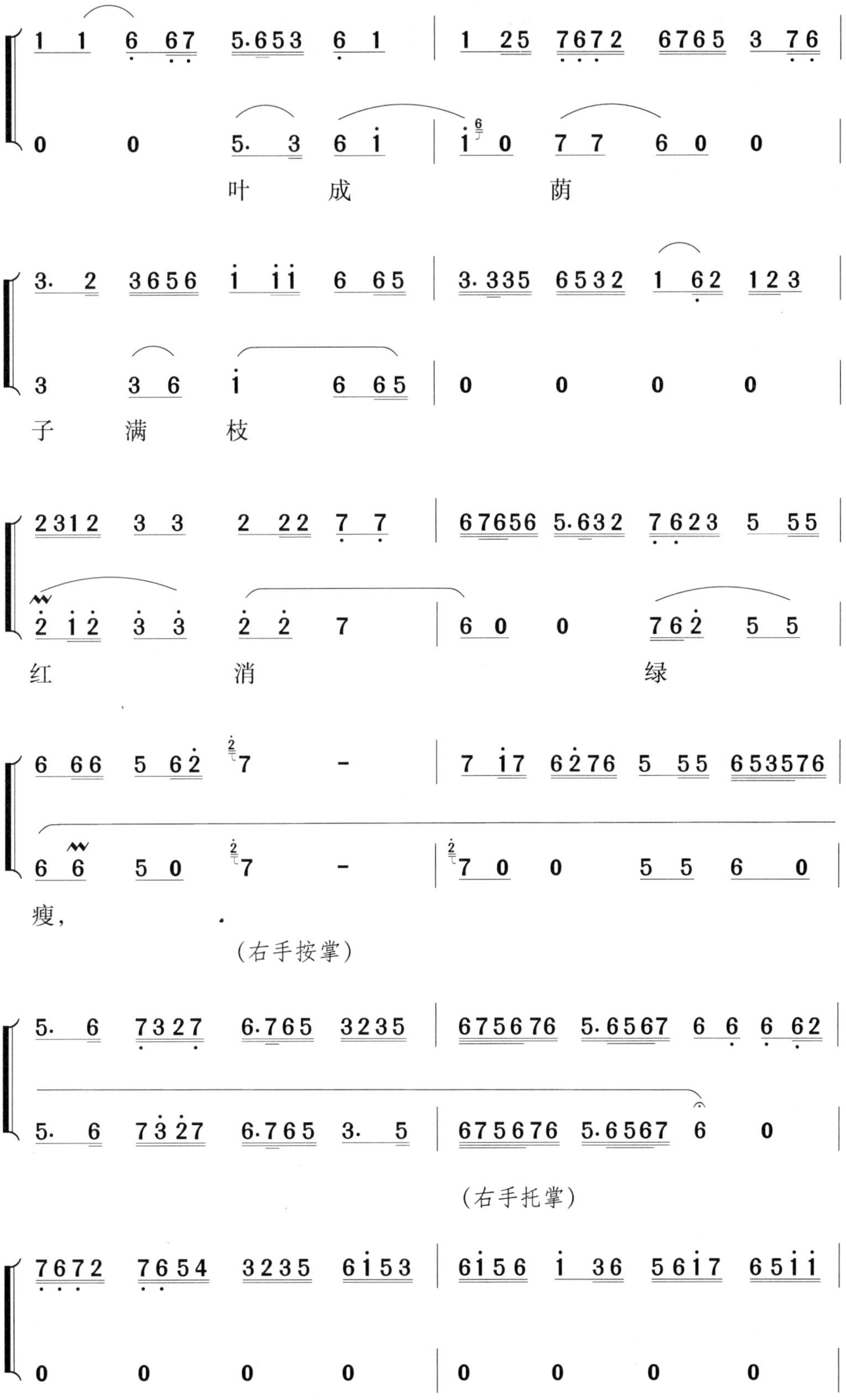
叶 成 荫
子 满 枝
红 消 绿
瘦，
(右手按掌)
(右手托掌)

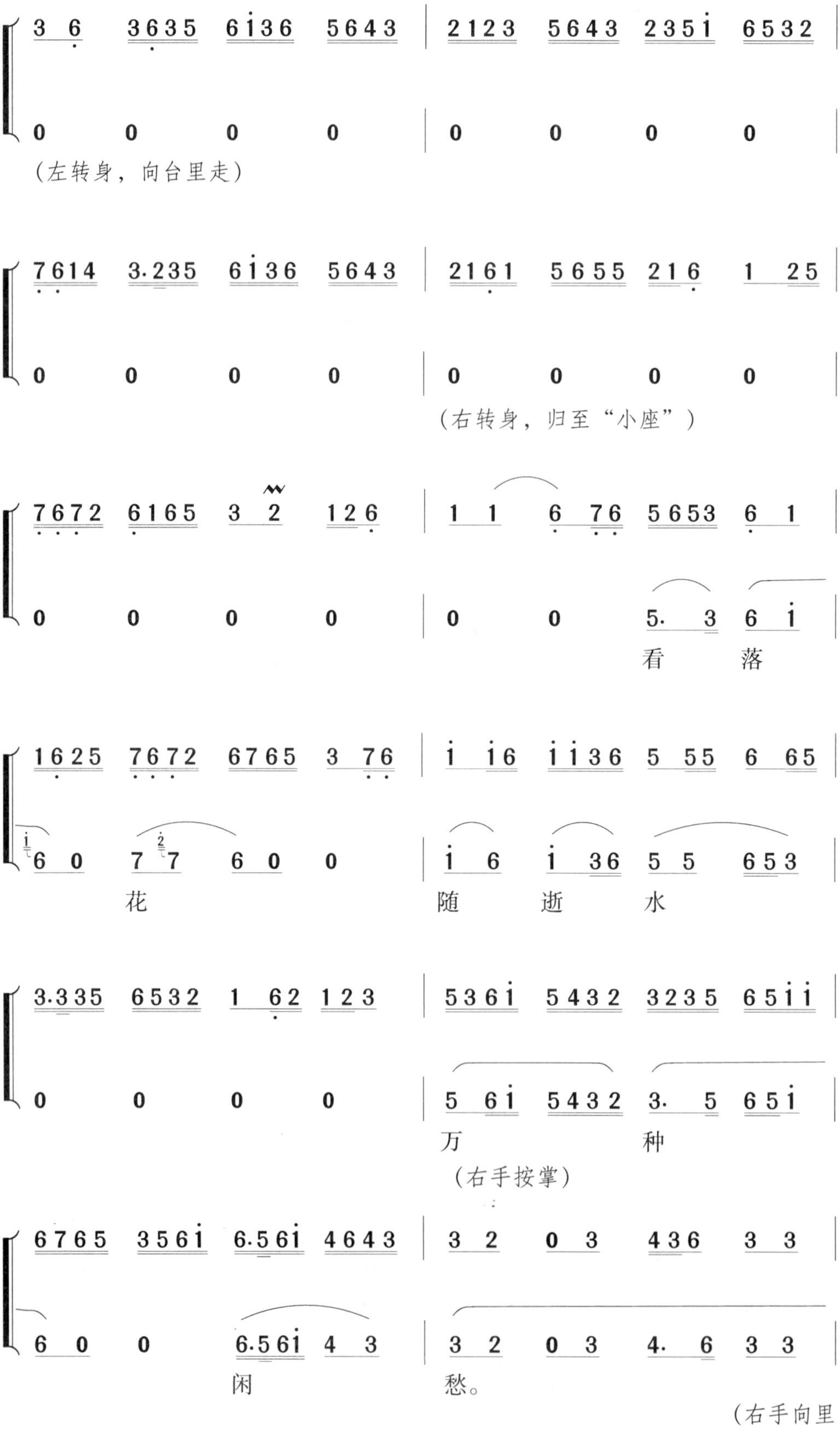

（左转身，向台里走）
（右转身，归至“小座”）
看 落
花
随 逝 水
万 种
（右手按掌）
闲
愁。
（右手向里

5 5 5 6 5 6 5 i | 3 6 5 3 2 1 6 | サ 5 5 0 0 ‖【小锣住头】

5 5 0 0 | 0 0 0 0 | 0 0 0 0 ‖

翻腕成托掌）

奴家，王嫱，小字昭君，今年一十七岁。母亲早年下世。爹爹（双手拱请式）王朝珊，官居越州太守。兄弟王龙，尚在学中攻读（右手按掌）。今日爹爹升堂理事去了，天已不早（右手扶鬓看），为何不见回来？（双手摊掌）

〔梅香从“下场门”暗上。

〔【小锣抽头】王朝珊从“上场门”上，走至右台口。

王朝珊 哈哈哈……

〔西皮摇板〕

【小锣凤点头】(过门同前) 2 1 3 2 1 3 2 （3 5 2 1 6 1

适 才 衙 中 得 音 信，

（右手按掌）

2 2 ）2 1 6 1 2 3 5. 6 3 2 1 （3 5 2 1 6 2

听 说 圣 上 选 妃 嫔。

（双手拱请式）

1 1 ）1 2 1 2 1. 2 3 2 2 2 1 1 2 －

画 工 就 要 越 州 进，

（右手指出）

〔【小锣抽头】王朝珊进门，挖到“大边”站。

〔西皮摇板〕

(过门同前) 2 1 3 2 2 2 7 2 1 6 1 － （1 1 7 2 1 ）‖

急 忙 说 与 女 儿 听。

〔王昭君站起，王朝珊归“小座”。梅香搬椅，放在“小边”。

王昭君 爹爹万福。（施礼）

王朝珊 罢了，一旁坐下。

王昭君 谢坐。

〔【小锣一击】王昭君坐“小边”跨椅。

王朝珊 哈哈哈……女儿，我家的喜事到了。

王昭君 爹爹有何可喜之事？（右手摊掌）

王朝珊 适才朝报到来，圣上（双手拱请式）因正宫无子，选取妃嫔，闻听我儿德容兼备，特命画工毛延寿来此描绘女儿的仪容（右手按掌），进呈鉴定。我儿如此容貌，（右手托掌）定然入选。得配君王，（双手拱请式）岂不是家门之幸么！（右手摊掌）

王昭君　只怕女儿无此福分。（右手摆动）
王朝珊　且听家院一报。
　　　　〔【小锣长丝头】院子从“上场门”上，进门。
院　子　启禀老爷，钦差毛大人到。（躬身）
王朝珊　女儿暂且回避。有请！
　　　　〔王昭君、梅香从“下场门”下。
　　　　〔奏唢呐曲牌<小傍妆台>，王朝珊、院子出门迎接；四青袍从“上场门”上，站“一条边”，杂毛、毛延寿举鞭、捧旨上。四青袍下。毛延寿、杂毛、王朝珊、院子进门。毛延寿在台中展开圣旨，曲牌止。
毛延寿　圣旨下！
王朝珊　万岁！（跪）
毛延寿　跪听宣读。诏曰：“朕即位多年，正宫无子。闻得王朝珊之女德容兼备，钦命毛延寿前往越州，描画仪容献上，勿负朕意。”旨意读罢，望诏谢恩！
　　　　〔奏唢呐曲牌<小傍妆台>
王朝珊　万万岁！（站起）
毛延寿　请过圣命！
王朝珊　（接旨后递与院子）香案供奉。
院　子　是。（接旨放在桌上）
　　　　〔唢呐曲牌止。院子将椅搬成八字。
王朝珊　请坐！
毛延寿　有坐！
　　　　〔毛延寿坐“大边”；王朝珊坐“小边”。
王朝珊　不知大人驾到，（双手拱请式）未曾远迎，当面恕罪！（稍一躬身）
毛延寿　岂敢！今奉圣命（双手拱请式）选取贵妃，闻得令嫒有倾国倾城之貌，故而前来描画仪容。
王朝珊　哎呀，只恐小女无此福分吧。
毛延寿　此乃圣上（双手拱请式）旨意，请出令嫒相见。
王朝珊　遵命。（出门）女儿快来。
　　　　〔【小锣打上】王昭君从“上场门”上。
王昭君　（念）淡扫春山，一生儿爱好天然。
　　　　爹爹何事？（右手摊掌）
王朝珊　今有圣上，钦命毛大人前来描画儿的仪容，随我上前见过。
王昭君　遵命。
　　　　〔【小锣一击】二人进门。
王朝珊　儿呀，上前见过毛大人。
王昭君　毛大人请上，（双手拱请式）受奴一拜。
毛延寿　慢来，慢来！自古道君不拜臣。娘娘不久便是贵妃，臣万万不敢。（欠身）
王朝珊　如此只行常礼。
王昭君　奴家万福。（施礼）
毛延寿　罪煞为臣了。（站起打躬）
王朝珊　回房去吧。

〔【小锣一击】王昭君出门从“上场门”下。

毛延寿 哈哈哈……

王朝珊 请坐。

毛延寿 有坐、有坐。恭喜大人！（双手拱请式）贺喜大人！令嫒人品出众，圣上一见，必定大悦。将来生下太子，必定是正宫之位。大人，你的富贵非小哇，哈哈哈……

王朝珊 全仗大人（双手拱请式）丹青描写。来，速速备酒伺候。

毛延寿 慢来，（以手阻止）酒倒是小事，我说的话儿……

王朝珊 少时酒后再画呀。

毛延寿 我说是贵妃娘娘的话呀！

王朝珊 我说的也是小女的画呀！

毛延寿 大人，我对你直说了吧！

〔【大锣五击】二人站起。

王朝珊 大人请讲。

毛延寿 我画这张画儿，必须要金币千张，佳墨千锭，妙笔千管，才画得成功呢！（眼看王朝珊、右手按掌）

王朝珊 哎呀，这一画儿，为何要这许多纸笔呀！（双手摊掌）

毛延寿 （向站在旁边的杂毛）哎呀呀，他还是不明白。

杂　毛 你别忙，我问问他。王大人，您请过来！

王朝珊 差官何事？

杂　毛 我问问您，您坐在堂上，案牍劳形，所为何来？

王朝珊 上报君恩，（双手拱请式）下勤民事。

杂　毛 哎哟！你一家大小吃喝穿戴可谁管呀？

王朝珊 全凭俸禄赡养。

杂　毛 哎哟，这年头儿，有儿子没钱不成，两口子过日子没钱也不行。我告诉您说：他（指毛）跟您初次见面，不好意思跟您要钱。您要是给他几百两银子，他给您画好了带回京去，圣上见喜（双手拱请式），把您的女儿选进宫去，您富贵荣华都在后面哪！别说我们大人，就拿我说吧，跟我们大人出来这么一趟，跑前跑后，跑坏了一双靴子（抬脚指鞋）好几两银子,你当我们为你活着哪,你这是怎么啦！（指王）

王朝珊 哎呀且住。（背语）毛延寿的话语要我千两黄金，想我两袖清风，哪有许多银子，（双手摊掌）我想此事既有圣上旨意（双手拱请式），他不过在此刁难，难道还有什么凶险不成？（思索）富贵在天，我怕他何来（左手指毛），我自有道理。

毛延寿 大人请坐。

王朝珊 请坐。

〔二人入座。【小锣一击】

毛延寿 啊大人，你可曾明白纸笔的用处？

王朝珊 下官已然明白了。只是下官职小俸微，实在筹办不及。（躬身）

毛延寿 （怒）此话当真？

王朝珊 实实无法从命哪！

毛延寿 （狠狠地）好！你可不要后悔！（站起）告辞！（嘟……）

王朝珊 且慢！（仓）下官已设下酒宴，准备款待大人！（双手拱请式）

毛延寿 哪个要你款待。**【大锣一击】**（王朝珊一惊）

毛延寿 带马！

杂　毛 带马呀！

〔**【急急风】**四青袍两边下，毛延寿出门，杂毛出门带马，众“插门”下。王朝珊出门。**【四击】**毛延寿上马拖鞭亮相。

王朝珊 送大人。（躬身施礼）

毛延寿 （回头望王）岂有此理。

〔**【大锣一击】**毛延寿打马亮相，**【冲头】**毛延寿从“下场门”下，杂毛随下。王朝珊见毛远去，进门。

王朝珊 哎呀且住！**【大锣叫头】**看毛延寿一怒而去，不免将女儿唤出商议一番，女儿快来。

〔**【小锣一击】**梅香、王昭君从“上场门”上，走至右台口。

王昭君 芳心撩乱难自立，何日乘鸾上帝京。

〔**【小锣一击】**二人进门。

王昭君 爹爹为何这般着恼？

王朝珊 那毛延寿为画我儿仪容，要为父送他千两黄金，为父不允，他一怒而去，你道恼是不恼？

王昭君 哦！（右手扶鬓）有这等事，爹爹（双手拱请式）休要生气，女儿自幼学会丹青，他既如此刁难（右手按掌），待女儿自画一幅进上也就是了。

王朝珊 我儿若不提起，我倒忘怀了。儿就在这书房，速速画好与他送去。

王昭君 是。

王朝珊 为父料理公务去了。

〔**【小锣一击】**王朝珊出门“下场门”下。

王昭君 梅香，取古镜前来。

〔**【小锣一击】**梅香拿镜。

梅　香 古镜在此。

王昭君 放在几案之上，你将丹墨调起！

梅　香 是。

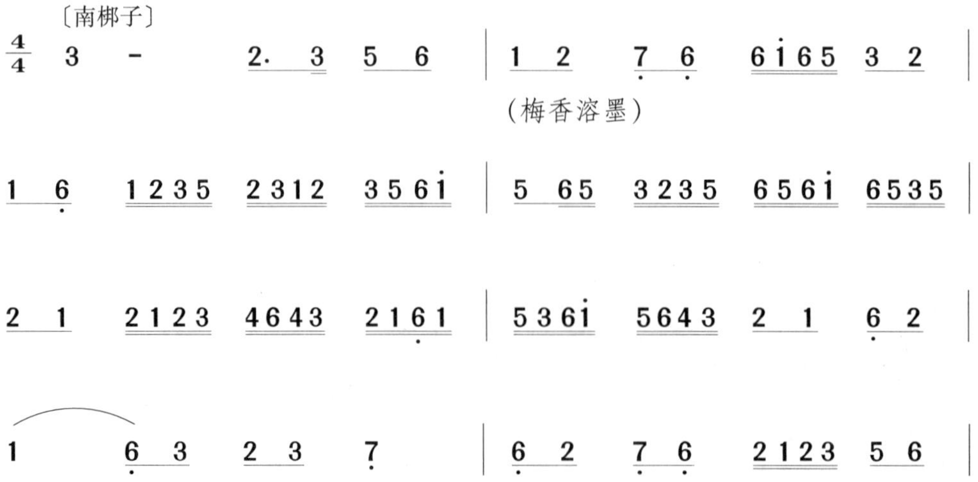

（王昭君走至桌前，右手抖袖、提袖）

汉明妃

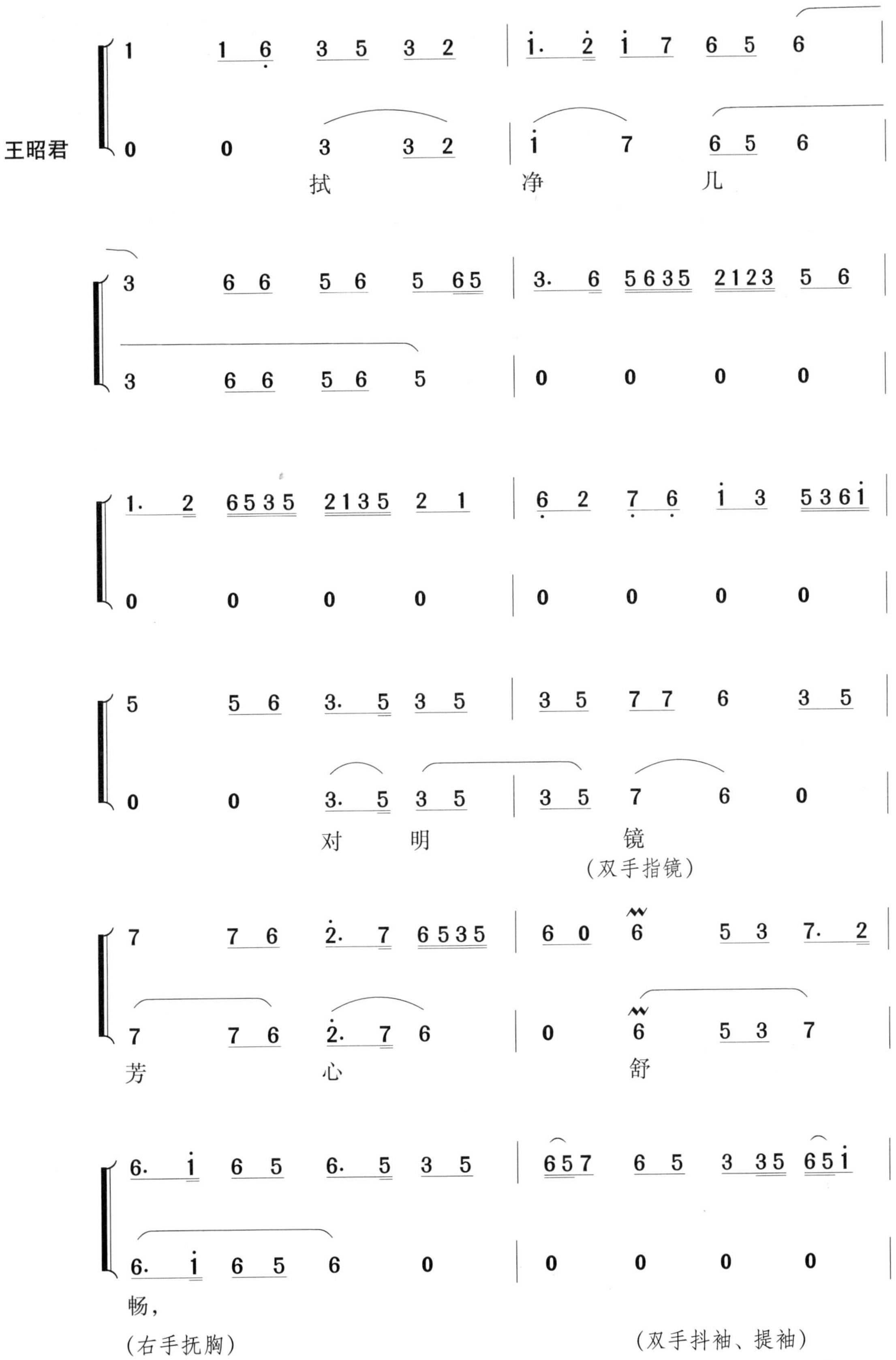

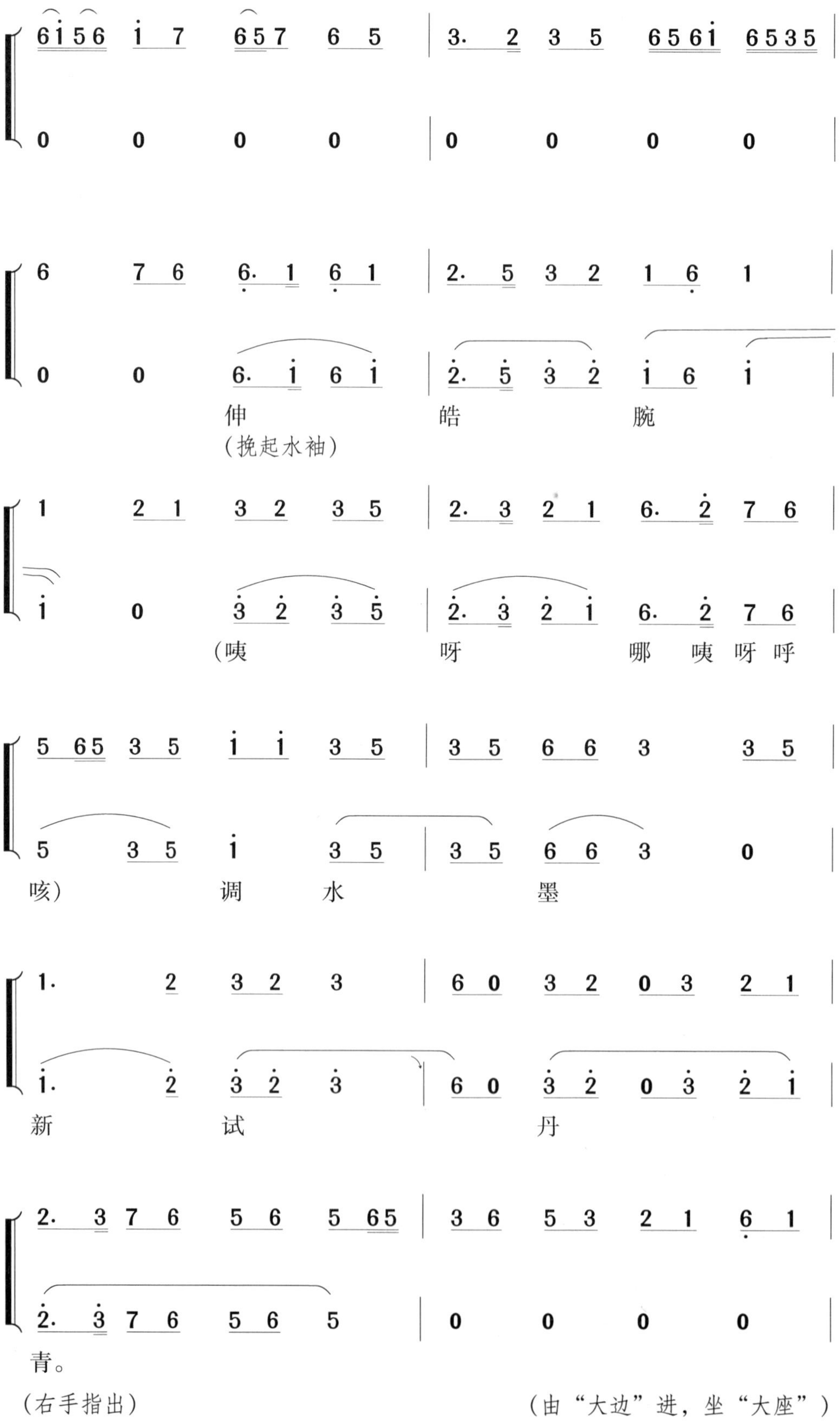
伸 皓 腕
（挽起水袖）
（咦 呀 哪 咦 呀 呼
咳） 调 水 墨
新 试 丹
青。
（右手指出）
（由“大边”进，坐“大座”）

汉明妃

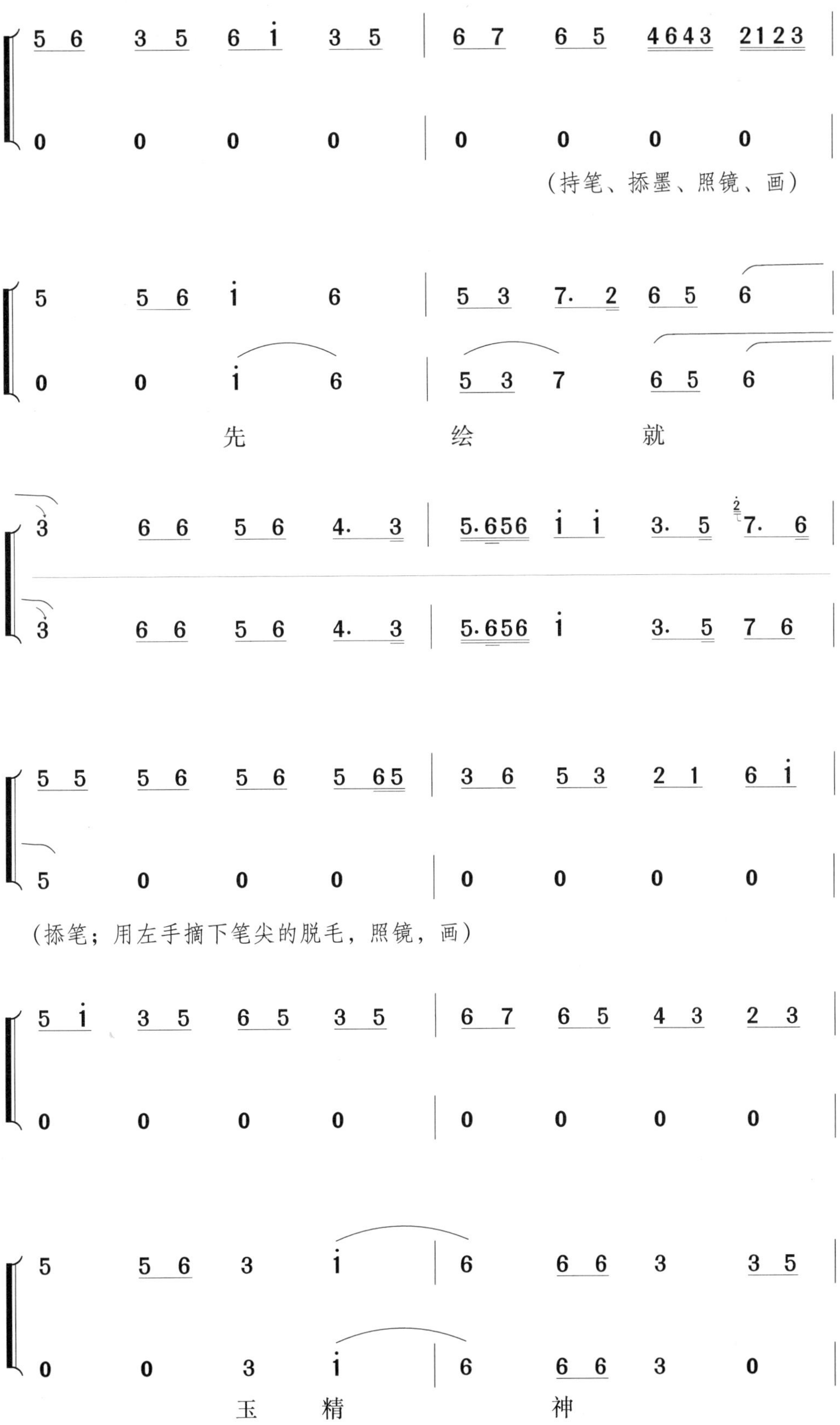

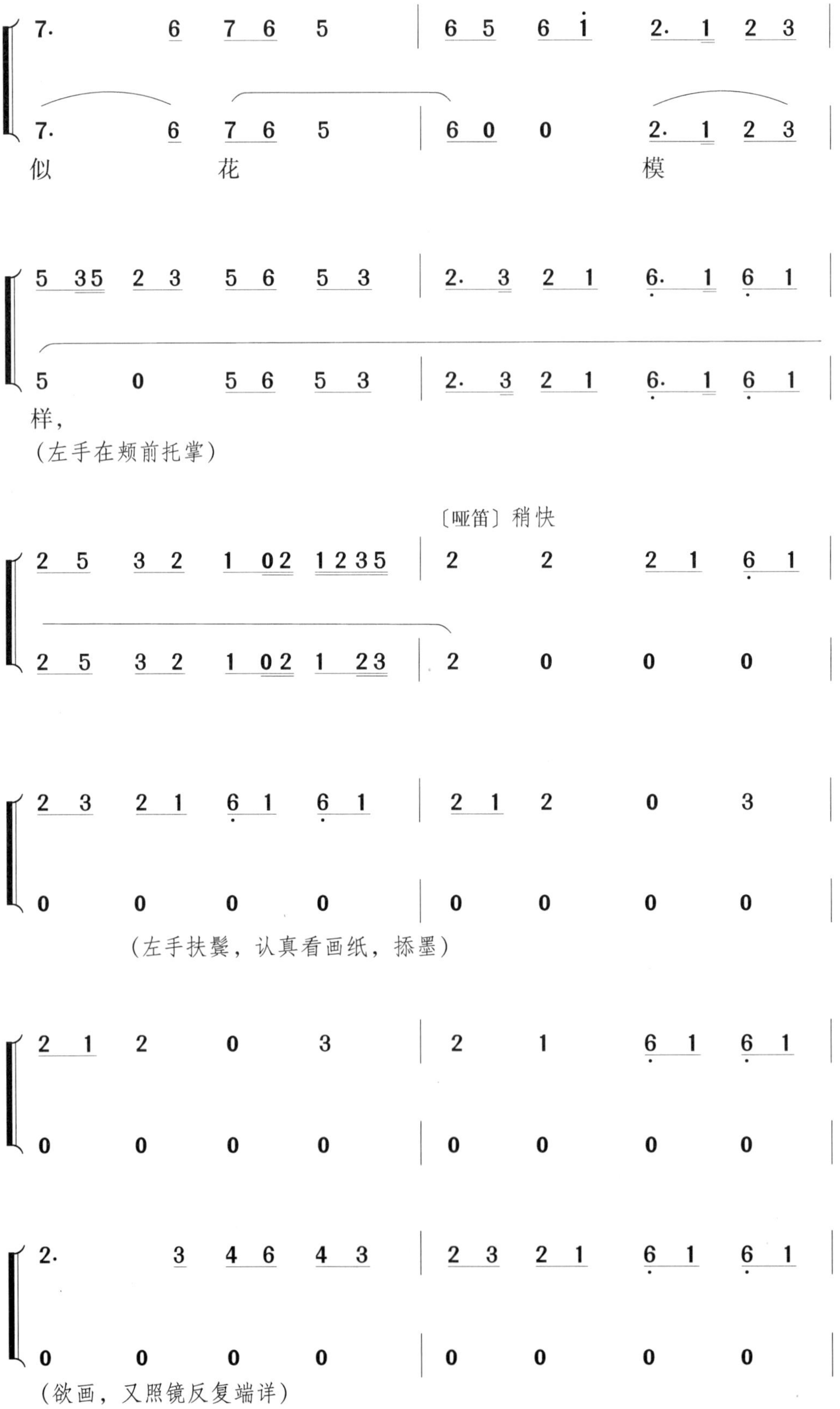
似
花
模
样，
（左手在颊前托掌）
〔哑笛〕稍快
（左手扶鬓，认真看画纸，掭墨）
（欲画，又照镜反复端详）

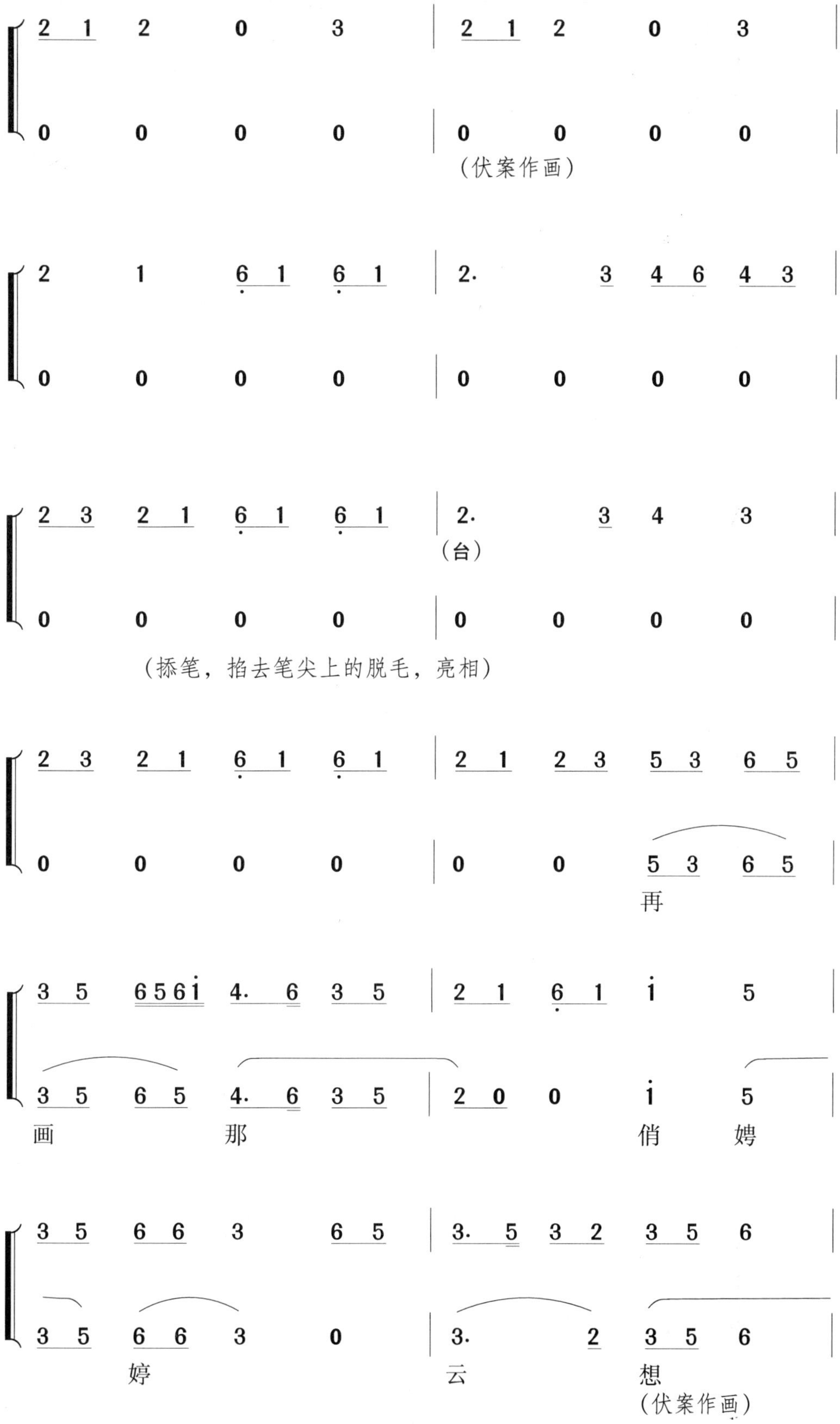
（伏案作画）
（台）
（掭笔，掐去笔尖上的脱毛，亮相）
再
画 那 俏 娉
婷 云 想
（伏案作画）

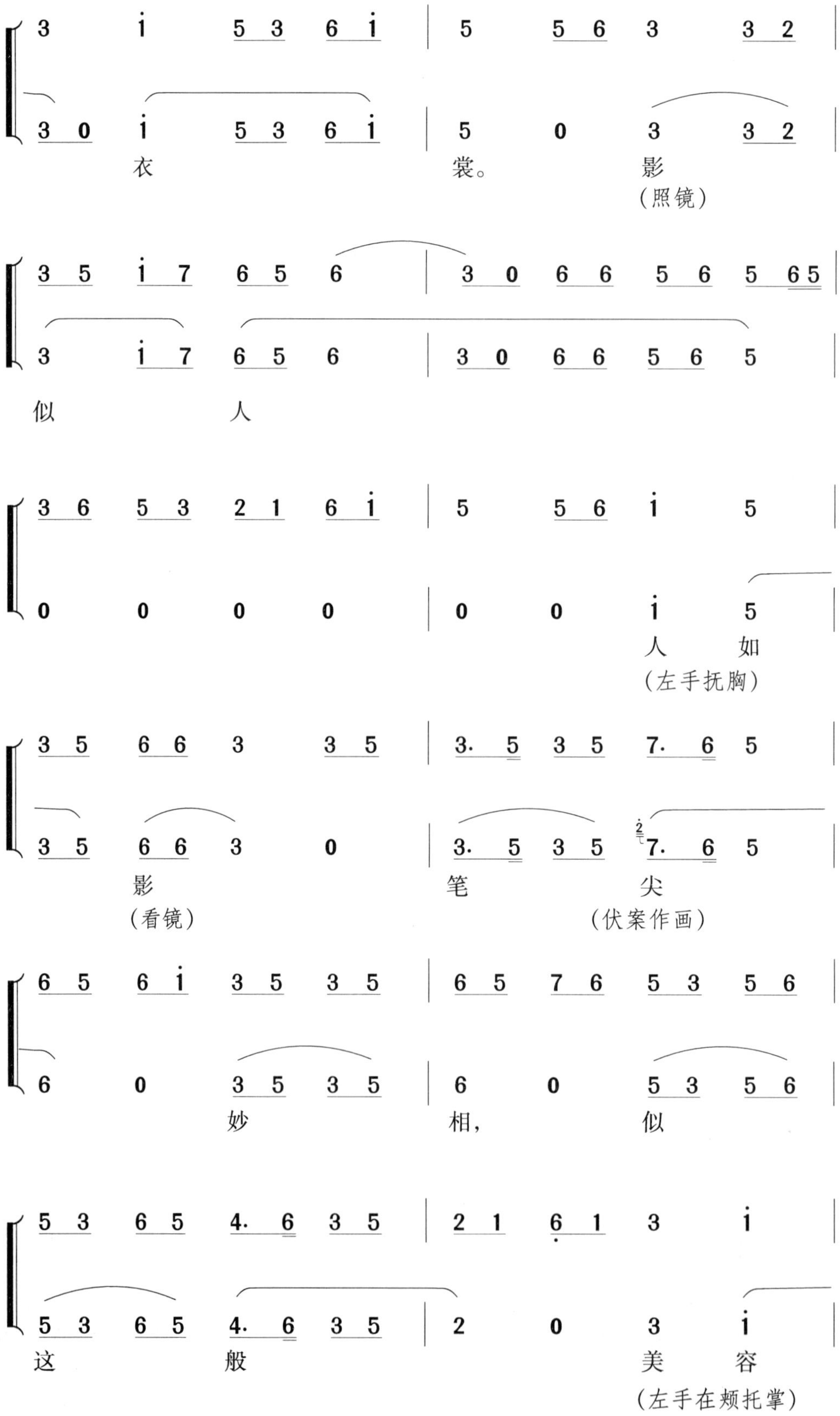
衣 裳。影
（照镜）
似 人
人 如
（左手抚胸）
影 笔 尖
（看镜） （伏案作画）
妙 相， 似
这 般 美 容
（左手在颊托掌）

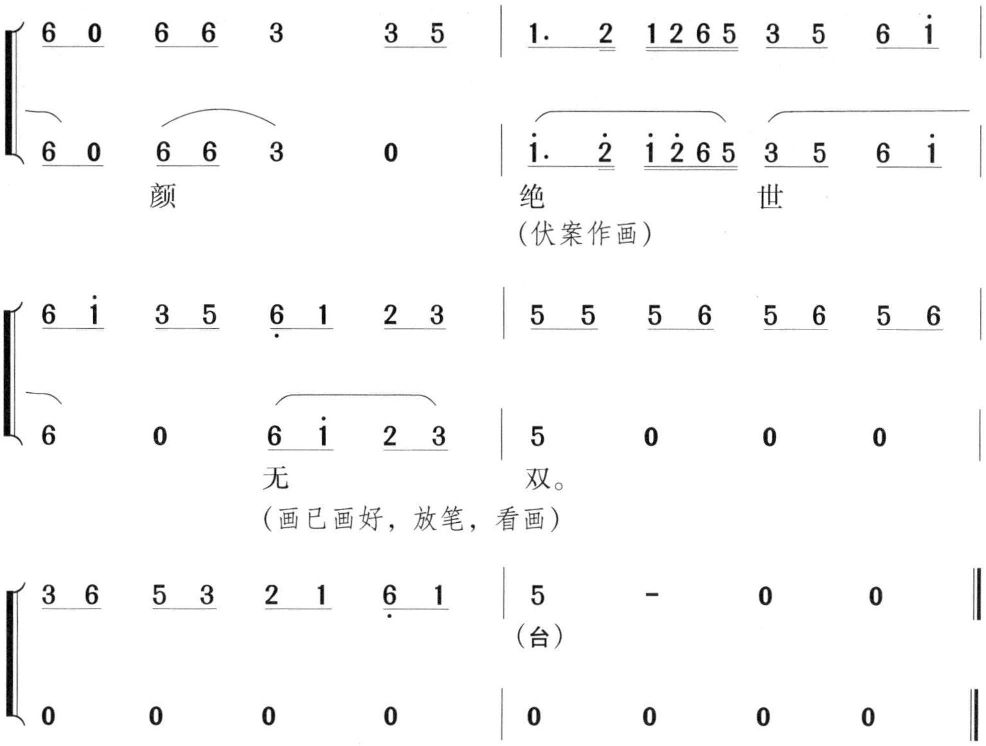

（将画像从白纸下面抽出，顺势将白纸落于桌下）

〔【小锣一击】王朝珊从“下场门”上，进门，王昭君持画从桌子右侧走出来，站在“小边”。

王昭君　爹爹请看，女儿画成了。

〔【小锣一击】王朝珊接画。

王朝珊　待我看来！【小锣一击】（认真看画，点头称赞）画中之人与我儿一般无二，秀眉敛翠，俊眼含波，真乃丹青妙笔也。

〔院子从“下场门”暗上。

王昭君　爹爹夸奖了。

王朝珊　家院过来，这有画图一张，送到馆驿毛大人那里，不得有误。

院　子　遵命。

〔【小锣一击】王将画交与院子，院子将画卷好，出门从“下场门”下。

王朝珊　正是：（扎）

但愿乘鸾飞帝阙；

王昭君　高堂早慰老人心。（双手拱请式）

〔【小锣打下】二人从“下场门”下。

第四场

〔杂毛内：“啊哈。”

〔【小锣一击】杂毛从“上场门”上。走至前台口。

有福之人人服侍，无福之人服侍人。我，杂毛。自从跟随我家大人来到越州，描画王昭君的仪容，我家大人跟他要一千两银子，他是铁公鸡——一毛不拔。我想这一千两银子买一个贵妃娘娘，这够多便宜呀！那王朝珊他想过味来，他一定得来。天不早了，我到门口看看去。

〔杂毛出门。【小锣二击】院子持画像从“上场门”上，走到左台口。

院　子　奉了老爷命，来此见钦差。（一看）啊，这位差官请了。

杂　毛　你是做什么的？

院　子　奉了我家老爷之命，前来献图。

杂　毛　（背语）八成是送银子来了。（向院子）你等着。（进门）有请大人。

〔【五击】毛延寿从“下场门”上。

毛延寿　何事？

杂　毛　王朝珊差人求见。

毛延寿　唔，那王朝珊差人前来见我，想是与老夫送银子来了。唤他进来。

〔【小锣一击】毛延寿归“小座”，杂毛出门。

杂　毛　我家大人唤你哪，你可要小心伺候。

院　子　是，是。

〔二人进门。

院　子　与老大人叩头。

毛延寿　罢了。

院　子　谢大人。

毛延寿　到此做甚？

院　子　前来献图。

毛延寿　展开，待我一观。

院　子　是。

〔唢呐奏<三枪>展图，毛延寿观图。【冷锤】毛延寿怒。

毛延寿　此图是何人所画？

院　子　乃是我家小姐所绘。

毛延寿　怎么，乃是你家小姐所画，【撕边一击】她既然会画，还要我何用啊？哼，分明是羞辱于我。来！

〔【冲头】四青袍持棍两边上。

毛延寿　将来人与我狠狠地打！

院　子　且慢！（仓）小人是奉命差遣，你打我做甚哪？

毛延寿　哼，打在你的腿上，羞在那赃官的脸上。来，与我打！

〔【乱锤】四青袍持棍乱打院子。

毛延寿　轰了出去。

院　子　（出门）好奸贼！（从“下场门”下）

毛延寿　【大锣叫头】且住！好一个狗官，不送黄金还则罢了，还叫他的女儿自绘仪容，分明是羞辱与我。【撕边一击】我想此事，已成骑虎之势，即便他回心转意，送我黄金，日后他女儿进宫，说起此事，我也有灭门之罪。哎呀！这这……【乱锤】（抚头、踱步）【大锣叫头】有了，不免将她的真容改为七恶八败之像，进上当今（双手拱请式），将她打入冷宫（右手指出），方消我心头之恨，（双手背袖）(仓）我就

是这个主意。（仓）正是：【住头】

黄金不买长门赋[1]，

永巷幽幽枉自怜。

带马，回京回复圣命去者！

〔【急急风】四青袍“插门”“下场门”下，杂毛带马，【四击头】毛延寿上马。【冷锤】毛延寿甩鞭打马，从“下场门”下。

第 五 场

〔【小锣打上】王朝珊从“上场门”上，走至前台口。

王朝珊 画图无音信，坐卧心不宁。

〔【小锣长丝头】院子从“上场门”上，进门。

院　子 启禀老爷，圣旨下。

王朝珊 快请公子、小姐出堂！

院　子 有请公子、小姐出堂！

王昭君
王　龙 爹爹何事？

王朝珊 圣旨到了，随为父一同接旨。

王昭君
王　龙 遵命。

王朝珊 香案接旨。

院　子 香案接旨。

〔唢呐奏<小傍妆台>，【急急风】四校尉从“上场门”上，站“一条鞭”。张守信右手举鞭，左手捧旨从“上场门”上，走至右台口，张守信下马，众人挖进去两边站。张守信站台中，王朝珊跪中间、王昭君跪“大边”、王龙跪“小边”，三人一横排。（乐止）

张守信 圣旨下。

王朝珊
王昭君 万万岁。
王　龙

张守信 跪听宣读，诏曰：“今据画工毛延寿奏道，王朝珊之女生得左痣右疤，乃败国之像，朕颇为震怒。将王朝珊父子发配辽东，王嫱打入冷宫！”旨意读罢，望诏谢恩。

王朝珊
王昭君 万万岁。
王　龙

---

① 长门，汉宫名。《长门赋》是西汉司马相如创作的名篇。汉时，陈皇后失宠，居长门宫。闻司马相如善文，遂奉黄金百斤，请为己作解愁之辞。司马相如作《长门赋》，皇帝读之感动，陈皇后复得亲幸。后以“长门”喻指失宠女子居处。“黄金不买长门赋”，表示昭君坚贞不屈的品格。

张守信 请过圣命！

王朝珊 香案供奉。（接旨交院子）

〔【冲头】院子捧旨从“下场门”下。张守信归到“大边”；王朝珊、王昭君、王龙三人归“小边”站一斜排。

王朝珊 大人在此少候，（双手拱请式）容我父女分别。

张守信 容你父女分别，不可迟延！

〔【冲头】张守信、四校尉下。

〔【撕边一击】王朝珊右手翻折水袖向“下场门”望门，【撕边一击】左手翻折水袖向“上场门”望门。

王朝珊 好奸贼！（右手指出、跺右脚，双手抖袖）

〔西皮散板〕

サ （7 6 6 5 i 3 2 6 2 1 - ）

2 1 2 4 3 3 1 2 3 2 （3 2 2 1

父 子 们 边 外 充 军 往，

6 1 2 - ） 1 2 3 1 2 2 5 5· 6

（仓） 女 儿 你 冷 宫 受 凄

（右手指王昭君） （右手按掌）

3 2 1 （7 6 2 1 - ） 2 1 2 1 2

凉。 （仓） 这 才 是 大

1 2 2 1 2 3 - 2

祸 从 天 降，

王 龙 爹爹呀！

〔西皮散板〕

【纽丝凤点头】（过门同前）3 2 1 3 1 2 1 2 1 ‖

爹 爹 且 莫 泪 汪 汪。

（双手拱请式）

【大锣叫头】哎呀姐姐呀！这都是毛延寿害得我家这般光景。姐姐此番进宫，若得见万岁，不要忘了今日之仇。

〔【大锣凤点头】王昭君点头，双手抖袖，提袖。

〔西皮散板〕

王昭君 （过门同前）i 5 7 7· 2 5 6 7 6 3 5

全 家 大 小 遭 冤

（右手按掌）

6 6 (6 5 5 7 6 6) 3 6 5 5 65 3 5
枉，(仓) 怎 不 叫
(右手扶胸)

6 5 6 5 3 3 5 ‖【大锣住头】
人 痛 断 肠。
(右手端袖)

喂呀…… (拭泪)

王朝珊 哎呀儿呀！实指望我儿被选入宫中，不想奸贼意狠心毒，以假换真，此番离别，后会无期，我儿须要多多保重。倘若遇机得见天颜（双手拱请式），奏明圣上，报此大仇，也未可知。事不宜迟，我儿你后面收拾去吧！

王昭君 爹爹呀…… (拭泪)

〔王昭君出门，从“上场门”下。

王朝珊 好奸贼！(右手指出)

〔西皮散板〕

【纽丝凤点头】(过门同前) 3 3 4 3 1 2 3 3 (3 2 1 2
骂 声 延 寿 狗 奸 党，
(右手指出)

3 -) 3 3 1 2 2 1 6 1 - (2 1 6 2
(仓) 平 白 无 故 将 我 伤。
(右手扶胸)

1 -) 3 2 1 3 2 3 2 1 2 2 1 - (2
(仓) 我 父 子 边 外 充 军 (哪) 【哭头】

1. 2 1. 2 .1 35 2172 1 -) 2 7 6 5 -
往，
(双手抖袖、提袖) (右手拇指、食指、中指相捏)

5 6 5 3 5 6 6 5 -
老 天 爷 呀！
(双手拱请式) (拭泪)

〔【撕边一击】张守信、四校尉上。

张守信 呔！(仓) 再若迟延，某就要鲁莽了！

王朝珊 哎！

〔西皮散板〕

【纽丝凤点头】(过门同前) 6 6 2 1 1 3 2 2 - 3 2 1 1 6 2 6 1 - ‖
快 请 你 姐 姐 出 后 堂。
(对王龙) (右手按掌)

王　龙　遵命！有请姐姐。

〔王昭君头带包头、披斗篷从“上场门”上。

〔西皮散板〕

王昭君　【纽丝】(过门同前) i i 3 6 5 3 3. 6 5 7 6 6 3

忽 听 得 二 堂 外 催 声 甚

(右手按掌)

5 5 6 - (6 5 3 3. 5 6 -) 5 i i -

紧， (仓) 惨 凄 凄

i i 6 5 i 5 6 5 3 5 i 6 5 3 5 -

悲 切 切 好 不 伤 情。

(双手摊掌)

(2 3 6 5 -) 5 i - i 3 5 7

(仓) 望 兄 弟 侍 严

(拭泪) (双手

7 6 5 6 5 6 7 7. 6 5 3 5 3 (6)

亲 你 要 多 多 (的) 孝

拱请式) (右手抖袖)

5 - 5. 6 7 5 6 7 7 6 -

敬，

(躬身施礼)

〔【撞金钟】车夫从“上场门”上，走至右台口。

〔王昭君拭泪，右手抖袖、提袖。

〔西皮散板〕

(过门同前) 3 3 6 5 i - i 6 5 3 - i

拜 别 了 生 身 的 父 忙

(双膝跪地、施礼) (站起)

5 - - 5 5 4 5 3 - 5 0 6 6 5

上 车

(出门) (右手翻折水袖在胸前端袖)

6 - - i. 6 i. 6 5 4 5 4 5 6 6 - 5

轮。 (上车、右手抖袖、提袖、双手扶车旗)

〔【冲头】王昭君走至左台口，右转身。

【大锣叫头】

王　龙　姐姐！

王朝珊　我儿！

王昭君　哎呀爹爹、兄弟……

〔【冲头】王昭君左转身，从“下场门”下。

张守信　将他父子发配辽东去者！

〔【大锣打下】四校尉给王朝珊、王龙脖子上搭上白绸子。一校尉带马，张上马。四校尉押王朝珊、王龙从“下场门”下，张守信举鞭打马从“下场门”下。

第 六 场

〔【小锣打上】二太监从“上场门”上，“站门”。刘奭持扇从“上场门”上，走至前台口。

刘　奭　六宫多粉黛，宠爱遂心怀。（左转身向里走，右转身归“小座”）孤，汉元帝。自从画士毛延寿前往越州描取昭君仪容，不想此女生得左痣右疤，乃是败国之像，宣进宫来，将他打入冷宫。三千粉黛，可惜国色无人。今日闲暇无事，不免游玩一番便了。（右手用扇指出）

〔二黄原板〕

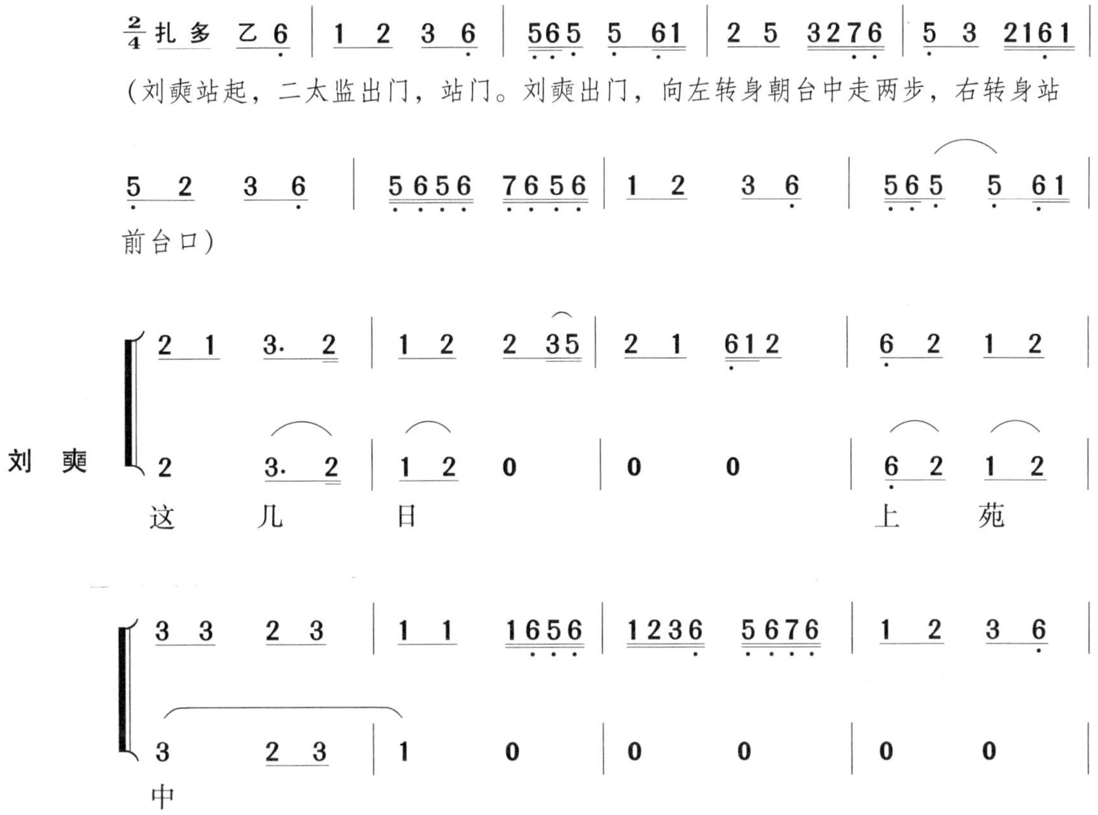

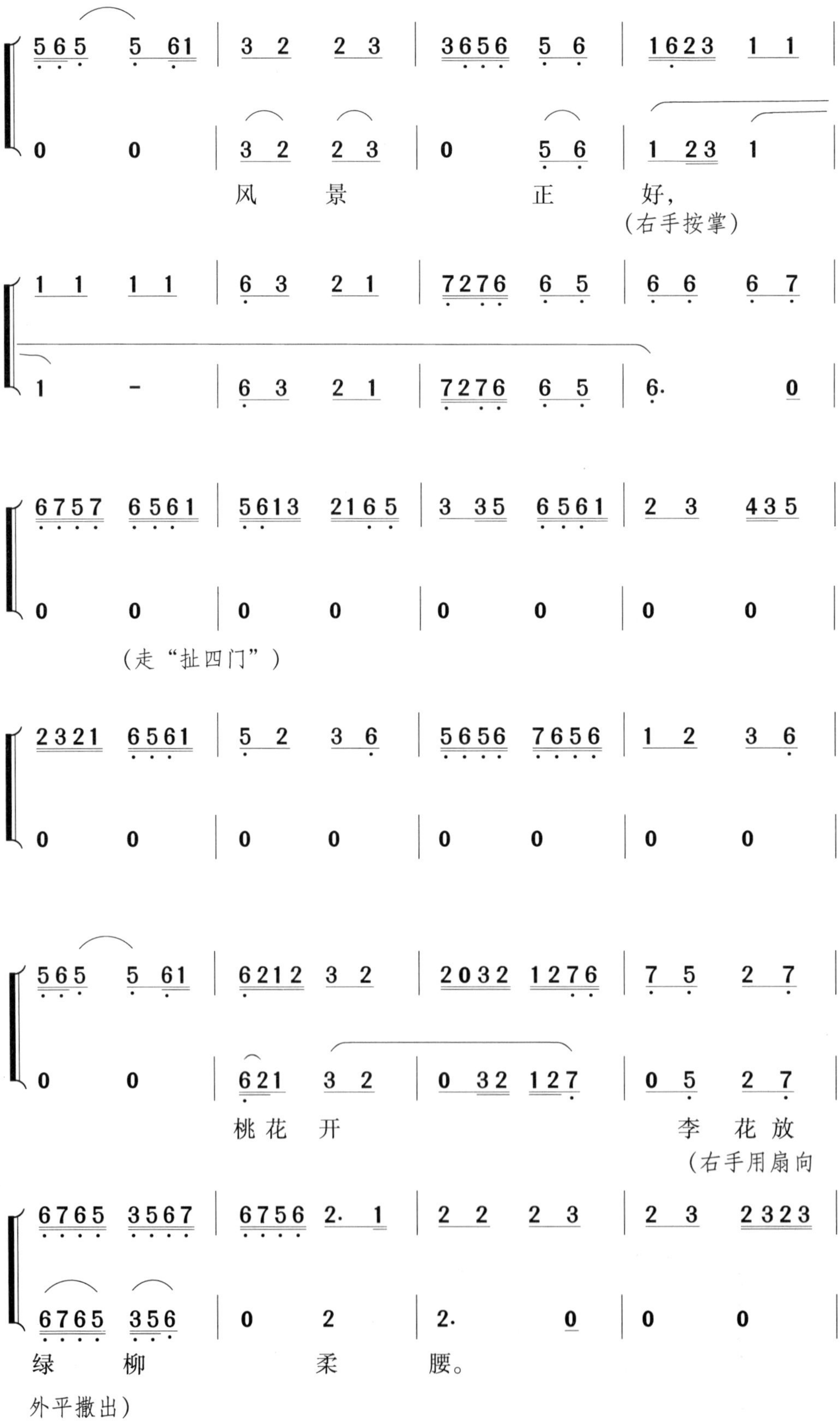
风 景 正 好，
（右手按掌）
（走“扯四门”）
桃花 开 李 花 放
（右手用扇向
绿 柳 柔 腰。
外平撒出）

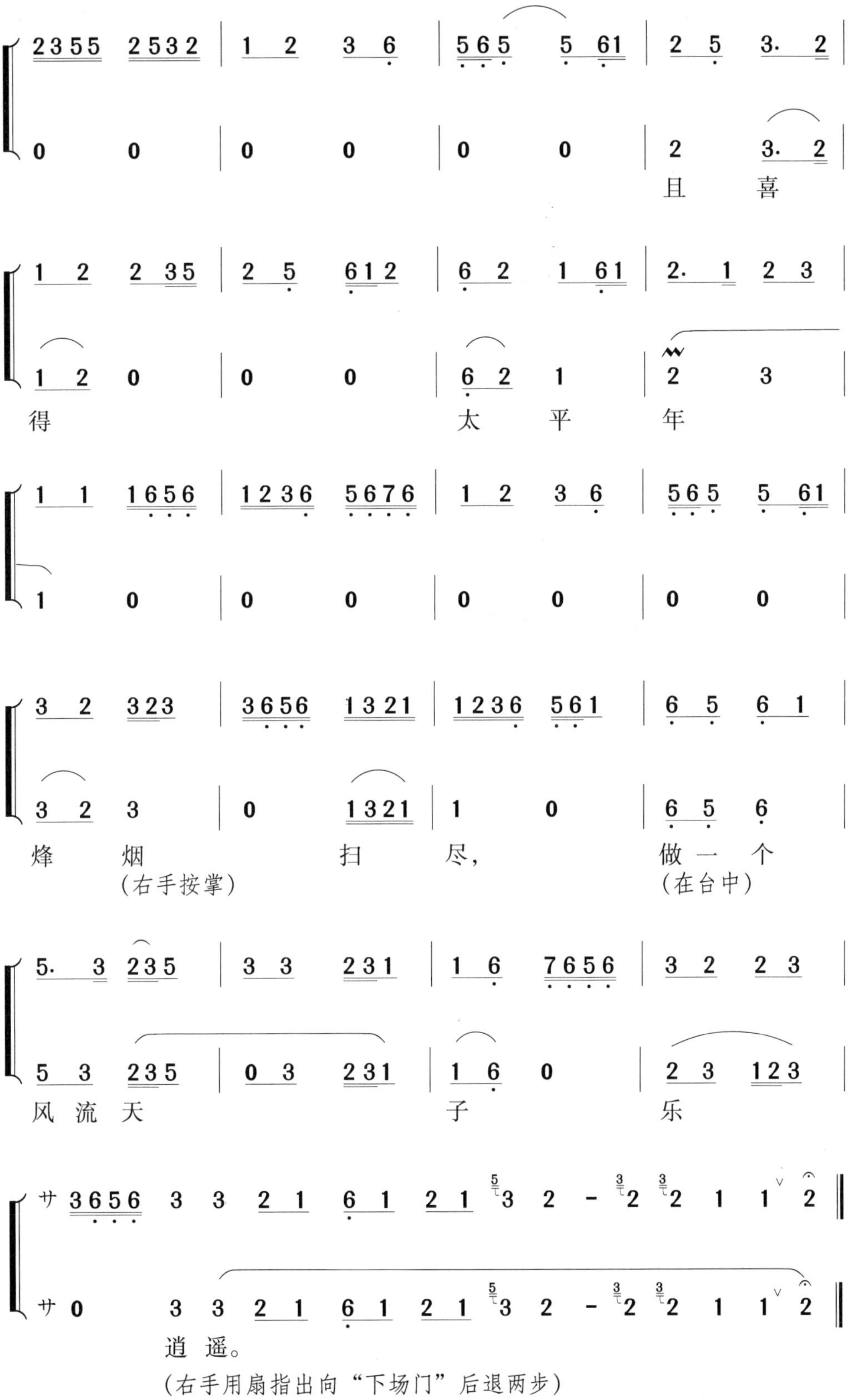

〔【小锣打下】左转身，刘奭背扇从“下场门”下，二太监随下

第七场

〔【小锣打上】郑仁德手持云帚，从“上场门”上，走至前台口。

郑仁德 （京白）永巷深如海，君王隔万重。（扎）咱家，冷宫总管太监郑仁德。只因正宫无子，万岁打发毛延寿去往越州描取昭君仪容，以备选充贵妃娘娘。谁想那毛延寿贪赃未成，恼恨在心，改变真容，把王嫱画成七恶八败之像。圣上大怒（双手拱请式），将王氏父子发配边疆（有云帚指出），又将王嫱打入冷宫（右手按掌）。已经一年啦，可惜了她这般美貌，在这永巷宫中度过寂寞岁月，每日哭哭啼啼，甚是悲惨。唉，我不免将她请出来，劝解一番。我说王宫人，你出来散散闷吧！

〔王昭君内白：“来了。”

〔【纽丝】王昭君从“上场门”上，走至前台口，深深叹了口气，右手抖袖。

王昭君

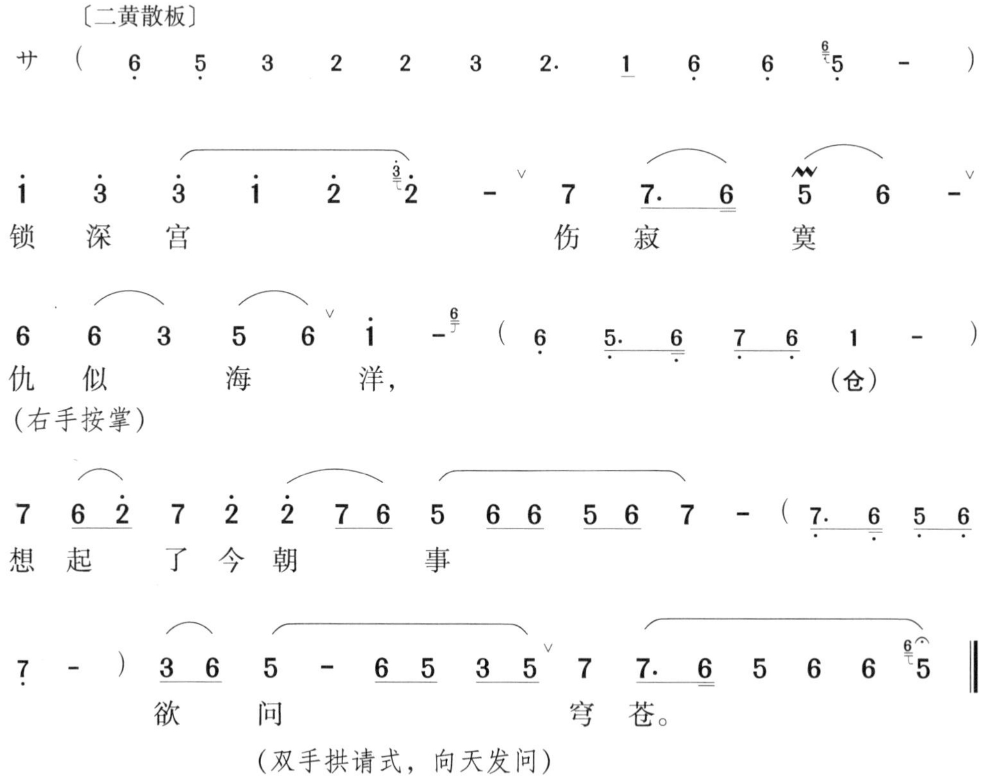

〔【大锣住头】王用水袖拭泪。

郑仁德 王宫人，事到如今，你哭哭啼啼有什么用啊？好好的保重身体，早晚终有出头之日。看今天天气不错，把你那琵琶弹弹，散散心不好吗？我给你要点吃的去，你瞧好不好。

王昭君 有劳公公。

〔【小锣一击】郑仁德从“下场门”下。

王昭君 唉，想我昭君乎！

汉明妃

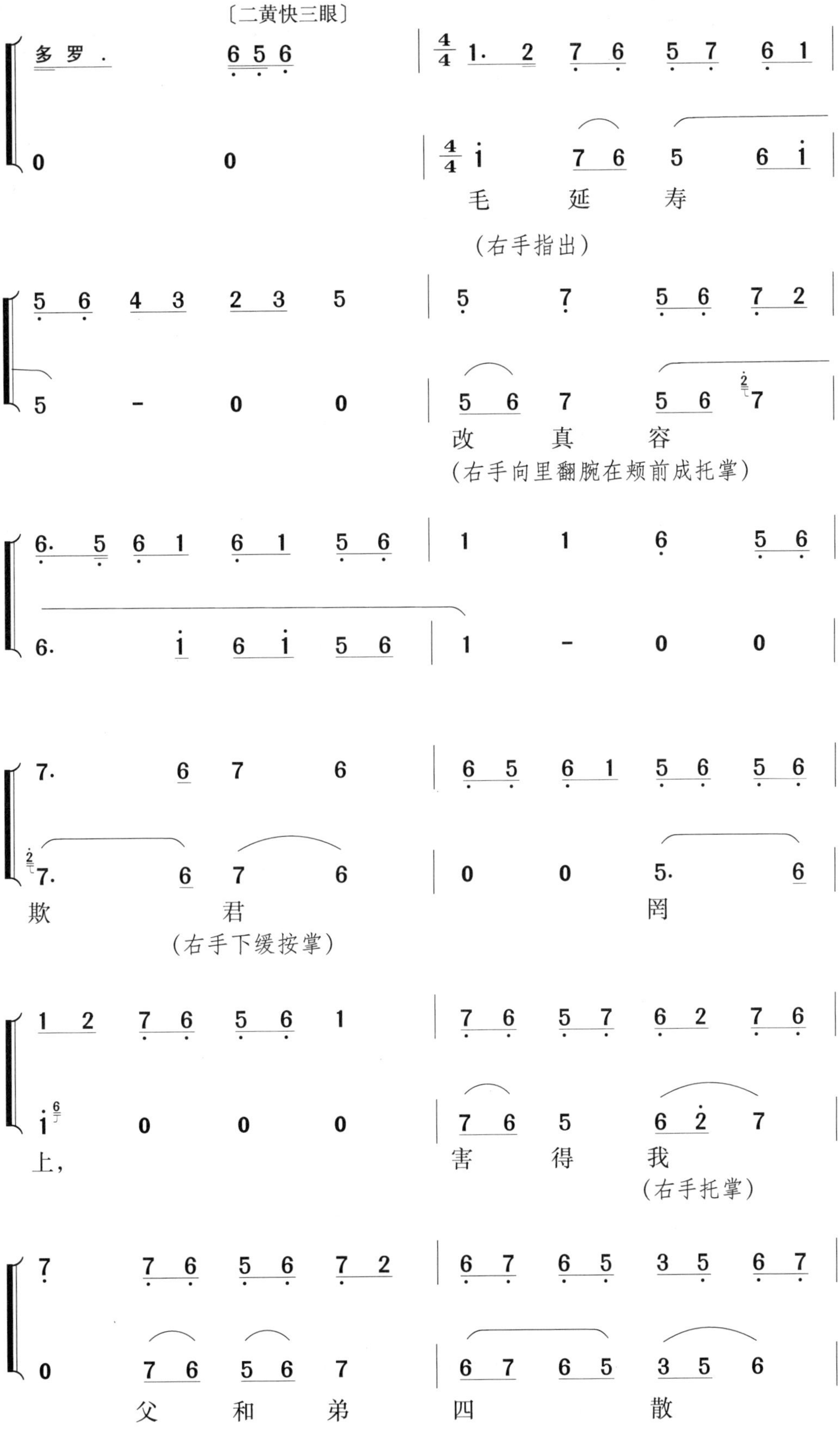
〔二黄快三眼〕
多罗.
毛 延 寿
(右手指出)
改 真 容
(右手向里翻腕在颊前成托掌)
欺 君 罔
(右手下缓按掌)
上，
害 得 我
(右手托掌)
父 和 弟 四 散

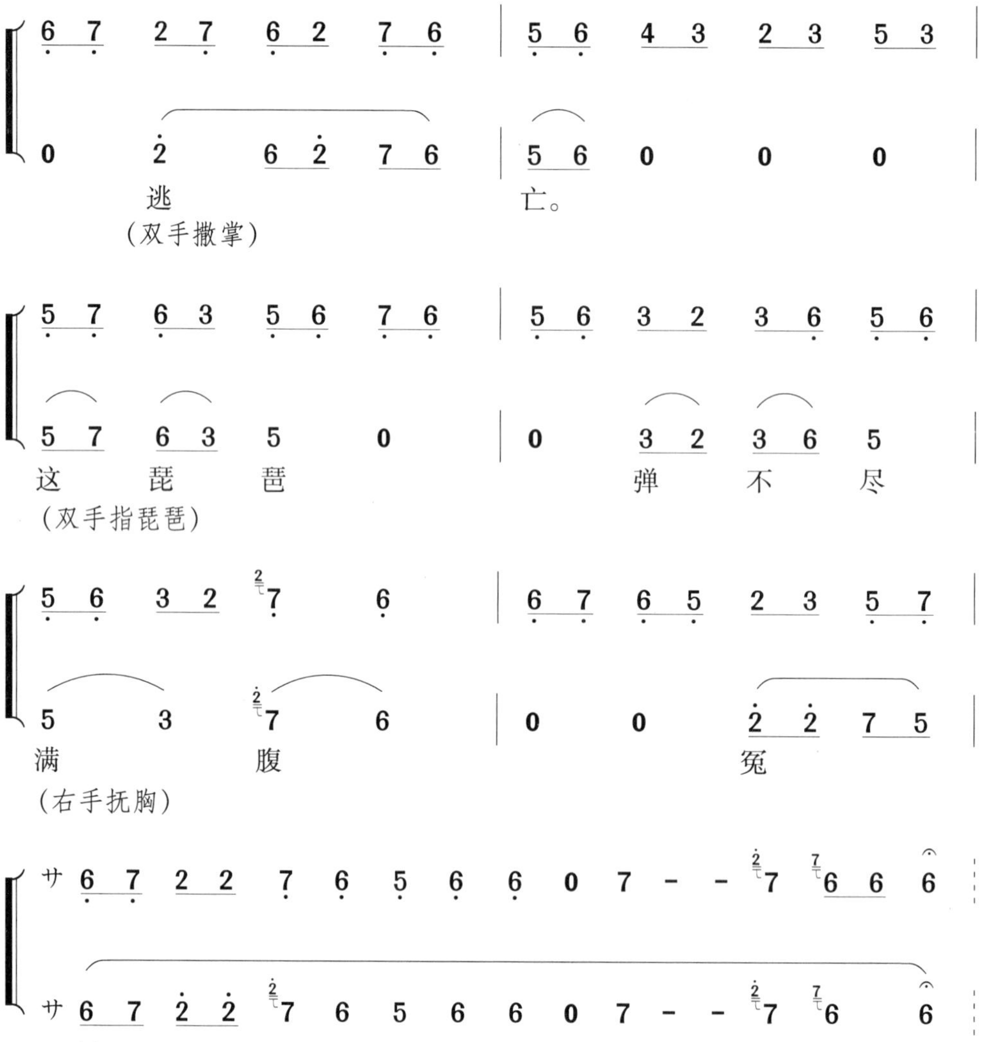

【纽丝凤点头】(王昭君走至斜放“大边”桌前的右边跨椅前，缓缓坐下)

〔二黄散板〕

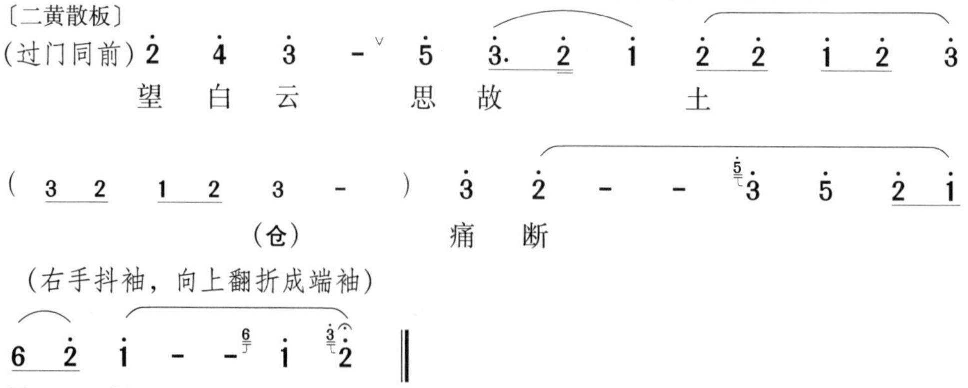

(左手拉右袖；右手做揉胸动作)

〔刘奭内白：“摆驾！”

汉 明 妃

〔二太监内白："嗻。"

〔【小锣抽头】二太监从"上场门"上，站"一条鞭"，刘奭持扇从"上场门"上，走至右台口。

〔二黄摇板〕

刘　奭　(6 5 3 2 2 3 3 33 21 61 56 76

5 5) 2 35 1 2 2 2 13 2 2 21

趁 良 辰 和 美 景 闲 游

(右手按掌)

1 2 1 — (16 76 56 1 1) 5 6 1 2

散（哪）荡， 一 路 上 观

(左手背袖、

1 21 3 62 1 — 3 3 — 3 2 (35

不 尽 上 苑 风 光 （呃）。

右手持扇向右外方随即平着撒开)

21 61 2 2) 5 2 2 7 6 (76 56 72 6

将 身 儿 来 至

(向台中走两步)

6) 5 2 2 2 3 5 6 2 7 6 5 6

冷 宫 永 巷，

(左手背袖) (用扇向左指) (王昭君在刘奭

月琴奏<山坡羊>

6 7 — — 7 7 6 ¦ 2/4 (仓) 35 | 6· 65 |

唱时，拿起桌上的琵琶，调弦) (王昭君怀抱琵琶，弹介；

6 65 3532 | 3 6 127 | サ 6 — ‖

刘奭右手背扇，左手捋髯细听) (王弹完曲后，放下琵琶，疲倦、做睡状)

刘　奭　啊！

〔二黄摇板〕

【小锣凤点头】(过门同前) 2 1 2 2 32 12 3 — (35

宫 墙 内 琵 琶 声

(左手抖袖) (右手用扇向左指)

2 3 4 6 3 3 3) 6 2 1 3 2 1 6 1 2 - ‖
甚 是 凄 凉。
（右手摊掌）

〔【小锣住头】丑太监从“上场门”搬椅子，放在右台口，刘奭坐下。

刘　奭　内侍，宫墙之内，何人弄得这样的好琵琶？

丑太监　待奴婢问来。（向“下场门”方向）冷宫太监回话呀！

〔郑仁德内白：“来啦！”

〔【小锣一击】郑仁德从“下场门”上。

郑仁德　原来是公公，什么事呀！

丑太监　万岁驾到，快去接驾！

郑仁德　是。奴婢接驾来迟，万岁恕罪！（跪）

刘　奭　我来问你，宫墙之内，何人弄得这样的好琵琶？

郑仁德　乃是越州太守王朝珊之女，名唤王嫱。

〔【小锣一击】刘奭稍一沉吟。

刘　奭　哦，乃是那越州太守王朝珊之女王昭君么？哎呀且住！（站起）（背语）自从此女打入冷宫，孤王（用扇子撩起髯梢）未曾看过她的相貌（一想），今日倒要看看。（归座）宣她前来接驾！（右手用扇指出）

〔【小锣一击】郑仁德站起。

郑仁德　遵旨。（进门）万岁有旨：王嫱见驾呀！王宫人，（一看）王宫人，你快点醒醒呀！

王昭君　（醒）公公何事？

郑仁德　王宫人你大喜啦！

王昭君　喜从何来？

郑仁德　今有万岁（双手拱请式）游玩冷宫，听你琵琶弹得甚美，叫你前去见驾哪！

〔【大锣一击】王昭君右手扶鬓，惊喜。

王昭君　有这等事，想我王昭君（右手抚胸）有了出头之日了。

郑仁德　成败可就在此一举了，快去见驾吧。（下）

王昭君　有劳了！（施礼）

〔二黄摇板〕

【小锣凤点头】（过门同前）3 3 1 2 - ˇ 7 7 6 3 5 6
忽 听 车 驾 临 永

i - ˇ 2 5 6 7 6 7 2 6 5 3 5 6 6. i 5 -
巷， 悲 喜 交 加 意 彷 徨。
（右手翻折水袖成端袖）

（ 0 3 2 i 6 i 5 6 7 6 5 5 ） 5 i - i i
揾 干
（拭泪）

6 5 3. 6 5 6 2̇ i̇ - .7 6 i̇ -
泪 痕 出 宫 往，
(右手向前指出)

2̇ 2̇ i̇ - 【撞金钟】(以水袖遮面前，出门)

〔二黄散板〕
(过门同前)サ 7. 6 5 6 7 7 - 5 7 2̇ 6 5 5 - 6 6 5
含 颦 低 首 拜 君 王。

〔【大锣住头】向前走两步。

宫人王嫱接驾来迟，万岁恕罪。(跪)

刘　爽　下跪可是王嫱？

王昭君　正是宫人。

刘　爽　为何不抬起头来？

王昭君　有罪不敢抬头。

刘　爽　恕你无罪。

王昭君　谢万岁！

〔【小锣一击】王昭君抬头，刘爽低首看王。

〔【小锣一击】见王貌美，打扇再注意观看。

〔【小锣一击】刘爽心中惊喜，手中扇子不禁落地，太监拾扇交刘爽。

刘　爽　你就是越州太守王朝珊之女昭君么？

王昭君　正是宫人，正是宫人。(连连叩首)

刘　爽　怎么与那画图不一样啊？

王昭君　万岁呀…… (跪走两步)

丑太监　呃！

〔【小锣一击】王昭君见喝斥之声，吓得向后靠身坐地。

丑太监　万岁（双手拱请式）在此，你就这么哭哭啼啼的，要是惊了驾，是你担呀，还是我们担哪！

刘　爽　嘟！

〔【大锣一击】刘爽怒指太监。太监低头。

刘　爽　孤在此讲话，你们在一旁大惊小怪，吓坏孤的美人，你们担待得起吗？

〔【小锣一击】刘爽怒指太监。

二太监　是，是，是。

〔【小锣一击】刘爽怒视二人。

刘　爽　大胆！放肆！这还了得！

〔【小锣一击】刘爽左手甩袖。

刘　爽　美人，你将过去之事，细说一遍，孤王与你做主。(右手按掌)

王昭君　万岁容奏哇…… (双手拱请式)

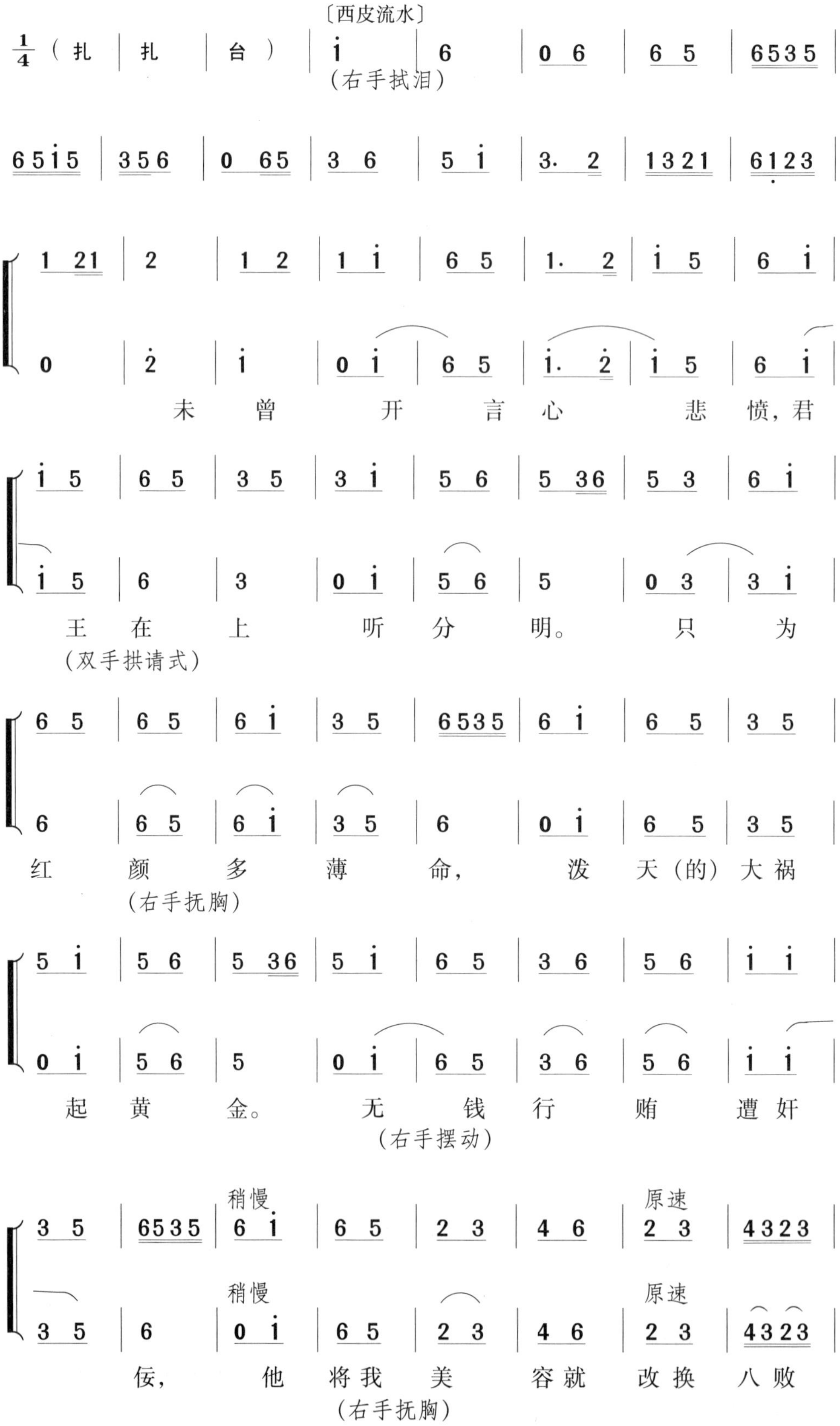
〔西皮流水〕
扎 扎 台
（右手拭泪）
未曾开言心悲愤，君
王在上听分明。只为
（双手拱请式）
红颜多薄命，泼天（的）大祸
（右手抚胸）
起黄金。无钱行贿遭奸
（右手摆动）
稍慢
原速
佞，他将我美容就改换八败
（右手抚胸）

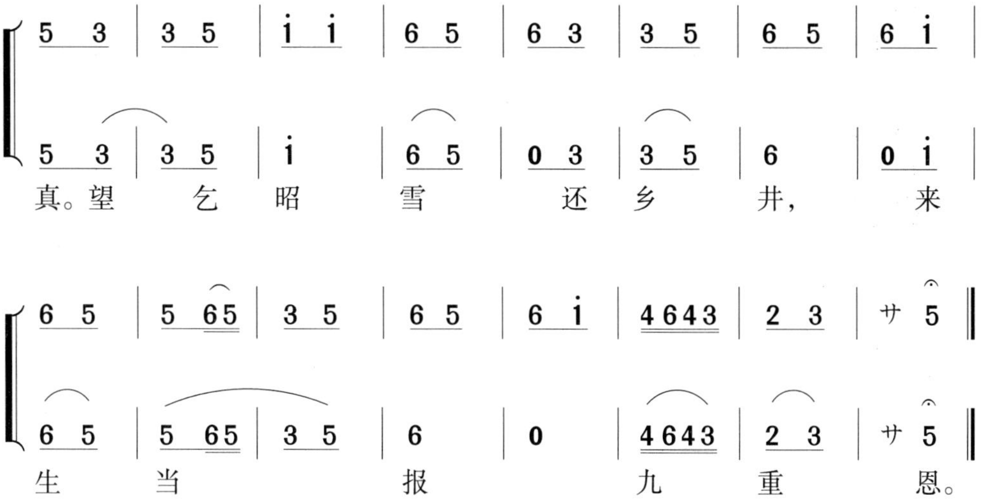

刘　爽　呀！（惊讶）

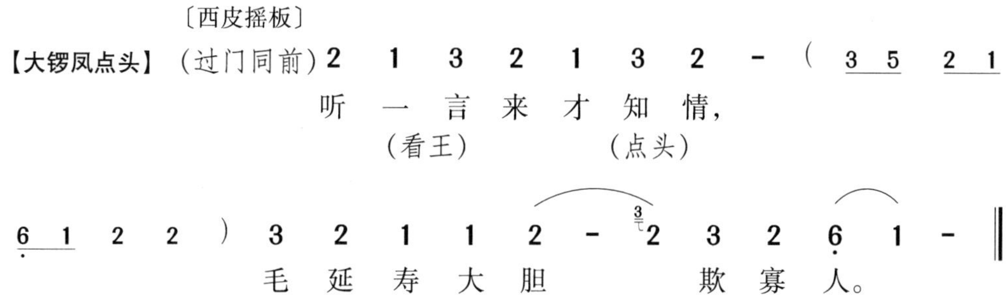

〔【大锣住头】示意王昭君站起。王拭泪。

刘　爽　美人不必啼哭，寡人与你做主就是。

王昭君　谢万岁！

刘　爽　内侍！

丑太监　有。

刘　爽　传孤旨意，命金吾卫带领禁军，将毛延寿全家问斩，快去，快去！

丑太监　领旨。

〔【小锣一击】丑太监从“上场门”下。

刘　爽　再传一道旨意，将王朝珊父子调进京来加官进爵。

大太监　遵旨。

〔大太监从“下场门”下。

王昭君　龙恩忒重了。（施礼）

刘　爽　美人听封！

王昭君　万岁。（跪）

刘　爽　孤封你为明妃，在昭华宫伴驾。

王昭君　谢主龙恩！（叩首后站起）

刘　爽　啊，妃子。

王昭君　万岁。

〔二人推磨，互换位置。

刘　爽　随孤（以左手拉昭君左手腕）来呀。（用右臂夹住昭君的左臂，右手打扇看昭君，昭君羞介）

刘　爽　啊，哈哈哈……

〔【大锣打下】刘爽拉着王昭君从“下场门”下。

第　八　场

〔【大锣原场】搭架子“乌啼”。【大锣五击】毛延寿从“上场门”上，走至前台口。

毛延寿　乌鸦当头叫，想是要糟糕。

〔【冲头】杂毛从“上场门”上，进门。

杂　毛　启禀大人：今有马公公差人前来，求见大人。

毛延寿　快快有请。

〔【五击】丑太监持云帚从“上场门”上，走至右台口。

丑太监　忙将机密事，报与大人知。毛大人在哪儿哪（边说边进门）？毛大人在……

毛延寿　公公，（双手拱请式）到此何事？

丑太监　启禀大人，大事不好啦！

毛延寿　何事惊慌？

丑太监　今有万岁游玩冷宫，听见王昭君的琵琶弹得甚美，召见之后，封为明妃娘娘。万岁差金吾卫带领禁军要将你的全家问斩，是我奉了马公公之命，前来与你送信。哎呀我说毛大人哪，你早点拿个主意才好哇！

〔【撕边一击】毛大惊，双手摊掌。

毛延寿　多谢公公美意，日后必当重报。（作揖）

丑太监　事到如今，没有说话的工夫了，咱家告辞啦！

毛延寿　送公公。（施一礼）

丑太监　免了吧。

〔【大锣住头】丑太监、毛延寿出门，丑太监从“下场门”下。【冲头】毛延寿进门。

毛延寿　【大锣叫头】哎呀且住！不想这个贱人见了万岁，被封为明妃，万岁要将我全家问斩，哎呀这这……【乱锤】（抚头，双手交换揉胸）【大锣叫头】有了！我不免将这贱人的真容画图背在身上，连夜逃出关去，献于外邦，叫他发兵夺取汉室天下，以报我灭门（崩 0　登 0　仓 0）（毛左手搂髯、右手向外指出）之恨。（仓）我就是这个主意。（右手甩袖）杂毛！（仓）

杂　毛　有。

毛延寿　看衣更换。

〔【阴锣】毛延寿从“下场门”下，更衣；杂毛向两边望门。【急急风】毛延寿从“下场门”上。

毛延寿　带马。

杂　毛　是。

〔【四击头】毛延寿上马，拖鞭亮相；杂毛拉毛马鞭。

杂　毛　大人，还有我哪！

毛延寿　我顾不得你了！

〔【冷锤】毛延寿甩鞭打马，从“下场门”下。【急急风】杂毛向“上场门”一望。

杂　毛　哎哟我的妈呀！

〔杂毛赶快进门，钻到桌子底下。

〔【急急风】四校尉引金吾卫从“上场门”上。众人下马。【冲头】四校尉进门，“挖门”，金吾卫站中间，四校尉将杂毛从桌下拉出来。

金吾卫　那毛延寿哪里去了？

杂　毛　我不知道！

金吾卫　与我打！

杂　毛　别打，别打！那毛延寿乔装改扮逃走啦。

金吾卫　有这等事，来，将他交与本地地方看管。（校尉二人押杂毛从“上场门”下，又复上）校尉的！

四校尉　有。

金吾卫　追！

〔四校尉出门，【急急风】金吾卫出门，一校尉先给金吾卫带马，回原位，五人“横一字”上马；金在中间。众人催鞭打马从“下场门”下。

第　九　场

〔【快纽丝】毛延寿右手举鞭，从“上场门”进步上场。走至前台口，勒缰亮相。

〔西皮散板〕

毛延寿　(过门同前)2　1 2　3　3　2 1　6̣ 1　2　(7̣　6̣　1
多 蒙 公 公 报 信 早，
(双手抱鞭拱请式)

2　-　)　3　3　2　3　2 1　6̣　1　-　(2 1　6̣ 1
(仓)　心 中 好 似 滚 油 浇。
(右手揉胸)

2　-　)　2. 5　3 1　3 1　2　-　(2 1　6̣. 1　2　-　)
(仓)　抱 头 纵 蹿　（空　匡）
(左转身，跨右腿)　(双手抱鞭亮相)

1　3　³2　-　-　³2　³2　1　1　2　-
往　前 跑，
(跨左腿错步，跨右腿蹉步)　(向后甩鞭打马)

〔花梆子〕

嘟 仓大 0 1 |: 2321 2321 2321 2321 2321 2321 2321 2321 :||

（跑一整圈圆场，至台中心）

〔（嘟 崩 0 登 0 仓 0）马惊，勒缰。（嘟 - 八大 0 仓 0）向左加鞭；骗左腿。（嘟 - 八大 0 仓 0）向右加鞭，骗右腿。（嘟 -）双手抱鞭，左腿跨抬；右腿蹉步向“上场门”斜线后退，向后扔马鞭。（崩 0 登 0 仓 0）向前走吊毛。（嘟 -）单腿跪蹉，走至扔马鞭处，拿马鞭（仓）拉马亮相。**【快纽丝】**毛延寿上马，举鞭走至左台口，向右转身，右手横鞭、左手提甲亮相。

〔西皮散板〕

毛延寿 （过门同前）2 2 2 - 1 3 2 （2 1 6. 1 2 - ）

我 不 报 此 仇

3. 2 1 3 2 - - 2 2 1 6 1 ||

恨 难 消。

〔（崩 0 登 0 仓 0）毛延寿甩鞭打马亮相，从“下场门”下。**【急急风】**四校尉、金吾卫举鞭从“上场门”上，追过场。

第 十 场

〔**【快原场】**

〔奏唢呐曲牌＜水龙吟＞二番兵抱刀从“上场门”上，走至前台口，右手拉开“山膀”亮相。随即左右分开站立两厢。第二对番兵从“上场门”重复以上动作，依次站好。第三对番兵从“上场门”上重复以上动作，依次站好。第四对番兵也如此动作。

〔**【一锤锣】**单于从“上场门”上，向前走两步，至“九龙口”，整冠、理髯，左手抖袖，提袖。走至前台口。**【大锣归位】**左手抖袖后又将水袖向上翻折；右手拉左袖，以左袖遮面。

＜点绛唇＞

单 于 サ 6 i 5 4 3 5 2 （台 台）2 2 1 2

将 士 骁 勇， 北 番 称

6 1 5 （台 令 台）| 5 5 4 3 5 2 （台 台）

雄。 汉 室 闻，

3 2 1 2 3 5 6 5 （台 令 台）6 5 6

胆 战 心 惊， 万 里

（向下抖左袖，

$\overset{\dot{1}}{}$5 （多 多）2 2 1 6 1 5 ‖

吾 为 尊。

再将左袖翻折） （右手向前指出亮相）

〔奏唢呐曲牌<水龙吟·合头>左手抖袖、捉袖、整冠、理髯、双手端带，向左、向右扫视站在两厢的番兵，右转身向大帐走去，进堂归“大座”。

单 于 （诗）四方滚滚起烟尘，

万里江山某为尊，（台台）

沙漠长城为边界，

汉室闻名胆战惊。【大锣归位】

某，（仓）呼韩邪单于王是也。【大锣住头】久居沙漠，独霸北番，自从惠帝在世，某郎欲与公主和亲，不想元帝老儿推说公主年幼，久无音信，甚是可恼，某欲起兵侵犯，只是不知他国虚实。也曾命人前去打探，未见回报。

〔【冲头】虏王从“上场门”上，走至右台口。

虏 王 忙将延寿事，报与兄长知。

〔【大锣住头】进门。

虏 王 启禀兄王，今有汉朝毛延寿求见兄王。

单 于 叫他进来！

虏 王 兄王有旨：毛延寿进帐！

〔【大锣五击】毛延寿持画图从“上场门”上，走至右台口。

毛延寿 血海冤仇恨，来此见番君。（进门）臣，毛延寿参见狼主。（跪）

单 于 平身。

毛延寿 谢狼主。（站起，归到“大边”）

单 王 前来做甚？

毛延寿 前来献图。

单 于 呈上来。

毛延寿 是。

〔【大锣五击】毛延寿向单于展图，单于推髯观看。（才0 才0 才0）看图惊喜，站起。

单 于 呀！

〔亮弦〕

サ（7 2 1 －）

〔西皮散板〕

【纽丝凤点头】（过门同前）3 4 3 2 1 2 3 1 2 3

见 画 图 不 由 孤 神 魂 飘

3 － （6 1 2 3 －）2 1 2 1 3 2 2

荡， （仓） 但 不 知 小 娇 娃 今

1 2 3 $\overset{3}{}$2 － － $\overset{3}{}$2 2 1 6 1 － ‖

在 何 方。

〔【大锣住头】单于坐下。

单　于　唉！

毛延寿　狼主为何长叹？

单　于　见此画图，不能见人，也是枉然。

毛延寿　狼主有所不知，为臣见汉朝公主年岁太小，一时不能和亲，恐狼主心中着急，特此寻来美人王嫱，启奏汉帝替公主和亲，不想汉帝见色心喜，将王嫱纳为明妃。为臣上本谏奏，触怒汉帝，将臣全家问斩。是我连夜逃出关来，报与狼主知道。汉帝酒色荒淫，将老兵衰，只要狼主大兵一到，何愁此女不来献上。

单　于　既有这等事，念你为孤受苦，命你以为护国军师，在雁门关接应便了。

毛延寿　多谢狼主。

单　于　巴图鲁！

众　有！

单　于　发兵长城去者！

众　啊！（三番兵给单于、虏王、毛延寿带马，三人上马）

〔奏唢呐曲牌<朱奴儿>

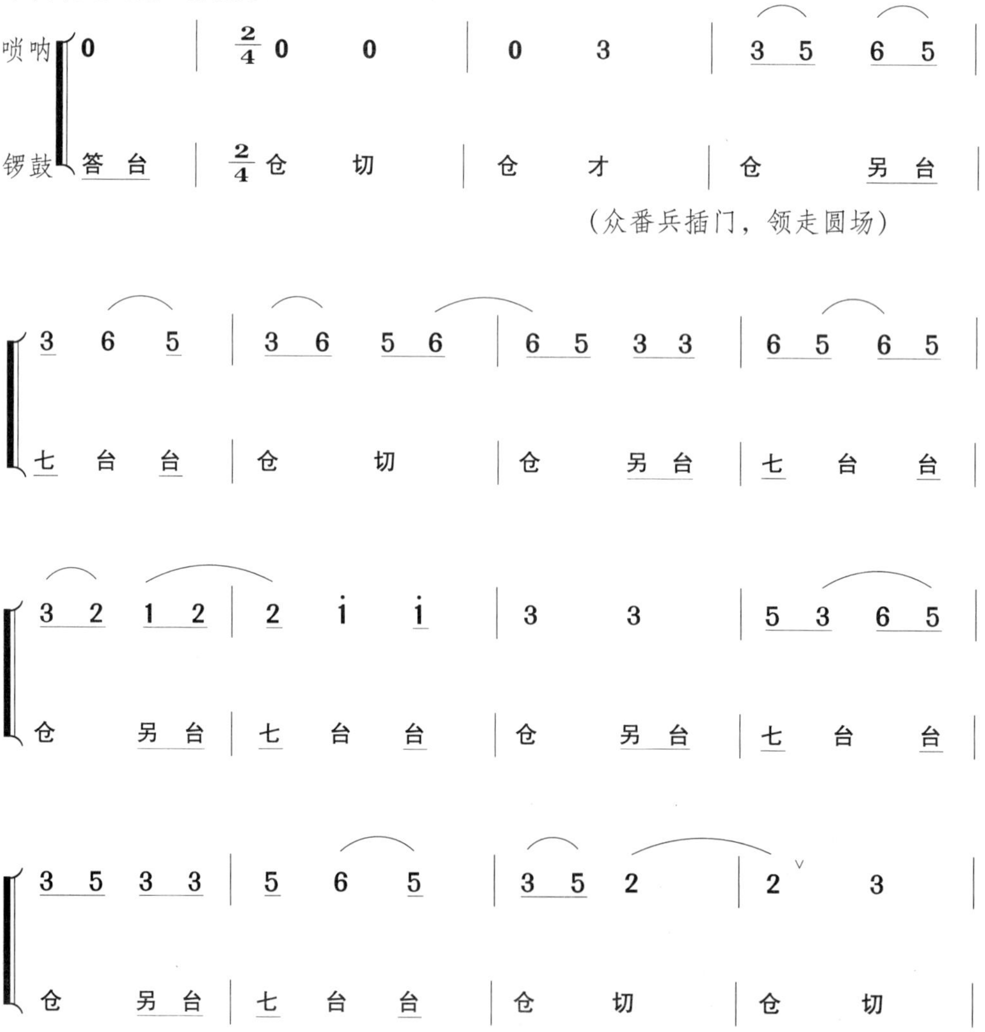

（圆场走至右台口，单队变双队，向“下场门”“扎犄

| 5 3 | 3 1 2 | 3 5 2 | 2 5 |
| 仓 另台 | 七 台 台 | 仓 台 | 切另 大 |

角”，扯成“斜门”）

| 3 5 2 | 2 3 1 | 6 0 ‖
| 仓 另切 | 切台 仓 | 0 0 ‖

〔【急急风】单于打马从“下场门”下，随之虏王、毛延寿打马双下，众窝下。

第十一场

〔【撤锣】

〔【小锣抽头】四宫女从“上场门”上，“站门”。王昭君“上场门”上,走至前台口。

〔西皮摇板〕

王昭君 （过门同前）5 i i 3 3 6 5 7 6 6 3 5 – 5 6 【小锣抽头】

将 身 儿 坐 至 在 昭 阳 宫 院，

（右手抖袖）

（左转身，向里走，右转身，归“小座”，宫女往里归成八字）

〔西皮摇板〕

（过门同前）3 3 6 5 5 6 6 i 5 6 5 6 6 5 – ‖【堂鼓架子】

每 日 里 受 君 恩 无 限 缠 绵。

（双手拱请式）（右手端掌）

〔刘奭内白：“摆驾！”

〔大太监内白：“万岁回宫啊！”

〔【纽丝】大太监从“上场门”上，刘奭随上走至右台口，抖右袖。

〔西皮散板〕

刘 奭 （过门同前）3 3 4 3 1 2 3 3 （ 6 1 2 3 – ）

可 恨 匈 奴 犯 边 境，（仓）

（右手指出）

6 2　1 2　1　2　1 3　2　2　1　-　（7　6
满　　朝　　文　武　尽　　无　能（哪）。
（双手摊掌）

2　1　-　）6 2　1　1　2　1 2　3　2　0
（仓）　　　内　　侍　摆　驾　后　　宫　进，

〔【纽丝】大太监、刘奭进门，王昭君站起。

〔西皮散板〕
（过门同前）6 2　1　3　2　3　2 1　6　1　-
见　　了　妃　子　说　分　　明。

〔【大锣住头】刘奭归“外场座”。

王昭君　妾妃见驾，吾皇万岁！（跪）

刘　奭　平身。

王昭君　万万岁。

〔【小锣一击】宫女搬椅子，王昭君坐“小边”跨椅。

刘　奭　可恼啊，可恼。

〔【撕边一击】王昭君右手扶鬓看刘奭。

王昭君　万岁今日下朝，为何这等烦恼？（右手摊掌）

刘　奭　妃子哪里知道，那毛延寿身背妃子真容去往北国，勾引匈奴发兵前来，要夺取汉室天下。（右手按掌）那番贼十分凶恶，口口声声要妃子前去和番，你道恼是不恼？（双手摊掌）

〔【撕边一击】王昭君一愣。

王昭君　有这等事，但不知万岁可曾应允？（双手摊掌）

刘　奭　想妃子乃孤心爱之人，怎生舍得？欲待不允，只是那番王十分凶恶（左手指出），此事叫孤进退两难。（摇头）

王昭君　万岁此言差矣！（右手摆动）

〔【大锣住头】从座位上站起。

王昭君　若非事在紧急，圣君（双手拱请式）岂肯出此下策。（右手按掌）还望万岁三思！（双手拱请式）

刘　奭　这个……

〔【撕边一击】王向前走一步，刘捋髯思索。

〔【大锣水底鱼】张槐从“上场门”急上，进门站到“大边”。

张　槐　臣启万岁：那番奴人马兵临城下，再不献出明妃娘娘，就要杀进城来了。

刘　奭　哎呀不好了！

〔西皮散板〕
【快纽丝】（过门同前）3　2　1　2　3　1 2　3　（3 2　1 2
听　一　言　来　心　内　　惊，
（右手抚胸）

3 -) 2 2 1 3 2 1 2 2 1 - ‖
（仓） 卿 家 快 快 退 贼 兵。
（右手指出）

王昭君 【大锣叫头】万岁呀！（右手抖袖）想那匈奴发兵前来，（右手按掌）不过为妾妃而来。（右手抚胸）妾妃虽是女流，颇知大义。待妾妃前去和番，先斩那毛延寿的人头，（左手拉右袖，右手做刀砍状）再还我真容带回汉朝，两国从此免动干戈，（右手按掌）还请万岁恩准！（双手拱请式）

〔【撕边一击】张槐点头，刘奭捋髯沉思。

刘　奭 啊妃子，后面歇息，容孤思之。

王昭君 是。（施一礼）

〔【大锣五击】王昭君从“上场门”下。

张　槐 娘娘甚知大体，请万岁三思。（双手拱请式）

刘　奭 事到如今，也只好如此。但不知命何人护送。

张　槐 就命御弟王龙护送。

刘　奭 任凭卿家，你办理去吧！

张　槐 是。

〔【一锤锣】张槐出门从“上场门”下；刘奭、大太监、宫女从“下场门”窝下。

第十二场

〔【快长锤】八番兵从“上场门”上，“站门”。单于“上场门”上走至前台口。

〔西皮摇板〕

单　于 （过门同前）1 2 1 2 3 2 3 2 (3 5 2 1
将 身 且 坐 牛 皮 帐，

6 1 2 2) 1 3 1 3 2 3 5 2 6 1 ‖
静 听 探 马 报 端 详。
（右手指出）

〔【五锤】单于归“内场座”；八番兵向里归“八字站”。

孤，单于王是也。昨日汉将请俺将人马退回四十里，另派大臣前来，商议和亲之计。今日尚无音信，叫孤好不耐烦也。

〔【冲头】报子从“上场门”上，进帐。

报　子 张丞相到。

单　于 有请。

报　子 有请啊！

〔【大锣冲头】报子从“下场门”下；张槐从“上场门”上，进帐。

张　槐 啊狼主。（双手拱请式）

单　于　丞相请坐！

张　槐　在座。（坐“大边”跨椅）奉了圣上（双手拱请式）旨意，请狼主急速撤兵回国，即日派遣中军副将王龙，护送娘娘（双手拱请式）出塞和亲。

单　于　此话当真？

张　槐　岂能失信狼主。

单　于　好，大人请回，孤家即刻收兵便了。

张　槐　（起身施礼）告辞了。

单　于　恕不远送。

〔**【大锣住头】**张槐出帐，从“上场门”下。

单　于　巴图鲁！

众　有！

单　于　人马连夜撤出雁门关，（右手按掌）等候迎接昭君便了。（右手指出）

众　啊！

〔**【一锤锣】**众分下，单于“下场门”下。

第十三场

〔**【撤锣】【小锣打上】**张槐、鲁成、宋颜昭、张守信“上场门”上场。四人整冠、理带。走至前台口。

张　槐　（诗）丹凤来仪宇宙春，

鲁　成　　　中天雨露四时新。

宋颜昭　　　世间无有全忠孝，

张守信　　　臣报君恩子奉亲。

张　槐　列位大人请了。（双手拱请式）

鲁　成
宋颜昭　请了。（双手拱请式）
张守信

张　槐　今有昭君娘娘塞北和番，我等奉旨，十里长亭相送，一同前往。

鲁　成
宋颜昭　请。（双手拱请式）
张守信

张　槐
鲁　成
宋颜昭　正是：（扎）文官把笔安天下，武将提刀定太平。
张守信

〔**【原场】**四人同下。

〔**【大锣齐钹抽头】**（轻击）四青袍扛红门旗从“上场门”上，“站门”。王龙持扇遮面从“上场门”上场，快步走至左右口，右手落扇亮侧按扇式；左手扶扇、跨抬

右腿。落右腿跑一小圆场到“上场门”，右手变倒肩扇；左腿跨抬、左手翻水袖撣左靴，随即扇交左手变倒肩扇，右腿跨抬、右手翻水袖撣右靴。落右腿、扇交右手变右倒肩扇，从“上场门”绕跑一小圆场到台中。面向后台跨右腿，踢左腿，左转身面向前台；**【收头】**收住。王龙向左、(**扎**)右(**扎**)肩处两番缓扇后，将扇立拿胸前。(**仓**)

王 龙 (念) 蟒衣三爪，(**多多**)(双手端带)玉带围腰，(**多罗**)

一身富贵乐滔滔，谁似我一品当朝，

一品(咿唏，哟喝)当朝。(双手赞美指)

〔**【大锣齐钹抽头】**(轻击)右手开扇后成侧按扇式；走至左台口亮住，随即快步向右台口走去，至右台口，向右转身，双臂直伸腿半蹲走矮子步到前台口。**【收头】**跨右腿，踢左腿，归“外场椅”坐下。**【加锣】**向左、(**扎**)右(**扎**)肩处两番缓扇后，将扇立拿胸前。(**仓**)

(念)延寿心太狠，

昭君出雁门。(右手拿扇外指)

文武心酸痛，

我主两泪淋。(左手倒肩扇，右手拭泪、向外弹泪)

(**扎扎仓**)

下官，御弟王龙。(**扎**)今有昭君娘娘塞北和番，众朝臣俱在十里长亭相送。小校的。

四青袍 有。

王 龙 打道长亭去。

四青袍 啊。

〔**【大锣齐钹抽头】**(轻击)王龙起身向前台口走去，走至前台口，右转身归台中，走“扯四门”。

王 龙 (念〔扑灯蛾〕)

朝臣待漏五更冷，

四青袍 五更冷。

〔**【大锣齐钹抽头】**(轻击)

王 龙 铁甲将军去跳井，

四青袍 去跳井。

〔**【大锣齐钹抽头】**(轻击)

王 龙 一跳跳了七八个。

四青袍 七八个。

〔**【大锣齐钹抽头】**(轻击)

王 龙 劈里吧嗒又扑通。

四青袍 劈里吧嗒又扑通。**【大锣齐钹收头】**(**扎扎仓**)

〔张槐、鲁成、宋颜昭、张守信从两边分上。

张 槐
鲁 成
宋颜昭
张守信 国舅大人。(双手拱请式)

王 龙 列位大人敢是送驾的么？(双手摊掌)

张　槐
鲁　成
宋颜昭
张守信　正是。

王　龙　请稍待。（扎多台）（向“上场门”一望）看，香烟缭绕，娘娘凤驾来也。

〔王龙边向左台口走去，边向“上场门”方向双指出；四青袍在后面归一横排，四朝官分两边站。

〔笛子奏曲牌 1=F 或 G（六字调或正宫调）<小开门>四太监、四宫女持宫灯上“站门”，曲牌止。

〔【小锣帽子头】王昭君从“上场门”上，双手端带、右手持扇亮住。身旁随上二宫女，站“大边”的宫女抱琵琶；站“小边”的宫女抱上方宝剑；身后有二宫女掌扇。

<梧桐雨> 1=F 或 G（六字调或正宫调）

王昭君　（多 多）サ 3 3 6. i 5 3（多 多）3. 2 5 2 3 1 6
别 离　泪
（双手端带，右踏步站）（右手在右额前托起）

（多罗 0）4/4 5 - 6. i 5 | 6. 5 6 - | 扎 3 5 6 i i2 6532 |
涟。
（右扇交左手，右手拭泪）（扇交右手，左手拭泪）（左手弹泪）（左手翻折袖再向下抖袖，右手扇交左手，

渐慢
3 5 6i54 3 - | サ（多 多）3 3 3 3 3 5（多罗 0）
（多 多）　怎 忍 舍
右手翻折袖后，再向下抖袖。双手端带，右踏步站）（双手摊掌。后面的宫女归正站）

4/4 2. 5 3 2. 3 1 65 | 1.（3 2161 5643 235）|
汉　宫
（王昭君、王龙二人走“合扇”动作，同时向台中走去，二人向后双指，面向前台）

1. 2 323 0 23 2165 | 121（0 6 5. 6 561 |
帝　辇。
（二人三缓手后，向前台口“合扇”双指出）（过门中，二人互换

1）5 35 0 6i 6532 | 5 2 5 2 0 3 2 |
无　端　歹贼
位置）（王龙在左台口，王昭君在台口，二人走“合扇”动作，三番双摆手）

汉明妃

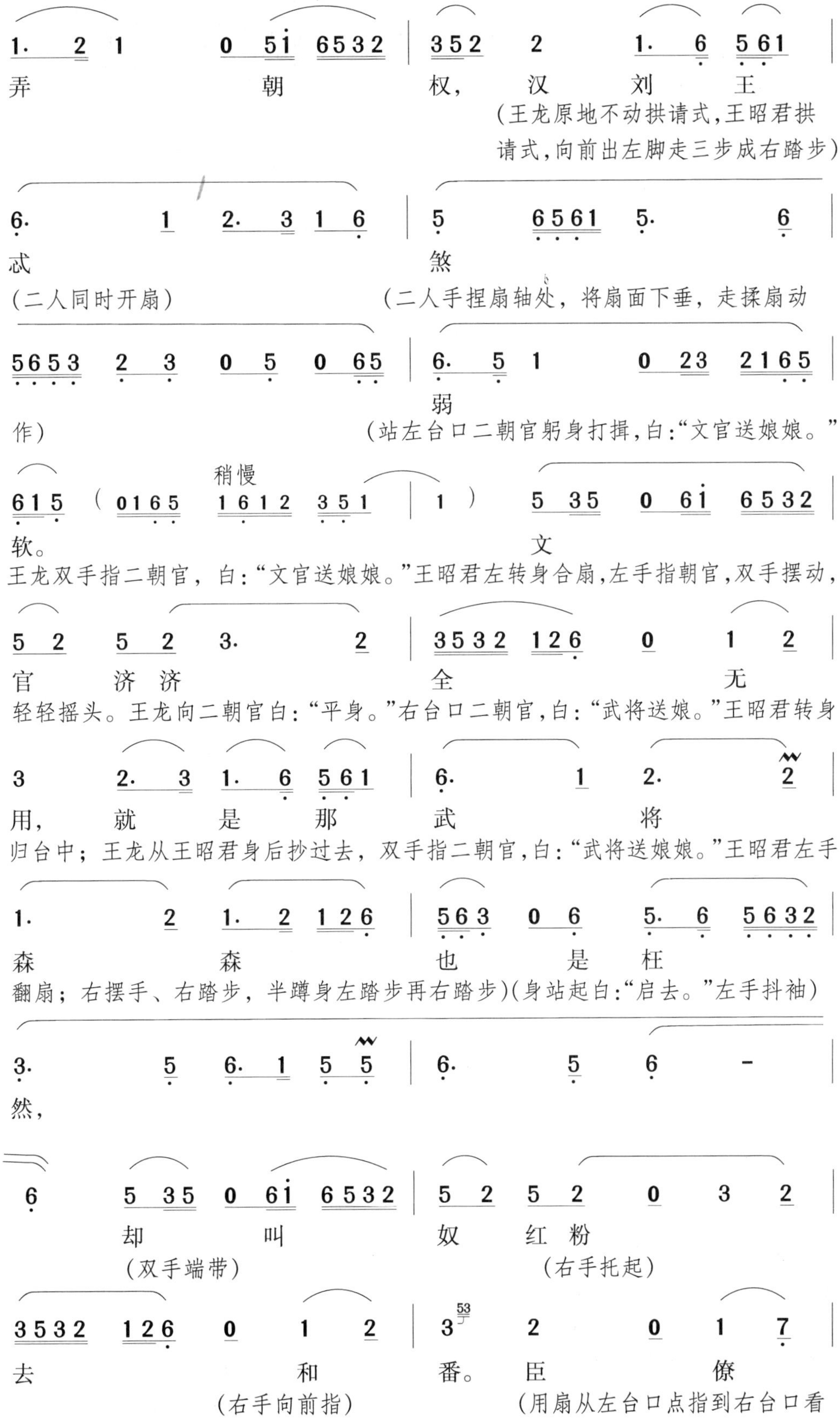

稍慢
弄 朝 权，汉 刘 王
（王龙原地不动拱请式，王昭君拱请式，向前出左脚走三步成右踏步）
式 煞
（二人同时开扇） （二人手捏扇轴处，将扇面下垂，走揉扇动
弱
作） （站左台口二朝官躬身打揖，白：“文官送娘娘。”
软。 文
王龙双手指二朝官，白：“文官送娘娘。”王昭君左转身合扇，左手指朝官，双手摆动，
官 济 济 全 无
轻轻摇头。王龙向二朝官白：“平身。”右台口二朝官，白：“武将送娘。”王昭君转身
用，就 是 那 武 将
归台中；王龙从王昭君身后抄过去，双手指二朝官，白：“武将送娘娘。”王昭君左手
森 森 也 是 枉
翻扇；右摆手、右踏步，半蹲身左踏步再右踏步）（身站起白：“启去。”左手抖袖）
然，
却 叫 奴 红 粉
（双手端带） （右手托起）
去 和 番。臣 僚
（右手向前指） （用扇从左台口点指到右台口看

6·　（5　3· 5 3 5 6 | 6 ）　2 2 0 1 2 |
乎　　　　　　　　于 心　怎　安？
众朝官；众朝官愧低头）　　（双手摊开）

6· 5 1　6· 1 6 5 | 3 ⁵3 5 － － |
于　心　怎　安？
（双手抚胸，揉胸，轻轻摇头，抽泣，右手拭泪）

6 － 0 6 6 | ⁶5 － － 0 ‖

（大 大大 大大 一大 一大大大 仓）【大锣抽头】（双手端带，双目直视前方，王龙白："请娘娘登辇。"王昭君向左台口走去，至左台口，将扇打开成左侧按扇式；踏右步，向左台口凝眸远望，缓步向前台口走去，至前台口右转身；将扇背于背后，背向观众，向前走四步，先走右步，见凤辇突然止步，定神看凤辇，抽泣，拭泪。王龙白："请娘娘登辇。"王昭君轻轻顿足，下决心登辇，向前走三步，先走左步，右转身、踏右步登辇入座。王龙向"上场门"疾步走去，至"上场门"方向，右手持扇变倒肩扇；左手撩蟒、跨抬左腿，落左腿向台中疾走，至台中成左按扇式，随即向右台口疾走，至右台口向右转身，将扇折起，双手向前平伸；腿半蹲，由右台口向台中横线走半矮步，走至台中。【大锣抽头】（收住）王龙跨右腿向台后踢左腿，（扎）跨右腿左转身，（扎）面向王昭君双手拱请式；双腿骑马蹲裆式亮住）（仓）

王　龙　臣，御弟王龙见驾，愿娘娘，千 —— 千 —— 岁！
（打揖）　（勾抬左腿；左拱请式）（扎）　（落左腿、勾抬右腿；右拱请式）（扎）　（落右腿、双腿跪）（仓）

王昭君　御弟平身。

王　龙　千 —— 千 —— 岁！
（左立扇、勾抬左腿、落腿时向"大边"退步）（扎）　（右立扇、勾抬右腿，落腿时向"大边"退步）（扎）　（立扇胸前、蹲裆骑马式亮相，立于"大边"）（仓）

〔四朝官在台中归成"横一字"。【小锣一击】

四朝官　臣等见驾娘娘千岁。（众跪）

王昭君　众卿平身。

四朝官　千千岁。（扎多台）

〔众朝官分站两边。

王昭君　御弟，传我旨意，众朝官免送了吧！（摇头、扬起右手）

王　龙　领旨。（扎多台）（从"大边"归到台中，双手拱请式）列位大人！

四朝官 大人！（拱请式）

王　龙 娘娘吩咐免送了吧。

四朝官 我等不远送了。正是（扎）

昭君去和番，愧煞须眉男。

〔众朝官归成一字排，边说，边向“下场门”走，【**小锣五击**】四朝官“下场门”下；王龙从台中归到右台口施礼相送。王龙归到台中。

王　龙 起驾。

〔王龙“下场门”下。

〔开道锣三击。

<山坡羊> **1＝F** 或 **G** （六字调或正宫调）

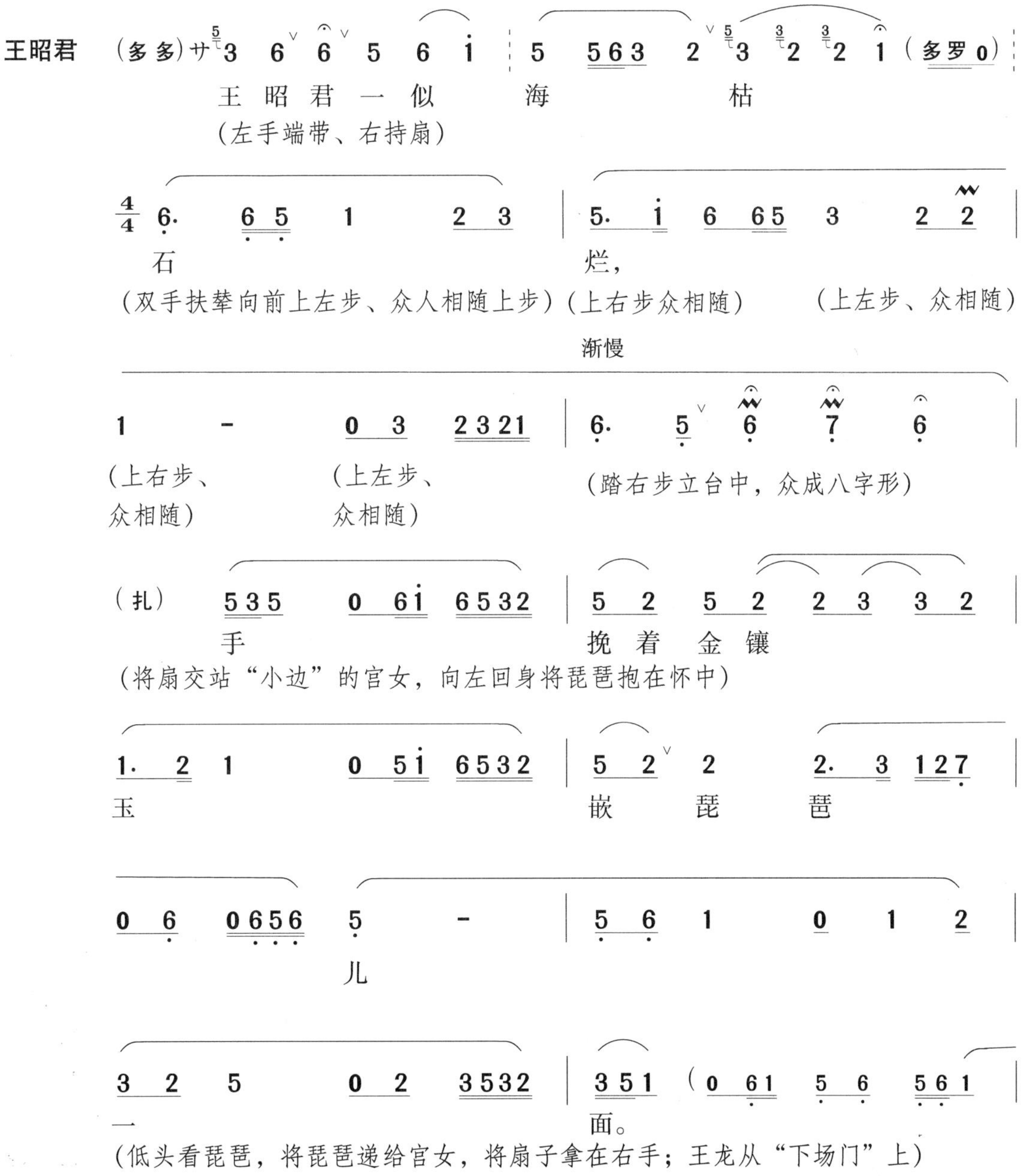

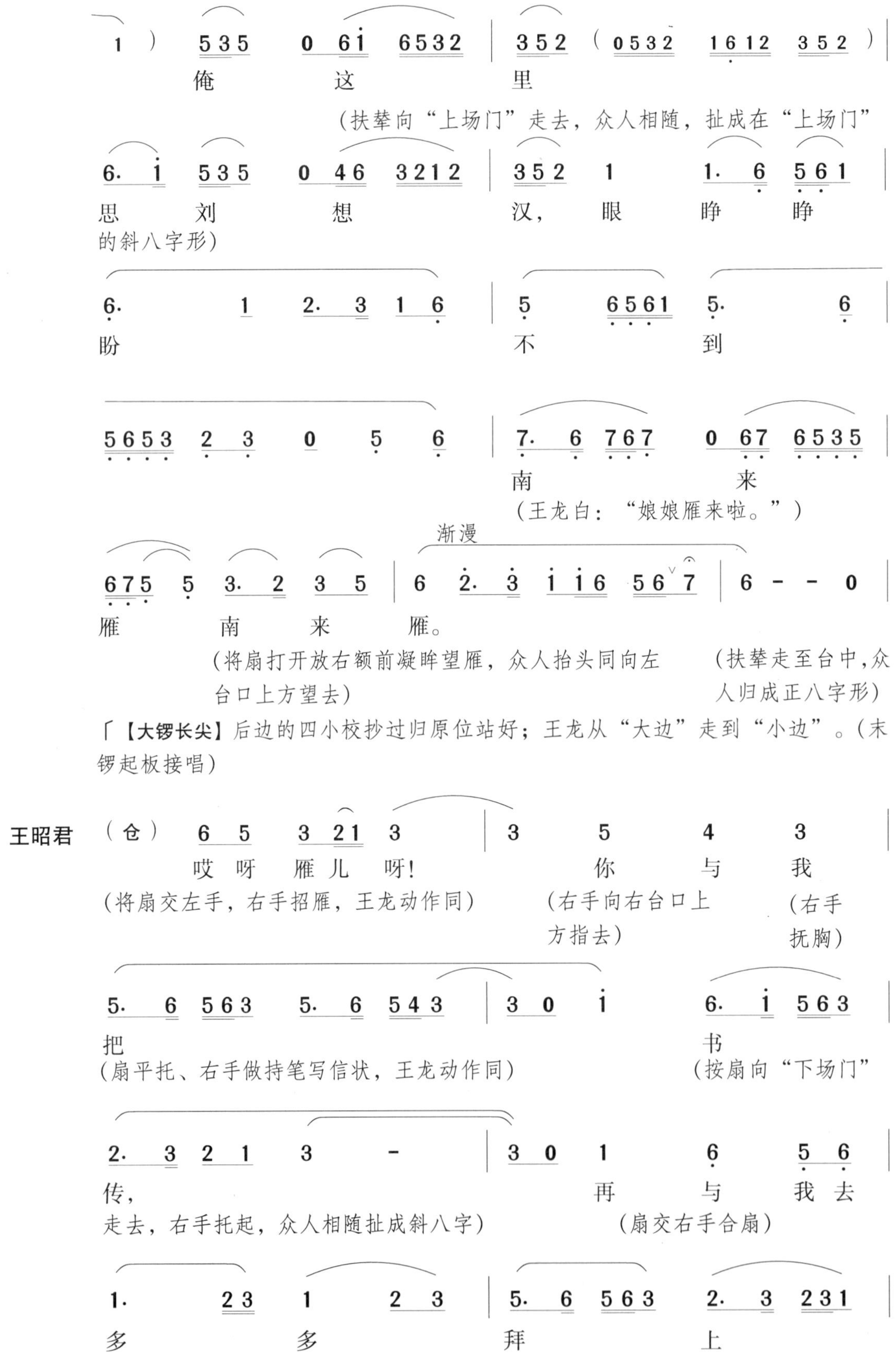
俺 这 里
（扶辇向“上场门”走去，众人相随，扯成在“上场门”的斜八字形）
思 刘 想 汉，眼 睁 睁
盼 不 到
南 来
（王龙白：“娘娘雁来啦。”）
渐漫
雁 南 来 雁。
（将扇打开放右额前凝眸望雁，众人抬头同向左台口上方望去）
（扶辇走至台中，众人归成正八字形）
〔【大锣长尖】后边的四小校抄过归原位站好；王龙从“大边”走到“小边”。（末锣起板接唱）
王昭君
（仓）
哎 呀 雁 儿 呀！ 你 与 我
（将扇交左手，右手招雁，王龙动作同）
（右手向右台口上方指去）
（右手抚胸）
把 书
（扇平托、右手做持笔写信状，王龙动作同）
（按扇向“下场门”走去，右手托起，众人相随扯成斜八字）
传， 再 与 我 去
（扇交右手合扇）
多 多 拜 上

汉明妃

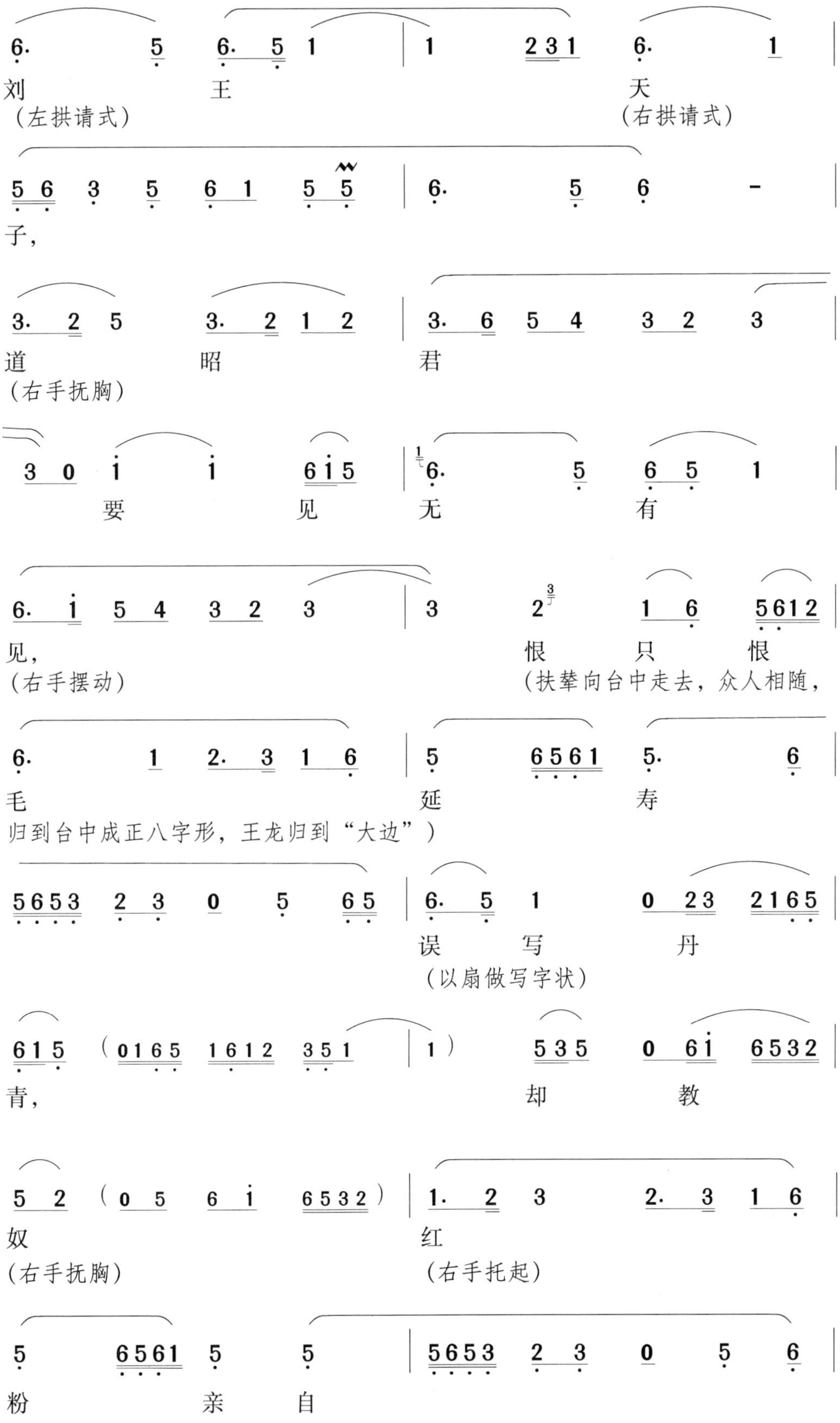
刘 王 天
（左拱请式）
（右拱请式）
子，
道 昭 君
（右手抚胸）
要 见 无 有
见，
（右手摆动）
恨 只 恨
（扶辇向台中走去，众人相随，
毛 延 寿
归到台中成正八字形，王龙归到“大边”）
误 写 丹
（以扇做写字状）
青，
却 教
奴
（右手抚胸）
红
（右手托起）
粉 亲 自

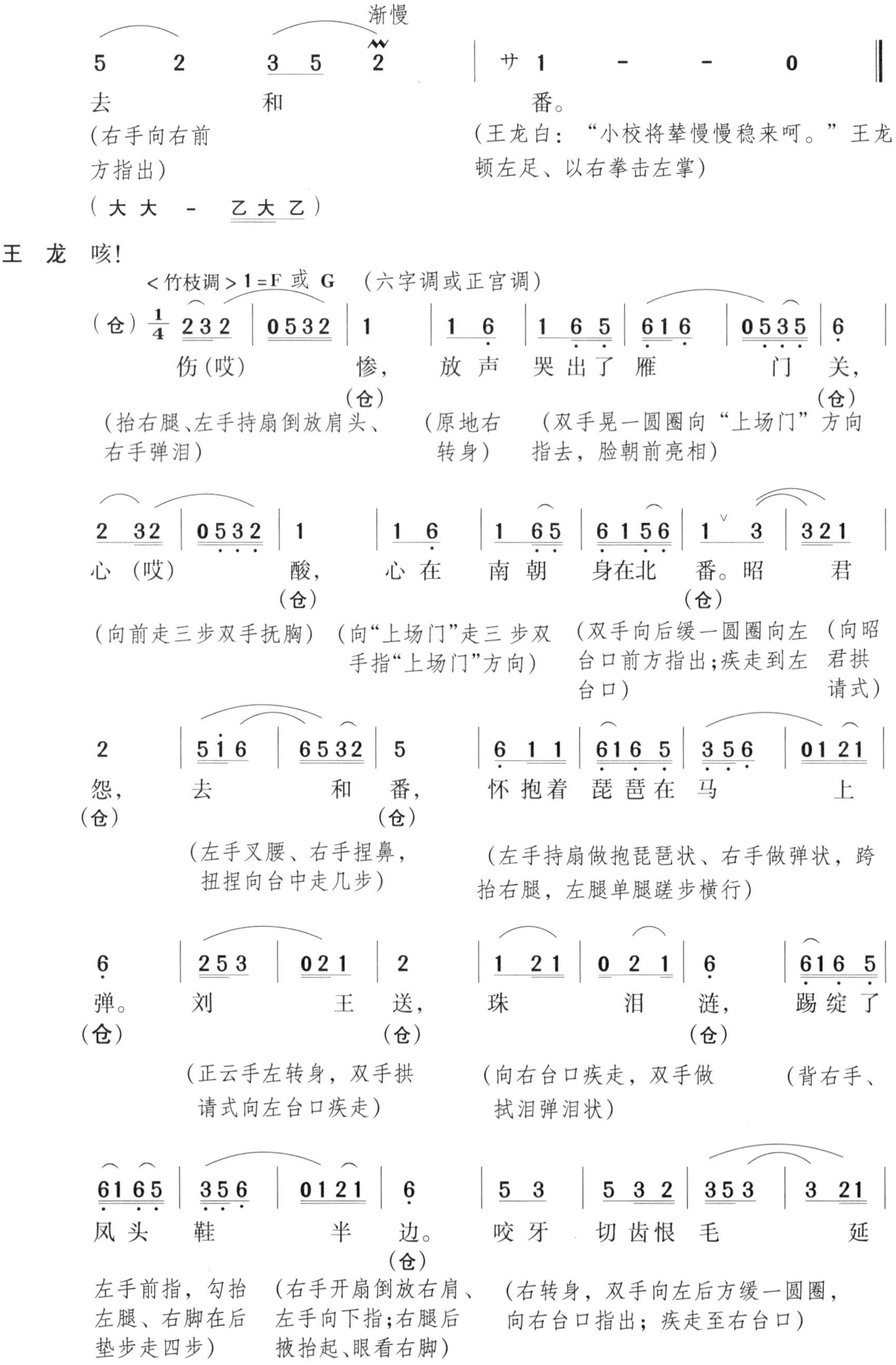
渐慢
去 和 番。
(右手向右前方指出)
(王龙白:“小校将辇慢慢稳来呵。”王龙顿左足、以右拳击左掌)
(大大 - 乙大乙)
王龙 咳!
<竹枝调>1=F或G (六字调或正宫调)
(仓)
伤(哎) 惨, 放声哭出了雁 门 关,
(仓) (仓)
(抬右腿、左手持扇倒放肩头、右手弹泪)
(原地右转身)
(双手晃一圆圈向“上场门”方向指去,脸朝前亮相)
心(哎) 酸, 心在 南朝 身在北 番。昭 君
(仓) (仓)
(向前走三步双手抚胸)
(向“上场门”走三步双手指“上场门”方向)
(双手向后缓一圆圈向左台口前方指出;疾走到左台口)
(向昭君拱请式)
怨, 去 和 番, 怀抱着 琵琶在马 上
(仓) (仓)
(左手叉腰、右手捏鼻,扭捏向台中走几步)
(左手持扇做抱琵琶状、右手做弹状,跨抬右腿,左腿单腿蹉步横行)
弹。 刘 王 送, 珠 泪 涟, 踢绽了
(仓) (仓) (仓)
(正云手左转身,双手拱请式向左台口疾走)
(向右台口疾走,双手做拭泪弹泪状)
(背右手、
凤头 鞋 半 边。 咬牙 切齿恨 毛 延
(仓)
左手前指,勾抬左腿、右脚在后垫步走四步)
(右手开扇倒放右肩、左手向下指;右腿后掖抬起、眼看右脚)
(右转身,双手向左后方缓一圆圈,向右台口指出;疾走至右台口)

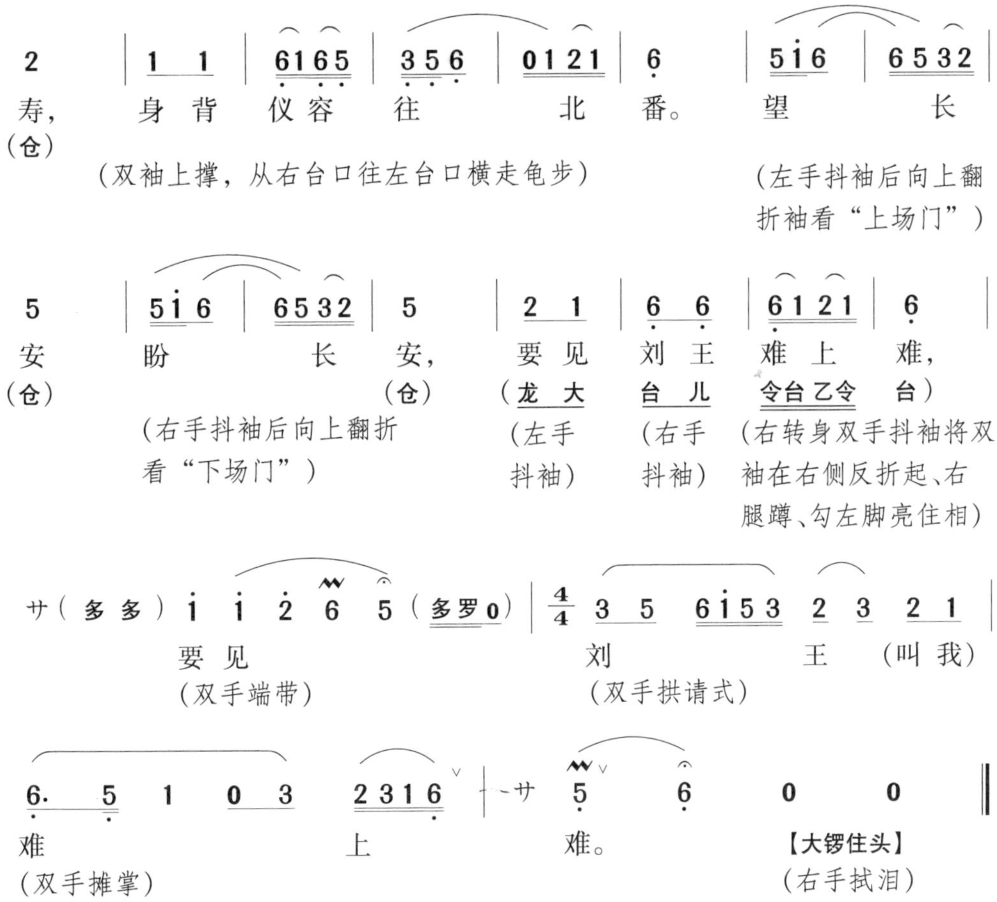

〔王龙向前一望两望，躬身向昭君。

王　龙　启娘娘，来此山路崎岖，车辇难行，必须换匹马来骑骑呵！

王昭君　吩咐鞴马。

王　龙　遵旨。

〔**【大锣原场】**王昭君扶辇向右台口方向走三步向右转身；众人扯成“斜胡同”，王昭君下，众人窝下。

〔闭二幕，王龙站二幕外。

王　龙　哎呀，这个马夫他到哪里去了？**【小锣一击】**马夫哪里（向左台口张望）？马夫哪里？（向右台口张望）呔（仓），马夫！（后撤一步）

〔（**崩 0　登 0　仓 0**）。

〔马夫内白：“来也。”

〔**【急急风】**（**嘟 － 崩 0　登 0　仓 0**）马夫从“上场门”上，亮左旁吸腿、山膀按掌的相。**【急急风】**反跑一圈圆场至“上场门”。**【撕边】**向左台口翻小翻出场。（**崩 0　登 0　仓 0**）出场落地，面向“上场门”亮左弓步山膀按掌式。**【冲头】**身站起，向后退步、山膀拉开。**【撕边一击】**亮左跨腿、左手栽锤、右手撑掌式。**【五击】**右手走穿手走侧翻身，归“上场门”面向左台口拉开山膀。（**大大仓**、**大大仓**、**大大仓**、**大大仓**）走四番龙形步，**【冲头】**走六番吸腿、穿手龙形步，龙形步是从“上场门”直线向右台口走。走至右台口，向右转身，拉开右山膀。

（八大台 仓0 仓0 仓0）走三跨腿（嘟 －）反云手。（崩0 登0 仓0）亮右弓步、“顺风旗”式。【大锣五击】出右掌，左跨腿、左转身，拉开山膀。

马　夫　（念）【马夫念】

（大. 大	大大 大大	衣大 衣	仓才 仓才
			鹏程 千里
			（双手指向左台口）

仓. 大大	仓仓 另仓	大大 大大	衣大 大0
荡 尘埃、	荡尘 埃！	爬 山	
（跨右腿、踢左腿）	（起蹿步、抬左腿、斜托掌亮相）		（双手下缓又上撩起）

仓） 0	衣大 衣台	（顷 仓）	龙冬 大大大
	涉 水		紫雾 开。
（虎抱头亮相）	（探海）		（斜托掌）

仓另切 乙切乙	顷 仓	切切 切切	另 另
		扯断 丝缰	笼 玉
（起飞脚）		（双手抱掌、左跨腿蹉步、右跨腿蹉步）	（右弓步、双手

切 另切	乙 另	仓 嘟	仓 嘟
辔， 乌龙	飞 下	九 天	来， 乌
勒马式）	（左手提甲、右手指出）		

仓 大台	仓另切 乙台	仓0 0 ‖
龙 飞下	九 天	来。
（反云手、正蹦子，叩头）		

马　夫　马夫磕膝。

王　龙　哎哟哟，这样跳跳蹿蹿，侬是个人哪，侬还是个驹呀？

马　夫　小人是个马夫。

王　龙　侬是个马夫。马夫，今有昭君娘娘往北和番，你可有上等的良马呀？

马　夫　良马俱有差遣，只有这匹烈马。

王　龙　烈马你可降得来。

马　夫　降得来。

王　龙　噫！哟！

〔【撕边一击】王龙站在椅子旁边，用右手扶椅背，左手指马夫，马夫走小虎跳到右台口，右腿跪地。

王　龙　真个降得来？

马　夫　真个降得来。

王　龙　哟！

〔【撕边一击】王龙右转身到“小边”，用左手扶椅背，右手指马夫，马夫走小虎跳到左台口，左腿跪地。

王 龙 果然降得来？

马 夫 果然降得来。

王 龙 如此马夫。（嘟 – 八 大 仓）（王龙右转身蹿到椅子上，左腿盘坐、右腿抬起，左手扶椅背，右手指马夫）你与老爷降得来。

马 夫 遵命。

〔【大锣抽头】王龙从“下场门”下。马夫走到“上场门”，用右手推开马圈门，去拉马，冷不防马夫被马踢，走一抢背。马夫站起来，一想，原来没喂草料。于是转身走到“下场门”，用手抠开钉铞儿，推门，把系在胯边的挎巾兜成一兜儿，用手把草料抓在里面，抓上几把，出门，带上门、扣上钉铞儿。走到“上场门”，把挎巾的草料放进马槽喂马。双手拉马（马架子），马夫被马往回拉着跑了两步，再用力拉，把马拉到台中心；【大锣抽头收住】王龙从“下场门”上，站台中。

马 夫 马到。

王 龙 （一看两看）哎呀呀，这样光秃秃的，叫你娘娘哪样骑法哉？

马 夫 那旁现有鞍辔，未曾上得。

王 龙 （往“上场门”一望）不错，马夫牵住哉，待你老爷上上鞍辔来哉。

马 夫 喳！

〔【大锣抽头】王龙走到“上场门”，双手捧起马褡子，走到台中心，把马褡子放下。随即王龙蹦到马褡子上，将它踩平，再从马褡子上下来，右手抖袖，左手抖袖，双手又把马褡子托起来放在双膝上、王龙半蹲着腿，用水袖将马褡子上的土掸掉，把马褡子放在马背上，上一番搂带，上两番搂带。然后走到“上场门”去拿马嚼子，给马带上嚼子，左边扣上扣儿，右边扣上扣儿。把缰绳扔在马背上；【大锣抽头】（收住）

王 龙 哎呀呀，真是个（0 多罗）

大 大	大 大	衣 大	大 0	仓	0
人 要	衣 装	马 要	鞍	辔，	
大 大	大 大	衣 大	大 0	仓	0
人 要	衣 装	马 要	鞍	辔。	

上上鞍辔要好看得多。马夫，牵住哉，待你老爷蹓上一蹓。

〔【大锣原场】王龙上马，走一小圆场到“上场门”，王龙甩鞭打马。【撕边】疾走到左台口，斜线碎步后退。（八大仓）王龙摔个仰面朝天，马夫搀起王龙；拣起马鞭。（嘟 – 仓）王龙用水袖打马夫，口中骂道：“这个娘种丧的。”（嘟 – 仓）又用水袖打马夫，口中骂道：“这个娘种丧的。”（嘟 – 仓）二人背对背，屁股顶在一起，马夫把王龙顶趴在地上，王龙站起来。

王 龙 哎呀呀，马夫，你老爷刚要蹓它一蹓，把你老爷的屁股蹾个两半半。

马 夫 肚带未曾剎紧。

王 龙 （一看）不错，肚带未曾剎紧。马夫，牵住哉，待你老爷剎剎肚带来哉。

马 夫 喳。

〔（扎扎仓）王龙紧左肚带。（扎扎仓）紧右肚带。（仓 个 来 仓）双手摊下马鞍。

王　龙　推也不动了，在此稍候，待我请出娘娘。【小一击】（王龙站右台口，深施一礼）有请娘娘。

〔【小锣旦上场】王昭君换行装，从“上场门”上场，走到右台口。

王昭君　（念）奸贼投番知内亲，
边将无谋力不能，
满朝文武皆束手，（双手摊掌）
只送昭君（右手抚胸）出雁门。（右手向右旁侧指出）

王　龙　启上娘娘，此马生来烈性，娘娘乘骑须要小心。（欠身，双手拱请式）

王昭君　我晓得。【小锣一击】（扬起右手，向王龙示意）

王　龙　是。【小锣一击】（王龙从“上场门”下）

王昭君　马夫——（向后撤三步）

马　夫　在。

王昭君　带——（双手扯开斗篷，左腿绷抬）马——

〔（嘟 -）双手拉斗篷向左台口走三个平转身；马童由左台口横线翻小翻提。（八大仓）王昭君双手将水袖翻折起，亮右高左低的斜托袖式；马童在右台口亮左手端拳、右手单山膀式。【大锣原场】王昭君右手抖袖，左手抖袖，双手抖袖。【冲头】左手掏翎，右手掏翎，双手自里向外绕翎，碎步退到“下场门”处，双手自右向左缓翎亮双手按翎式；随即双手由左向右晃翎，碎步横线走至“上场门”，正翻身双手在右侧双按翎亮相；同时，马童由右台口横线向左台口，翻三个虎跳一个前扑，落地后，面向后台、右拳上举。【冲头】王昭君由右向左晃翎；碎步横线从“上场门”走到“下场门”，反翻身双手在左侧双按翎亮相；同时，马童从左台口向右台口翻三个小翻一个蛮子。（不拉大仓）王昭君双手缓翎，走倒手翻身，翻身过来，用口衔住双翎。（大台）王昭君面向右台口，踏左步，左手向前抖袖立即“抓袖”。（仓）上右步；右手向前抖袖立即“抓袖”。（仓）亮左手在额头上方、右手在胸前的双手“抓袖式”。（才台）左手在头顶上方走“涮袖”。（仓）向左转身、右手自下而上至头顶上方走“涮袖”。（才）右脚向左脚左方上步、右脚落地、左脚掖抬；双手“云手”。（仓）左脚落地、口放翎，双手亮“端握拳式”，面向后台，人站前台口。在王昭君走【四击头】的同时，马童在【四击头】中，从右台口横线翻三个小翻一个抢背到左台口，抢背落地后，亮左腿弓步、右腿跪地、左手提甲、右手按掌式，面朝右台口。【大锣原场】王昭君右手抖袖，左手抖袖，双手抖袖变双手后背搭肩袖再双手抖下来。左手掏翎，右手掏翎。左手夹翎向后台口指出，右手夹翎向后台口指出，共指两番，同时脚下先上右步共走四步至台中心。【冲头】双手自外向里绕翎，碎步退到前台口，双手向额头上方托翎，踏左步。（八大台 仓 仓 仓 0）双手向左、向右，再向左三摆翎，同时脚底下踏右步，踏左步，踏右步三换步。（嘟 - 八 0 大 0 仓 0）正步站，双手放翎，双腿蹦起，右脚单落地，随即左脚落右脚后方左脚踏步；双手自里向外绕动几圈，亮端握拳式。【冲头】疾步走向后台。马童在左台口解马缰绳，拉马至前台口。

马　夫　请娘娘上马。

王昭君　（右转身走反手顺风旗，看马童）伺候了。

汉明妃

「【冲头】左转身，背向观众，正云手拉开山膀，同时碎步退至台中心。（嘟 - 大大大大 仓 ）左转整左袖。（嘟 - 大大大大 仓 ）右转身整右袖。（八 大 八 仓 仓 另 仓 0 ）双手整冠，捋穗子，双手自里向外绕动紧衣带。

「【急急风】【四击】王昭君右手持鞭左腿吸起上马，右腿单立颤三下，走劈花反翻身，跨右腿，踢左腿，双手抱鞭，盘卧式在右台口亮相；同时，马童放缰绳，走一个小翻接走一个大砍身，双手拉马，右弓步，面朝王昭君在左台口亮相。

「（嘟 - 八大台 顷 仓 0 ）王昭君上右步；马鞭朝左台口方向直伸，跨左腿、右转身；以马鞭击左脚心，左腿落，骗右腿，踢左腿，双手抱鞭、盘卧式，在左台口背朝观众亮相；同时，马童向“上场门”方向上右步，盖骗左腿，抡骗右腿，小垫步，起云手，左弓步，双手拉马，面看王昭君亮住相。

「（嘟 - 八大台 顷 仓 0 ）王昭君上右步；马鞭朝“下场门”方向直伸，跨左腿、右转身；以马鞭击左脚心，左腿落，骗右腿，踢左腿，双手抱鞭、盘卧式，在“下场门”方向亮相；同时，马童向右台口方向上右步，盖骗左腿，抡骗右腿，小垫步、起云手，左弓步，双手拉马亮住相。

「（嘟 - 八大台 顷 仓 0 ）王昭君缓马鞭向右台口走倒手翻身，右手向上涮鞭，跨右腿，踢左腿，左手掏双翎、右手握鞭；盘卧式，在右台口亮住相；同时，马童从右台口横线向左台口走虎跳前扑，落地后，上右步成右弓步，双手自里向外绕动几圈，亮双手拉马式。

「‖: 嘟 -ˇ | 仓 0 | 嘟 -ˇ | 切 0 :‖ 王昭君原姿态不动，向前倾身，向后靠身，共走两番；马童原先姿态不动，待王昭君向前倾身时，踏右步向后靠身，王昭君向后靠身，立即上右步成右弓步、倾身双手拉马，共走两番。

「【急急风】（嘟 - 八大台 顷 仓 0 ）王昭君右手松鞭套涮鞭，向后甩鞭，打马；上右步，上左步蹲身后立即站起，成右拖鞭、右踏步，左手绕水袖勒缰的亮式；同时，马童走一冒小翻，落地后，亮左吸腿、左端拳、右握拳的亮相。

「【急急风】马童落左腿，向后慢撤四步，先撤右步，随即拉马跑圆场，跑至后台口时，立身、吸左腿，双手拉马稍亮住；同时，王昭君上右步，垫左步欠身勒缰亮住，顺势马童疾走三圈圆场，同时，王昭君和马童保持住一定距离疾走圆场。

「【急急风】单起，马童拉马至“上场门”，立即斜线向左台口疾走；同时王昭君在“上场门”甩鞭打马跟随马童疾走至左台口急勒马，碎步斜线向“上场门”后退；右手向后连续缓鞭、左手成单指式配合右手连续向前缓绕，退至“上场门”，右手勒鞭、左手勒缰亮住；同时，马童双腿蹉步、双拳在胸前绕动，随同退至“上场门”。

「【夺头】王昭君起反云手右转身，右手用马鞭“漫马童头”，右手用马鞭“剜萝卜”，背马鞭，双腿跳起，左腿单落，右脚踢马童“抢背”，劈花走反翻身，双手抖开斗篷，右手持鞭跨步向左、向右、向左三缓鞭，右手立即绕马鞭，“起法儿”蹿出向左台口走“屁股坐子”；双手胸前勒鞭亮住。

「【撕边】王昭君上右步，走反翻身，双脚跟踮起；双手抱鞭，碎步向“上场门”方向斜线后退，退至“上场门”，双手拉开；同时马童上左步，走正翻身，双手拉马、两腿蹉步，随王昭君后退至“上场门”。

〔（八大台 顷 仓 0）王昭君跨右腿，左转身，两腿盘卧，双手平展朝左台口方向亮住；同时，马童在王昭君前面走右跨腿，向左转身，双腿劈叉，双手“山膀”，面朝左台口方向亮住。

〔（嘟 －ᐯ 切 0）王昭君身站起；双手上撩至额头上方、马鞭横放，马童收腿走摔叉。

〔（嘟 －ᐯ 切 0）王昭君双手下缓在两侧平按，同时马童走摔叉。此动作共走两番。

〔**【马腿】**王昭君和马童，此起彼落反复快速重复以上动作数次。

〔（嘟 － 八大台 顷 仓 0）马童身站起，在前面拉马亮住；同时，王昭君右手甩鞭打马，亮右手拖鞭、左手勒缰式。

〔**【急急风】**马童拉马疾走圆场，王昭君尾随。王昭君走到右台口，左转身，劈花，亮左“单山膀”、右手端鞭、左腿掖抬的亮相。这时马童在“下场门”亮左吸腿、左端拳、右握拳的亮相。二人同时原姿态颤三下。立即背对背抄走圆场一圈，马童跑到“下场门”时下场；（嘟 － 八 大 仓）王昭君到右台口甩鞭打马，向左台口走“屁股坐子”变“卧鱼”勒马。

〔**【冲头】**王昭君身站起，起“反云手”右转身跑至右台口，左手“单山膀”、右手横鞭亮住。

〔**【撕边一击】**（三番）王昭君三番甩鞭打马；上右脚走三番垫步。

〔**【夺头】**王昭君右手出鞭走反翻身；马童从“下场门”翻“踩子扑虎”，由王昭君身上翻过。王昭君起“反云手”右转身，反蹦子向右台口蹦去，右手背鞭、右脚踹马童冒小翻，缓鞭走正翻身，跨右腿，踢左腿，双手抱鞭、双腿盘卧亮相；同时，马童冒小翻落地走“乌龙搅柱”起来，亮右弓步、双手拉马式。

〔（嘟 － 八 大 仓）王昭君左手抖袖，踢左腿，左手绕袖勒缰，右手甩鞭打马后变拖鞭，右踏步亮相；同时，马童右跨腿，左转身，骗左腿，左腿落地，右腿跨起、双手拉马亮相。

〔**【急急风】**马童领王昭君疾走圆场，到“上场门”，王昭君在马童后止步。

〔（嘟 － 八 大 仓）**【原场】**马童从“上场门”斜场向左台口翻前扑，落地后，再回身向“上场门”方向翻台扑。倒手、左右跨腿拉马向左台口后退；同时王昭君走云步到左台口，**【冲头】**起“反云手”走一小圈反圆场到台中，右手缓鞭成握鞭，左手掏翎、踏左步，面朝左台口方向亮住。

王昭君 马夫。

马　夫 在。

王昭君 看看来到什么地方了。

〔（大大 大大 | 衣大 大0 | 仓 0 0）马童骗右腿，右弓步、山膀拉开亮住。

马　夫 汉岭！

王昭君 <楚江吟换头> 1＝D（小工调）

（多多） サ 6 i̇ 5 3 3̂ᐯ 3. 2 5ᐯ

汉 岭 云 横

（在台中心勒马）（自右向左三番缓马鞭，向左台口方向指出；马童与王昭君配合三番双手指出，左弓步亮住）（先左后右两番托掌式；马童走右手托掌左手提甲）

汉 明 妃

6 23 165	6	5 5 1	615 3	(风声)
雾	迷,	撒 下	了	
(反云手,走蹲步反圆场一圈;马童右手提甲、左手托掌式)	(快速左转身下卧鱼,双手向左台口指出;马童双手撩起,走右高左低斜托掌式、左戳步站)	(左手按掌、右手胸前端掌,右手按掌、左手胸前端掌;马童双手自胸前撩至额头上方,抖腕下落,双手抚胸)	(双手摊掌)	(双手抱肩;马童双手抱肩,左戳步站)

(多罗 0)	4/4 5. 6 5 -	5. 6 5 4 3. 5 3 2
	朔 风	吹 透
(加风声)	(左手按掌、右手端掌、左脚虚点地,右手按掌、左手端掌;上右步往左台口走,共走两番动作,脚下走四步;同时马童左转身、以右手蹦拍右脚面,右腿落地,跨左腿,“顺风旗”式)	(吸左腿、双手立抱鞭,右腿单立,双手微晃马鞭,左转身原地转两圈;马童搬“朝天镫”,原地自转一圈)

1 2 3	渐慢 5. 6 4 3	5 - 0 0 ‖
了	征	衣。
	(右手抱左肩、踏右步;马童落左腿,向左台口走右腿踹丫、变身“探海”)	(左手抱右肩,左脚戳步站,面朝左台口亮相;马童上右步成右弓步、双手勒缰,面朝王昭君亮相)

〔**【大锣原场】**向“上场门”方向出马鞭,骗右腿,右转身,盖骗左腿、以马鞭击左脚心,跨右腿,向右后方甩鞭打马,落右脚成右踏步;左手翻腕勒缰面向左台口亮相;同时,马童身站起、右手在前勒缰,跨左腿,右转身、变左手在前勒缰,跨右腿,双手自右向左缓一圆圈后,变面向王昭君双手勒马式、右弓步站。

〔**【大锣原场】**右脚向左脚左方上步,双手抱鞭,左腿掖抬,落左脚向“下场门”方向上一步接走趋步;同时,马童收右步,掖抬左腿,落左脚向右台口方向上一步接走趋步。王昭君掖抬右腿,落右脚向右台口方向上一步接走趋步;同时,马童掖抬右腿,落右脚向“下场门”方向上一步接走趋步。王昭君向右后方甩鞭打马变拖鞭、左手勒缰,向左台口上三步,先上右步,左脚向前上步落地后,立即绷抬,右腿单腿向“上场门”方向斜线后退七步,左脚落成右踏步式;右手甩鞭打马变拖鞭、左手勒缰亮住相;同时,马童向左台口后退三步,先退右步,双手勒缰、左腿向后绷抬,右腿单腿向“上场门”方向走七步蹉步,缓右手,缓左手,掖抬右腿,落右脚,双腿变蹲裆骑马式;双手勒缰,面朝王昭君亮住相。

〔【大锣原场】马童面朝王昭君拉马，慢步向左台口方向后撤四步，先撤右步；同时王昭君向左台口方向上四步，先上右步。马童左转身领半个圆场，到“下场门”取马鞭、并将马鞭掖在背后，王昭君疾走尾随后面。【撕边】马童从“下场门”向右台口走出场，再向台中心走一“台漫”。

〔【八大仓】【大锣原场】王昭君在“下场门”右手掏翎，放入口中衔接，右手在胸前端鞭；左手掏翎成“单山膀”式；左腿向后绷，向右台口方向单腿蹉步，共走九步；同时，马童“台漫”落地后，面朝王昭君，亮双手勒缰，右腿“探海”的亮相，单腿向右台口方向后退九步。

〔【冲头】王昭君身站起，放口衔的翎，右手抱鞭、左手持翎。

王昭君 马夫。

马　夫 在。

王昭君 又来到什么地方。

〔（大大 衣0 仓0）马童收右腿，骗左腿，双缓拉开“山膀”，左弓步，面向右台口亮相。

马　夫 分关！

王昭君 噢！（右手松马鞭柄走涮鞭后接住马鞭）

（扎多 多多）6. i 2. 2 | i. 2 i - | 6. i 5. 6 5 32 |

人　到　分　关　珠　泪

（双手自右向左再向右双缓两圆圈；马童与上动作同）（双手向左缓一圆圈后，右手在前双指出；马童与上动作同）（右手向外扔鞭，右手拭泪；马童左弓步，以右臂拭泪）（左手拭泪；马童右弓步、以左臂拭泪）

3. 5 6 i 5 | 6 - 0 0 ‖

垂。（马嘶鸣）

（嘟 - 八 大 仓）（上右步走“变身蹦子”，在台中心稍后一点，亮右手拖鞭、左手勒缰式；同时，马童上右步走“穿手蹦子”，双手拉开“山膀”、左弓步、面朝前台口亮住）

王昭君 马夫，为何马不行？

马　夫 南马不渡北。

〔【冷锤】王昭君一惊向后稍仰身，急速向前勒马。

王昭君 与我加鞭！

〔（嘟 - 大大大大 仓）左手撑掌；右手向左方打马。同时，马夫抽出腰间的马鞭向左方打马。

〔（嘟 - 大大大大 仓）右手向右后方打马。同时，马童向右后方打马后缓鞭，向“下场门”走“小毛”，就势将马鞭扔进“下场门”。

〔（八 大八 仓 仓另 仓0）踏右步向右台口走倒手翻身，跨右腿，踢左腿，右手抱鞭、左手与马童左手搭腕，用右腿踩马童头，右脚踢马童“抢背”，向左转身变“探海”，踏右步，双手抱鞭亮相。同时，马童抢背起来，掖腿跳四步，先掖右腿，后掖左腿，随即右腿跪地；左弓步双手勒马亮相。

〔（嘟 － 八大仓）先马鞭直伸，跨左腿、用马鞭击左脚心、右转身，右腿跨起即落，左脚上步成右踏步，右手向后拖鞭、左手勒缰亮相。同时，马童跨右腿、左转身，右弓步双手向左缓一圆圈后，右手在前勒缰亮相。

〔**【急急风】**马童拉马跑圆场，王昭君尾随，跑到“下场门”时，王昭君下场。

〔**【急急风】**台上留马童一个，疾走到“上场门”，左手提甲、右手按掌、左弓步亮相。随即右手下缓变提甲、左手按掌、右弓步亮相。身站起，端抬左腿，由“上场门”向左台口跑圆场，至左台口。双手拉开“山膀”，“一望门”，“两望门”。右转身，左手提甲、右手按掌、端抬左腿，落左腿跑圆场至右台口，双手拉开“山膀”，“一望门”，“两望门”。左转身疾走至“上场门”，亮右提甲、左按掌、端抬左腿的相，落左腿跑圆场成S形；双手走反云手。圆场跑到右台口，走正云手；抬左腿右转身走跨腿转二圈，转体后，在右台口方向背向观众，亮左手提甲、右手按掌，左吸腿式。落左腿圆场到台中，双手一缓两缓变右撑掌、左栽锤式。**【冷锤】**走“铁门坎”一个。接走“走天十三响”。**【撕边】**走圈旋子。（**八大仓**）向“下场门”走“小毛”，在“下场门”亮右弓步、右栽锤、左撑掌式。**【急急风】**左转身，左手端拳、右手“单山膀”，从“下场门”下场。

〔**【大锣原场】**王昭君从“上场门”上场，左手勒缰、右手拖鞭亮住相。向左台口方向眺望。向左台口方向斜线上五步，先走右步。随即再上左步蹲身勒缰速站起、右手拖鞭亮相。右手向后缓鞭勒马，碎步退至“上场门”，双手右缓变左“单山膀”、右手横鞭。

〔**【冲头】**原姿势跑圆场一圈，跑到“上场门”时，面朝“上场门”。

〔**【大锣原场】**左手掏翎、右手缓鞭后变握鞭式，向家乡方向一望两望。左手夹翎在胸前按翎、右手缓鞭变拖鞭，急向右台口跑圆场。

〔**【冲头】**跑到右台口，走“劈花”，左转身变左“单山膀”、右端鞭、掖抬左腿式。反走圆场半圈台中，右手向右后方甩鞭；左手放翎，变左手勒缰、右手勒马式，人站台中心。

王昭君（多多）サ 6. 1̇ 5 6. 1̇ 5 3 6 6 2 2 3 5 1 2 6

漫 说道 人 有 思 乡 之 意， 那

（原姿态不动） （左手摊掌） （右手摊掌） （双手摊掌）

1 2 5 6 1 6 6 6 1 2 3

马 乎 岂 无 有 恋 国

（自左向右翻身，大下腰，半个左转身变“卧鱼”，双手向“下场门”方向指出） （右转身站起，右手抚胸，左手抚胸） （右手向外方缓鞭后，以马鞭击左手掌立即缓鞭变握鞭式；左手撑掌、两脚并齐，半脚尖立起）

1 6 5　6　　3　6 1　　3 5　6

之　心，　何　况　人　乎？

（碎步向右台口走，至右台口亮相）　（左转身，“劈花”左“单山膀”、右端鞭、掖抬左腿）　（反圆场、“反云手”，到后台口向后打马，左手勒缰、右手勒马，右踏步；这时，王龙以水袖遮面从“下场门”上场；马童从“上场门”走一“小毛”出来，三人形成一条横线）

〔（大大　－　衣仓）三人同时直线走至前台口，王昭君向后甩鞭打马变拖鞭，左手勒缰；王龙左手拉水袖放在胸前蹲右腿勾左脚；马童“小毛”起来，缓手走右撑掌、左按掌、左戳步，三人同时亮住相。

4/4　1　2　3 6　5 32 | 1　2　0 1　6 6 |

莫　说　是　个　人　（扎）就　是　那

（三人同时吸左腿下蹲，右手举起，左手按掌；身站起）　（三人右转身，左手高举，右手按掌；吸右腿下蹲，身站起）　（三人左转身，右手高举，左手按掌；吸左腿下蹲，身站起）　（三人右转身，左手高举，右手按掌，吸右腿下蹲，身站起）　（三人左转身，右手高举，左手按掌，吸左腿下蹲，身站起）　（三人同时跺右脚）　（王昭君在中间反

5 3 61 2 2 2 2 | 1 231 6. 1 6 5 | 3. 2 5 5 35 6i5 |

马　到　关　前　马　到

圆场一圈；王龙和马童在外圈大推磨疾走，三人形成斜线站，王龙站左台口、王昭君站台中，马童站“下场门”方向，面朝左台口）　（三人同时闪身向左向右再向左，三缓鞭朝左台口方向指出）

3　2. 1　3　3 2 | 3 6　5 3　2　－ |

关　前　它　就　步

（王昭君左单山膀、右手端鞭，在中间反走圆场一圈归台中；马童和王龙大推磨疾走，三人在台中归成一横排；马童在右台口、王昭君在中间、王龙在左台口）　（王昭君踏右步，左手在前、右手在后双摆手，轻轻摇头；马童左戳步双摆手；王龙勾左脚双摆手）

2· 6 7 - | 7 2 - 3 5 |
懒
(王昭君脚下三换步,先踏右步,三变身将手中的马鞭垂下,四下涮鞭;王龙、马童与上动作同,脚下的三换步,马童用戳步、王龙用勾脚。三人在 2 - 的音符中,同时缓手拉开山膀)

2 - 3 5 2 | 3 - - 0 |
移。 (大 大 大大 衣 仓)
(王昭君向里缓右鞭,向里缓左手,再向里缓右鞭,将马鞭直立、左手扶右手、左戳步亮相。同时,马童、王龙配合走三缓手后,二人亮对衬的抱肩式;马童右戳步、王龙蹲右腿勾左脚)
(三人接唱)

慢起 渐快

1/4 6 67 | 2327 | 6 67 | 2 67 | 6 76 | 07 23 |
人影 稀 人影 稀,只见 北雁 向南

(三人面对面磕右手,同时右转身,形成“三丁”,王昭君在台口右侧、马童在台前口、王龙在后台口,三人吸左腿蹲下;双臂平展,蹲下即起)

(依以上动作,三人保持“三丁”形状,走蹲下的“四门斗”)

(扯“四门斗”)

(“斗四门”,昭君归中间,马童在右台口,王龙在左台口)

232 | 0676 | 767 | 0 7 | 2 5 | 676 | 0 6 | 3 5 |
飞。 冷凄凄 秋风 似 箭, 又 只见

(王昭君从后台口直向前台口疾走,马鞭直指前台口;马童、王龙“二龙出水”,走到后台口,马童盖王龙左手,王龙左腿绷抬;马童拍王龙脚面)

(王昭君左转身直向后台口跑去,马童、王龙从后台口“倒卷帘”又翻回来后,三人变斜一字队形,王龙在左台口、王昭君在台中、马童在“上场门”)

(三人同时左转身,走“劈花”,马童、王龙穿掌,王昭君左“单山膀”,右手端鞭、掖抬左腿,三人

6 35 | 0323 | 2 | 766 | 0723 | 2 23 | 1· 2 | 323 |
旷野 云 低, 细 雨 飘 丝。在那 皇 宫 多锦
走“编辫子”)

(三人走“编辫子”)

(走“编辫子”把马童抄在前面,王昭君在中间,王龙在后面,马童拉马走圆场,二人尾随)

512	256	562	12	0535	635	0323	2
绮，	受洪福	与天	齐。	自幼在	闺阁	之	中，

(三人在“下场门”成“横一字”，王昭君在中间用马鞭向右台口指出；王龙站左台口方向；马童站“上场门”方向)

5676	5607	232	032	121	021	615	6 ‖
哪曾受	哪曾受	风霜	劳	役。	(扎大大	衣大衣	仓)

(王昭君右手立鞭，左手护右手，上左步上右步，王龙、马童二人原位置，蹲下)

(王昭君上左步上右步往前走；马童、王龙二人打脚尖，保持一条横线朝右台口方向走)

(王昭君上左步上右步；王龙、马童继续打脚尖)

(王昭君右手扔鞭柄走涮鞭后反手接成握鞭，左手掏翎，向右台口碎步前行；王龙、马童二人身站起)

(王龙右转身到右台口，右手撑袖、左手翻折袖，勾左脚亮住相。王昭君在稍偏右的台中亮左撑掌、右握鞭式；马童右转身到“下场门”方向亮左举拳、右握拳式。三人形成“斜一字”队形)

王昭君 御弟。

王　龙 娘娘。

王昭君 可曾望得见家乡么？

王　龙 （眺望）来路已远，望不见家乡了。

王昭君 如此马夫，与我拨转马头。

〔（八大仓）王龙左手抖袖，向右转身归到“上场门”，右手抖袖，双手抖袖。同时，王昭君以马鞭击左脚心，左脚落地，跨右腿、向左转身，右手向后甩鞭、左手向里绕袖，上左步，踏右步，左手鞭缰、右手“拖鞭”在台中亮相；马童翻小翻接入肚跌筋起来，走右腿踹丫变翻身，在左台口与王昭君面对面亮双手勒马、蹲裆骑马式。三人形成“斜一字”队形。

〔**【一封书】**三人原地走七步。王昭君左手攥袖下垂、右手将马鞭搭在右小臂上，先先左步，两臂随原地压步而相随左右摆动；王龙走原地别步，先抬左腿；双手交替连续走上翻袖；马童走勾脚旁吸腿的原地摆步，先吸左腿。

〔**【一封书】**王昭君走完七步，接走五个持鞭的反“小五花”后，甩鞭勒马；王龙双手在胸前翻袖；马童原姿势摆步；马童领走一反圆场到左右口，三人归成一横排，直线向“上场门”疾走；马童双手拉开“山膀”。

<牧羊关>（小工调）

王昭君 1/4 (仓 仓 | 令 仓 | 扎) 6 5 | 3 | 2 | 3 | 0 5 |

哎呀 爹 娘 啊！

(三人面向“上场门”成“横一字”队形，王昭君在中间、马童在右边、王龙在左边，三人同时双手拱请式)　(王昭君向“上场门”

3. 2 | 121 | 0 1 | 0 1 | 2 1 | 2 1 | 232 | 0 2 |

孩 儿 今 日 别 了 你， 再

走三步，先上左步；王龙双手向下抖袖；马童拉开“山膀”）

（王昭君双手抚胸、向后退左步，立即用马鞭向“上场门”方向指出；马童、王龙二人向外翻疾走到王昭君前面，三人形成“三丁”队形）

（王龙、

突慢 渐快

1 2 | 5 6 | 5 6 | 5656 | 232 | （仓）6 | 6 5 |

不知 何年 何月 何日 何时 再 得

马童二人数手指两次，王龙用左手盖马童右手，用右脚踢马童冒小翻；王昭君摆左手、摆右手、摆左手，右手向后甩鞭）

（王龙双手指马童亮相；马童双手勒马，跪右腿、左弓步亮相；王昭君左手勒缰亮相）

（三人归

665 | 3 | 2. 1 | 3 | 0 5 | 3. 2 | 121 | 0 2 |

见我那 爹 娘， 我

一横排，右转身，面向“上场门”疾走两步、双手拱请式）

（双手抚胸）

1 1 | 2 | 2 1 | 6 23 | 165 | 6 ‖

只得 转 眼 望 家 乡。

（三人右拭泪，左拭泪）

（衣 大 | 衣 大大 | 仓）

（王昭君以马鞭击左脚心，跨右腿，右手向后甩鞭；王龙抖左袖，右转身，抖右袖，马童翻小翻提；三人形成斜一字队形，王昭君在中间、王龙在“上场门”、马童在左台口）

（王昭君左手勒缰亮相，马童双手勒马亮相；王龙右手撑袖、左手翻折袖亮相）

〔【一封书】王昭君双手抱鞭、跨抬左腿，右腿单腿原地衬步，共走五步；马童面对王昭君跨抬左腿，走原地衬步五次；王龙勾踢左腿、掖抬右腿的三番踢步。三人同时右转身，走左腿的探海转，“转体一周”；马童拉马走反圆场一圈，在台中归一横排，王昭君在中间、马童在左台侧、王龙在右台侧，三人同时拉开山膀。

王昭君 サ 7 7 7 2̇ 5. 6 7 – 6

缥 缈 一 似 云 飞，

（王昭君双手掏翎、半脚尖立起，双手在头顶上方绕翎，向左转身，原地转体一周；王龙在右台口起双飞燕接分水步，弧线走到左台口；马童"空顶"，走"蝎子爬"从左台口弧线爬到右台口）

【浪头】

1/4（嘟 龙冬 | 乙个 冬 | 冬） | 6 5 | 3 | 3 5 | 1 2 |

又只 见 汉 水 连 天

（在【浪头】中三人变成"斜一字"队形，王昭君在中间、王龙站左台口、马童在"上场门"）（王昭君持鞭向"上场门"指出；马童向后指，右弓步；王龙吸左腿，左撑袖向"上场门"方向看）（王昭君向左台口指出，二人配合指出）

3 5 | 1 2 | 2 1 | 1 2 | 121 | 0 21 |

汉 水 连 天 野 花 满 地，

（王昭君向"上场门"方向指出，二人配合指出）（三人在台中归一横排，王昭君双手自胸前向左右铺掌，二人配合动作；配合唱腔的节奏、和王昭君走高矮相）

6̣15 | 6̣ | 3. 5 | 6 5 | 6 5 | 6 i |

愁 在 雁 门 关 上 望

衣 大

（三人站一横排）（王昭君自左向右三缓鞭，向前台口方向指出，王龙、

3 5 | 6 | 0 | 0 | 0 |

长 安，

（衣 台 仓 仓 仓 令 仓

马童配合三缓手向前台口双指出）

（王昭君背向观众走掖步跳；用马鞭击脚心，左转身，左手勒缰，右手拖鞭面朝前台口亮住。同时，王龙、马童徒手打"幺二三"，马童用右手盖王龙左手，右手再拍王龙左脚，走小翻、蹲指出亮相；王龙缓手双手指马单亮相。三人形成"三丁"队形。王昭君在中间，王龙在右台口，马单在左台口）

0 6 | 6 5 | 3 3 | 3 53 | 2 | 2 1 |

扎 0）

纵 有 巫 山 十 二 难 寻

（三人队形成一横排）（左手摊掌、看王龙，王龙配合）（右手摊掌看马童，马童配合）

汉明妃

渐慢　　再慢

7 6 7	0 2	2 5	6	5	6
觅。				怀	抱
（双手摊掌）				（王昭君左手拿鞭梢将马鞭斜立，吸右腿；王龙吸右腿，双手做抱琵琶状；马童蹲下）	

渐快　　原速

5 6	7267	2	7 76	5 6	562
琵 琶	别 汉	君，	西 风	飒 飒	走 胡
（王昭君原地姿态不动，绷抬右腿，再变吸腿，共走两番；王龙和王昭君动作一样；马童蹲走横踢脚尖）			（王昭君左腿单跳两步，王龙动作一样）	（王昭君再连跳四步，王龙动作一样，马童还走横踢脚尖）	

2	1· 2	3 5	3 2	3	3 2
尘。	朝 中	甲 士	千 千	万，	始 信
	（王龙自里向外翻折双袖，王昭君甩鞭打马、马童站起）	（王龙领起来圆场一圈，王龙归右台口、王昭君在中间，马童从右台口走小毛到左台口。三人成“横一字”队形）			

3 2	3532	1	1 5	6	231
功 劳	在 妇	人。	愁 黯	黯	雾 沉
（王昭君双手抚胸，王龙、马童对衬双指王昭君）			（右手托掌，马童配合动作）		（左手托掌，

2	5 3	5 32	3532	1	3 3
沉，	咬 牙	切 齿	恨 奸	臣。	今 朝
王龙配合动作）		（王昭君向左缓鞭后向前台口指出，二人配合动作）			

3 5	1 2	3	3 5	323	3 5
别 了	刘 王	去，	若 要	相 逢	若 要
（三人向前台走拱请式）			（向马童双摊掌）		（向王龙

323 | 0 5 | 3· 2 | 121 | 0 2 | 2 1 |

相逢　　　　　　　　　　　　一　似

双摊掌）　　　　　　　　　　（王昭君悲痛摇了摇头）

2 | 2 | 5 | 5 | 6 |

海　　　　样　　　　深。

（王昭君四番换步、四番摆手涮鞭；马童双手从两侧撩起，再下缓成铺掌；王龙双手翻水袖）

（ 衣 大 | 衣 | 仓 | 仓 | 仓 | 令 仓 |

（王昭君在三锣中背向观众以马鞭击脚，走三番掖腿跳，先走掖右腿，左转身，右手向后甩鞭变拖鞭、左手勒缰亮相。同时王龙、马童徒手搭叉踹马童头，马童“走吊毛”，左腿跪地、右弓步、双手指王龙亮相；王龙双指马童亮相）

0 1 | 1 6 | 1 1 | 2 | 6· 1 | 5 3 | 5 | 6 |

思　吾　君　来　　想　我　主

0 1 | 1 6 | 1 1 | 2 | 6· 1 | 5 3 |

思　吾　君　来　　想　我

（三人成一横排向前台口双手拱请式）　（再反复第二遍唱时，三人同时左转身面向后台口，双手

5 | 6 | 3 5 | 3 | 3 5 | 1 2 |

主，　实　指　望　风　枕　鸾　衾

拱请式）　（王昭君和王龙交流，向“下场门”指出立即向右台口指出，马童疾走过来欲偷听，王龙踹马童小翻）

1 2 | 353 | 0 5 | 3 2 | 3 5 | 0323 |

同　欢　会，　（仓）又　谁　知　凤　只　鸾

（王昭君勒马亮相；王龙指马童亮相；马童跪步拉马）　（双手摊掌）

2 | 0 5 | 3 5 | 6. i | 5 3 | 2 |

孤 却 做 了 一 样 的 肝

（王昭君向左缓鞭、向右缓鞭，走两个倒手翻身向右台口；王龙向“上场门”方向走两个倒手翻身；马童直线走两个倒手翻身，三人成“斜一字”队形，王昭君在中间、王龙在“上场门”、马童在左台口）

2 1 | 767 | 0 2 | 2 5 | 6 ‖

肠 碎。 衣 大 大 大大 接【流水】

（王昭君右手抱鞭、左手掏翎亮相，二人对衬斜托掌亮相）

〔马童从左台口反领圆场，走至后台口，三人左转身成“横一字”队形。从“上场门”上四番兵，举鞭打马从“下场门”下。

〔马童从后台口反领圆场，到“下场门”向右台口走小毛、前飞燕、倒毛；王昭君从“上场门”缓鞭，左手指出、向左台口跳去走“屁股坐子”、右手勒马；王龙走两个反“云手”，向右转二次身。三人形成“三丁”队形。王昭君在左台口、马童在右台口、王龙在后台口。【搜场】三人在原位置上走正翻身、“劈花”，反翻身、亮相。王昭君掖抬左腿、左手“单山膀”、右手端鞭；马童吸左腿、右手在前、面对王昭勒马；王龙左撑袖，右手胸前折袖、跨抬右腿。【流水】三人又变队形，王昭君从左台口疾步到右台口走“屁股坐子”、反翻身、反“劈花”、正翻身，原地左腿“探海”转，“转体一周”后，背向观众亮左“单山膀”、右手端鞭掖抬左腿相。【搜场】马童疾步到“上场门”走反翻身，反“劈花”、正翻身，亮吸左腿、右手在前，面对昭君勒马式；王龙到左台口走反翻身、反“劈花”、正翻身亮左撑袖、右折袖跨抬左腿式。【流水】随即马童从“上场门”反领圆场到“下场门”，三人形成“斜一字”队形，即：马童背朝右台口、面对王昭君拉马；右腿后抬起。王昭君在中间口衔双翎左手“单山膀”、右手胸前端鞭、向后绷抬左腿；王龙在“下场门”方向，右手指王昭君。随即马童拉马单腿向右台口后退；王昭君右腿单腿蹉步前行；王龙勾抬右脚，后掖左脚走踢步尾随，三人保持队形。马童到右台口，右腿落地起“屁股坐子”，左腿落地、右腿勾抬、左手在前勒马亮相；王昭君右手握鞭、左手撑掌亮相；王龙左手撑袖、右手折袖、旁吸左腿亮相。

<黑麻序>

王昭君 $\frac{1}{4}$（仓 仓 | 令 仓）| 6 7 | 6 | 2̇ i | 2̇ i |

只 听 得 金 鼓 连 天

（王昭君在中间自走一反圆场，仍归台中，王龙走正圆突慢

0 2̇ | i2̇i | 0 2̇i | 6i5 | 6 | 3 6 | 5 |

震 地， 人 似 彪，

场到“上场门”，马童地蹦、小毛到左台口，三人形成“斜一字”队形。马童在左台口、王昭君在中间、王龙在“上场门”）

（王昭君踏右步、双手在头顶横鞭；王龙旁吸右腿、双手向上撑袖；马童左弓步，双手撑掌）

渐快

5 5 | 0 1 | 2 | 7 76 | 5 6 | 7656 | 232 | 0 6 |

马似 龙 驹， 旌旗 闪闪，黑白一似 云飞。 你

（仓）

（三人同时右转身，变成王龙在左台口、王昭君在中间、马童在“下场门”的“斜一字”队形，右转身时三人同时走“反云手”，王龙踏步蹲，双手绕袖勒马式；王昭君双手双握鞭；马童旁吸左腿、双手“虎抱头”式）

（王昭君左转身，先左后右四下摆鞭；王龙配合动作四下双摆袖；马童四下摆手，都不转身）

5 3 | 6 | 5 3 | 2 | 2 1 | 767 | 0 2 | 2 5 |

看那 番 兵 如 潮 水，

（王昭君吸左腿抱鞭，向左转身踏右步双腿盘卧，用马鞭和左手水袖走迎面花；王龙在左台口走左转身，右手在头顶上方盘袖；马童在左台口走四个砍身，三人成“横一字”队形）

突慢　　　　渐快

6 | 6 5 | 0623 | 2 | 6 5 | 0623 | 2 | 3 5 | 2 2 |

发似 蓬 松， 面似 雄 威， 须卷 山眉，

（仓）　（仓）

（三人同时左转身，变王龙在右台口、王昭君在中间、马童在“下场门”的“斜一字”队形，王龙踏步蹲，王昭君半蹲，马童旁吸左腿，三人全走双手撑掌式）

（三人同时右转身，变马童在左台口、王昭君在中间、王龙在“上场门”“斜一字”队形，马童踏步蹲，王昭君半蹲，王龙旁吸右腿，三人全走双手撑掌式）

（三人变“横一字”，三人同时走双手自额前同时向下捻动）

3 5 | 0323 | 2 35 | 6 i | 5 4 | 3 | 0 5 |

两耳 圆 垂。（哎呀） 御 弟 呀！ 叫

（三人变王龙在右台口，王昭君在中间，马童在“下场门”的“斜一字”队形。王昭君左手“单山膀”、右手用马鞭指王龙；王龙低头拱请式）

3 5 | 3. 5 | 3 5 | 6 i | 5 3 | 2 | 2 1 | 767 |

他们 一个 一个 下 站到 关 前 去。

（王昭君马鞭向“下场门”指、缓鞭向右台口指，向左缓鞭立即向右台口方向走三个正翻身；马童原地六个串小翻；王龙右手翻袖、跨左腿，左手翻袖、跨右腿，反翻身）

渐慢

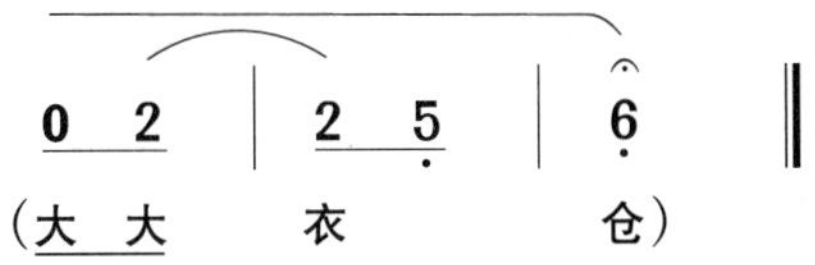

（王昭君左转身，“劈花”反翻身，面向“下场门”亮右手拖鞭、左手勒缰相；马童“双飞燕”扣前扑，面对王昭君亮双手勒马、左旁吸腿式；王龙右手撑袖、左手折袖、右踏步蹲亮相）

〔【快长锤】王昭君原地压步扭五步，马童勾腿抬腿原地行走，王龙勾抬左腿、掖右腿走原地踢步。【急急风】马童拉马，王昭君甩鞭打马从“下场门”下。王龙留台上。四番兵从“上场门”上，站“一条鞭”。

王　龙　呔！娘娘要你们一个一个下到关前去！

〔【冲头】四番兵从“上场门”下。

王　龙　有请娘娘。

〔【大锣五击】王昭君从“下场门”上。

王　龙　啊娘娘，他们已都去远，有什么要紧的言语，嘱咐御弟几句？

王昭君　取琵琶过来！

王　龙　是。

〔【大锣住头】王龙从“下场门”取琵琶上，王昭君坐。

王　龙　琵琶呈上。（王昭君接过琵琶）

王昭君　御弟，我有五怨在心。

王　龙　哪五怨？

王昭君　哎！

（手弹琵琶）〔弋阳调〕 1＝G

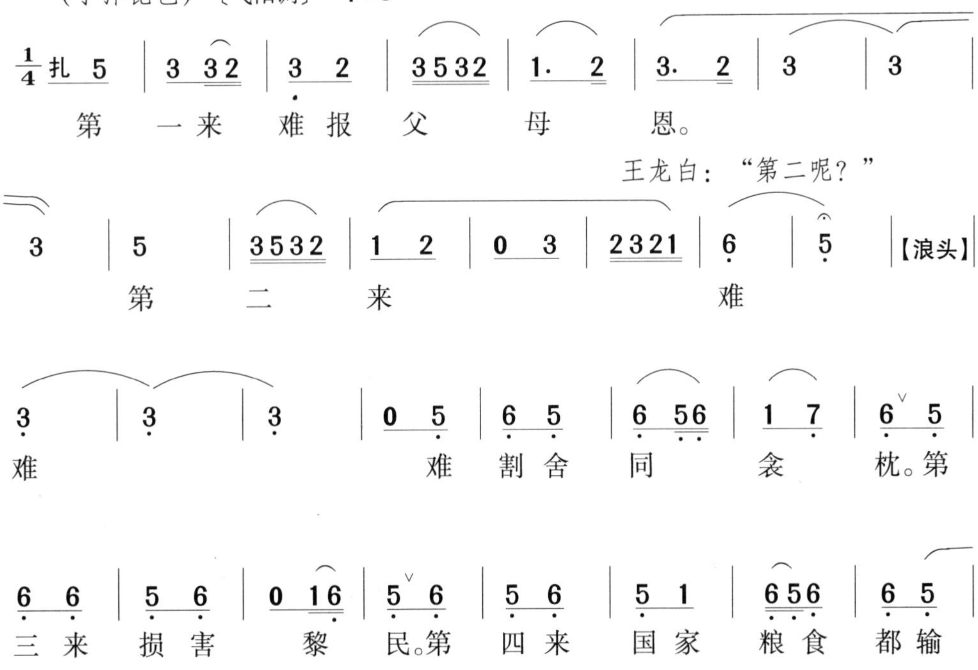

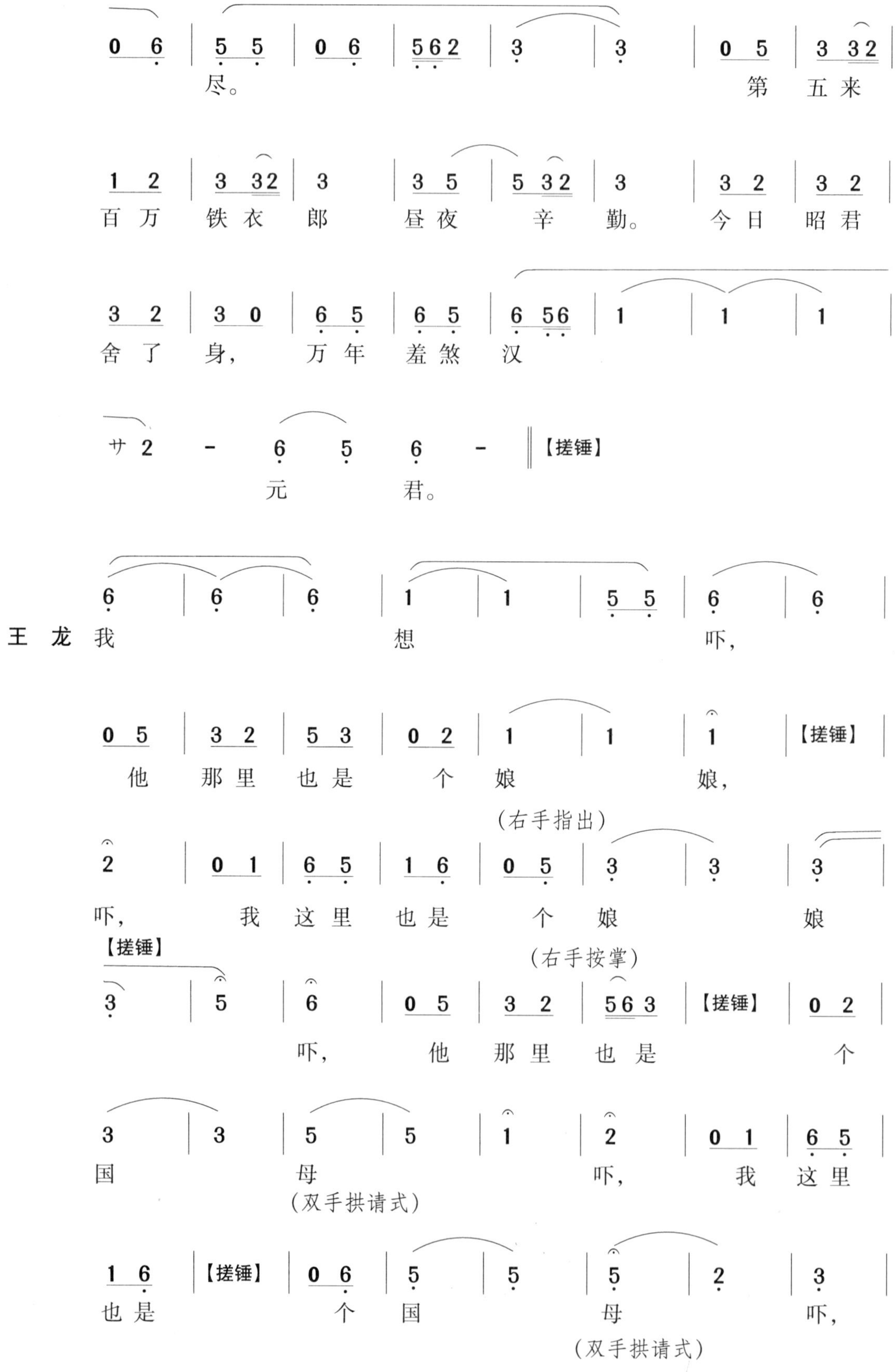
尽。
第五来
百万铁衣郎昼夜辛勤。今日昭君
舍了身，万年羞煞汉
【搓锤】
元君。
王龙 我想吓，
他那里也是个娘娘，
【搓锤】
(右手指出)
吓，我这里也是个娘娘
【搓锤】
(右手按掌)
吓，他那里也是
【搓锤】
个
国母
吓，我这里
(双手拱请式)
也是
【搓锤】
个国母吓，
(双手拱请式)

汉 明 妃

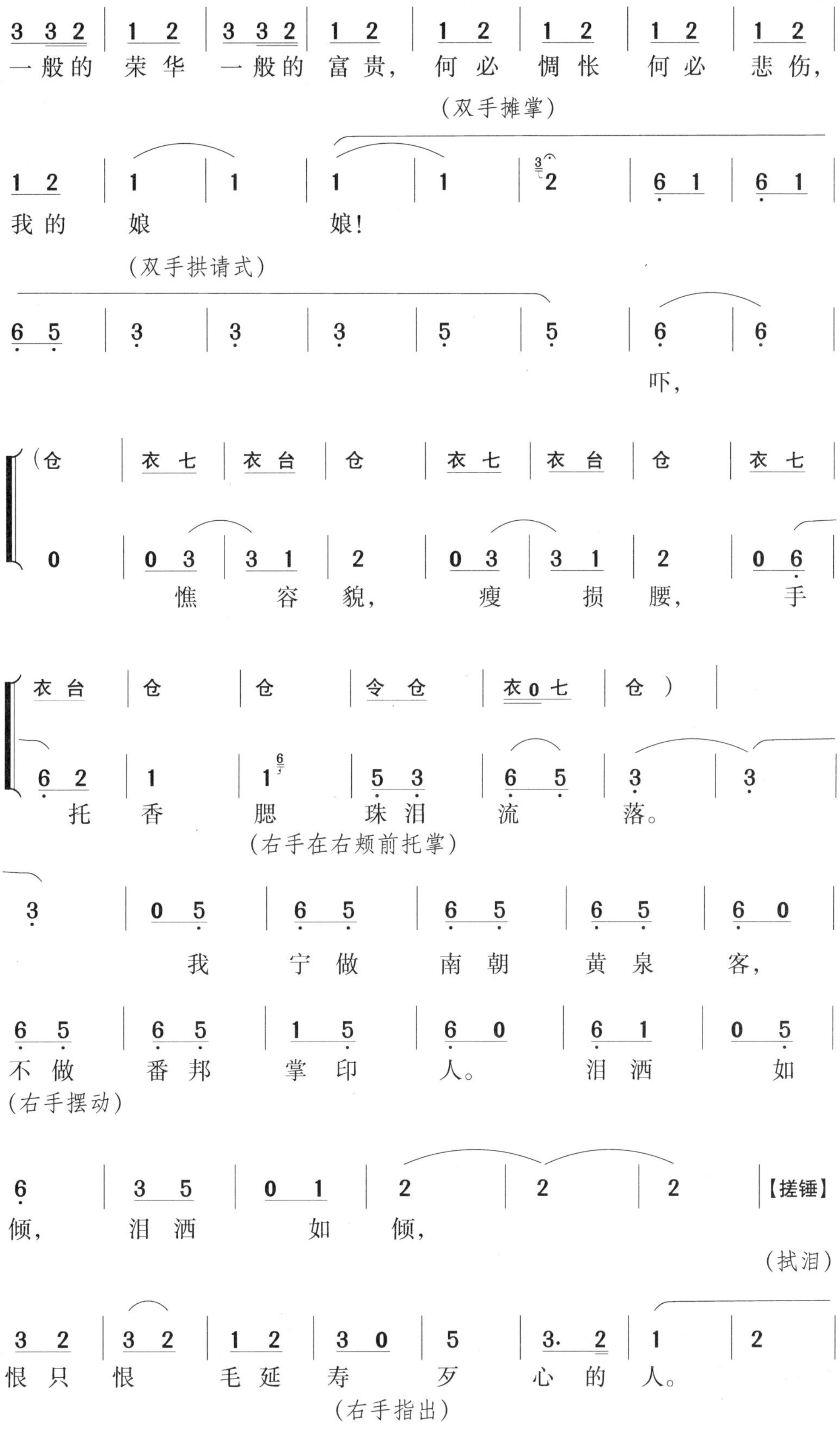
一般的 荣 华 一般的 富 贵， 何 必 惆 怅 何 必 悲 伤，
（双手摊掌）
我 的 娘 娘！
（双手拱请式）
吓，
（仓 衣 七 衣 台 仓 衣 七 衣 台 仓 衣 七
憔 容 貌， 瘦 损 腰， 手
衣 台 仓 仓 令 仓 衣 0 七 仓 ）
托 香 腮 珠 泪 流 落。
（右手在右颊前托掌）
我 宁 做 南 朝 黄 泉 客，
不 做 番 邦 掌 印 人。 泪 洒 如
（右手摆动）
倾， 泪 洒 如 倾，
【搓锤】
（拭泪）
恨 只 恨 毛 延 寿 歹 心 的 人。
（右手指出）

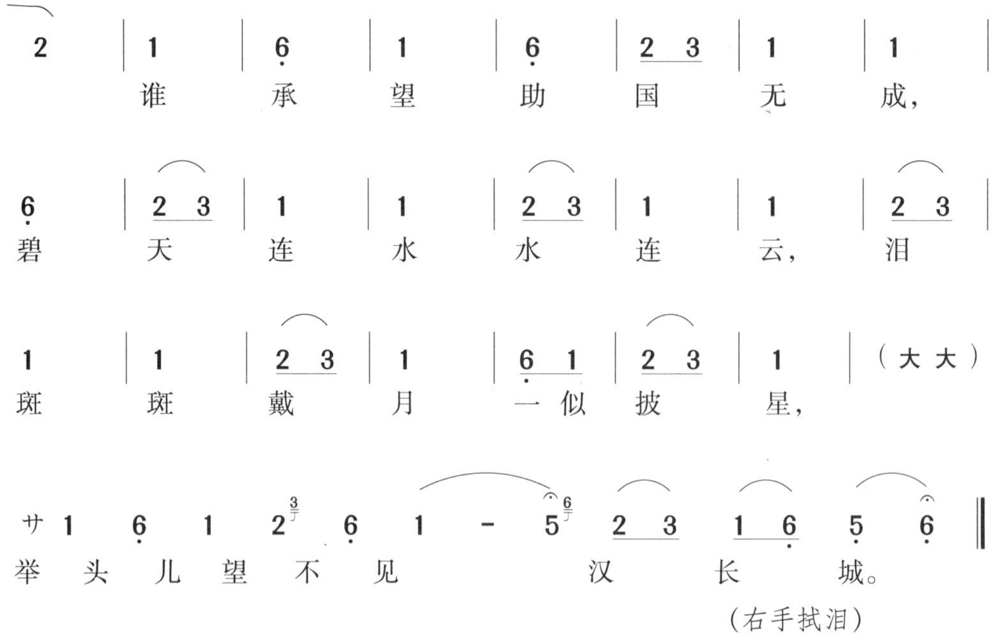

〔王龙接琵琶。

王　龙　娘娘保重。马童带马！

〔**【急急风】**王龙“下场门”下。马童从“下场门”拉马上。王昭君上马。马童领走一圈圆场，归到左台口；王昭君归到右台口；王龙在后面。（**嘟**）王昭君向左台侧疾走（**崩 0　登 0　仓 0**）打马，走“屁股坐子”接“卧鱼”勒马亮相。**【四击】**王昭君走三个正翻身，涮鞭后握鞭，左手掏翎面向右台口亮相；王龙双手绥袖走一翻，左踏步蹲，亮左高右低的斜托袖相；马童“三虎跳”、一个前扑，亮左弓步、跪右腿勒马相。三人队形呈半弧圈形，王昭君在中间、王龙在右台口、马童在左台口。**【急急风】**马童拉马，王昭君、王龙急随，从“下场门”下。

〔**【急急风】**八番兵从“下场门”上，“二龙出水”，虏王、毛延寿、单于从“下场门”上。八番兵在“下场门”站成半弧圈形。

〔**【大锣五击】**马童拉马、王昭君抱剑、举鞭，王龙从“上场门”上。王龙归台中，王昭君下马，马童下。王昭君站右台口。单于向前。

单　于　将军一路辛苦。（双手拱请式）

王　龙　岂敢，有劳狼主相迎。（双手拱请式）

单　于　请昭君娘娘相见。

王　龙　待我回禀。

〔**【大锣住头】**王龙回身向王昭君打揖。

王　龙　启禀娘娘，他国狼主亲身迎接，请娘娘相见。

王昭君　御弟，说与单于王，须要那毛延寿先与我答话，方可与他相见。

王　龙　启禀狼主，昭君娘娘言道：须要那毛延寿与他答话，方可出见。

单　于　这有何难，请稍待。（转身向毛）毛延寿。

毛延寿　有。（躬身）

单　于　昭君娘娘要你向前答话。

毛延寿　遵旨。（背语）想这昭君娘娘与某旧有仇恨，倘若怪下罪来，这这……【撕边一击】我乃献图有功之臣，我怕他何来。

〔【大锣五击】毛延寿向前。

毛延寿　娘娘在上，毛延寿参见。（跪）

〔【撕边一击】王昭君右手掏翎，怒视毛延寿。

王昭君　【大锣叫头】毛延寿，狗奸贼！（右手夹翎指毛）你，你可认得我么?

毛延寿　昭君娘娘。

王昭君　奸贼！【大锣住头】（放翎）你不过是寻常的画工，圣上命你描取真容，你贪赃不成，以假做真，（右手按掌）犯了律条，乃是你自作自受！私逃法网，倒也罢了，不该把我的真容（右手抚胸）勾引匈奴入寇（右手指出），荼毒生灵，（右手按掌挥动四下）逼我前来和番。【大锣叫头】毛延寿啊，狗奸贼！我不与你讲话，少时叫你知道我的厉害。御弟，将此贼与我赶了下去！叫单于王前来相见。

〔【大锣五击】王龙挥手赶毛延寿，毛站起。

毛延寿　哎呀！骂得好，骂得好。（回原位）

王昭君　御弟，叫他国狼主向前答话。

王　龙　遵旨。娘娘有请狼主。

单　于　（喜）娘娘真信人也。

〔【大锣五击】单于、王昭君同时向台中归。

单　于　娘娘在哪里?

王昭君　昭君在此。

〔【撕边一击】单于捋髯观看。

单　于　我看你真乃天下第一美人，今日一见，比画图之上又好看得多了。快快随孤回国，享受荣华去吧。

王昭君　要我从你不难，须要依我（右手抚胸）三件大事，如不依从，狼主！

单　于　娘娘。（向前走一步）

王昭君　你来看。【撕边一击】（王昭君拔剑）

王昭君　你若近前来一步，这三尺青锋，便是我尽忠之物也！【撕边一击】

单　于　娘娘不必如此。只要你归从某家，慢说三件大事，便是三十件、三百件，无不依从，请问你这第一件?

王昭君　从今以后，不许侵犯汉室疆土。

单　于　两国和亲，便是一家，岂有侵犯之理。

王昭君　恐口说无凭，须要折箭为誓。

单　于　孤便折箭为誓。

〔【大锣五击】一番兵呈箭，单于折箭。

单　于　请问这第二件?

王昭君　将毛延寿献与你的真容取来，交与御弟带回汉朝。

单　于　这有何难，御弟，（向虏王）快将昭君娘娘真容取来！

虏　王　遵旨。

〔【冲头】“下场门”下取真容又复上，交与单于。

单　于　娘娘真容在此。

王昭君　御弟，将它带好。

〔【大锣五击】王龙接图像，背在背上。

单　于　请问这第三件？

王昭君　你问这第三件么？【撕边一击】我要借那毛延寿项上的人头！

单　于　这个……

王昭君　哪个？

〔【冷锤】二人对视；王昭君拔剑，单于惊。

单　于　依得！依得！（劝慰）拿刀动剑不是好玩的，虏王过来！

虏　王　狼主有何吩咐。

单　于　附耳上来！（虏王听耳语）

虏　王　（点头）军师请过来！

毛延寿　虏王有何吩咐？

虏　王　狼主叫我问你，在汉朝是忠是奸？

毛延寿　先忠而后奸。

虏　王　如今投降我国，是忠是奸？

毛延寿　大大的忠臣。（右手赞美指）

虏　王　既是大大的忠臣，向你借取一物，量无推辞的了。

毛延寿　（点头）那个自然，但不知要何物？

虏　王　昭君娘娘，不肯回国，狼主借你的项上人头一用。

〔【撕边一击】毛延寿大惊缩头。

毛延寿　此言差矣！若非俺毛延寿亲送仪容，怎得昭君到此？你们有功不赏，反来加害于我，岂非反复无常？（双手摊掌）

虏　王　适才你自己言道，你在汉朝先忠而后奸，如今投降我朝，倘若今后也是先忠而后奸，岂不也要偷了娘娘仪容献与他国，你自己就是反复无常，怪着谁来。好言相劝，量你不肯，巴图鲁！

众　有。

虏　王　将他绑去斩了。

毛延寿　这也是我的报应到了。

〔【冲头】二番兵绑毛延寿从“下场门”下，【斩鼓】【冲头】又复上，托盘内放用红布包的木匣。

虏　王　毛延寿人头献上。

王昭君　御弟取来我看。

王　龙　遵命！（接过木匣）

王昭君　（指匣）毛延寿啊，不想你也有今日！

（仓）（i）【望家乡】起〔西皮快板〕

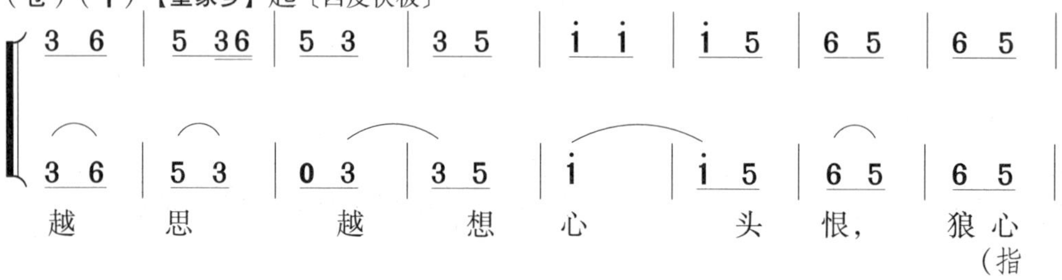

狗子骂儿声。大仇已
木匣)
报平冤愤,再与御弟说
(右手按掌)
分明。带回人头去朝
觐,君王驾前表衷情。就
(双手拱请式、左手抱剑)
说臣妃多薄命,黄沙白雪
葬芳魂。此恨绵绵

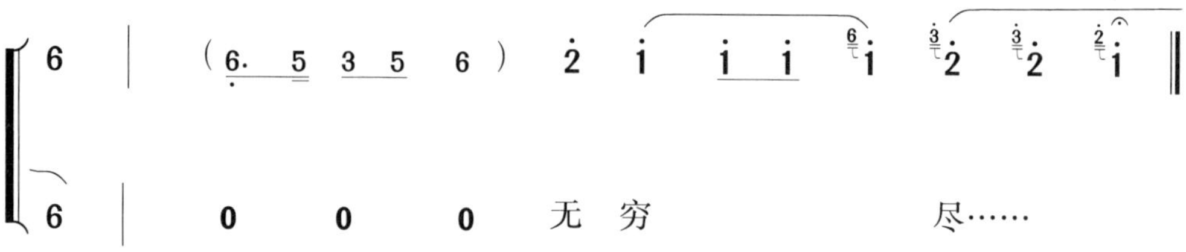

〔【扫头】王龙施礼，马童“上场门”上，给王龙带马，王龙上马。【冲头】王龙走至左台口左转身。

王　龙　【大锣叫头】娘娘！

王昭君　御弟！

王　龙　哎呀娘娘啊！

王昭君　喂呀……

王　龙　罢！

〔【冷锤】王龙左转身，甩鞭打马从“下场门”下。【冲头】众人大推磨，扯成正场。

单　于　三件大事，件件依从，娘娘怒气已消，快快随孤回国去吧。

王昭君　这个……御弟尚未走远，我自有道理。

单　于　巴图鲁！

众　有！

单　于　迎接娘娘回国去者！

众　啊！

王昭君　罢！

〔唢呐奏<尾声>，众扯“斜胡同”，单于、王昭君从“下场门”同下，【急急风】众窝下。

——剧　终

孙明珠 哈鸿儒 整理　　　　哈鸿儒 记谱

玉虎坠

尚小云演出本

《玉虎坠》又名《娟娟》、《马武下山》，原是梆子的剧目，秦腔《玉虎坠》至今仍是保留的传统剧目。尚小云先生将其移植为京剧，剧中仍保留有梆子的痕迹。此本据1956年尚小云先生演出录音整理。

新莽时期，马武占据太行山，反对王莽篡位称帝。闻听王滕占卜如神，下山前去拜访。在酒肆与王滕交谈时，遇冯彦发生口角而动手。马武虽不敌，但对冯彦武艺极其爱慕，便强逼王滕说冯彦上山。冯彦不肯落草为寇，更不顾与王滕的姻亲关系将王驱逐出门。王滕给马武献计：杀一路人，将首级挂在冯家门首，迫使冯彦上山。夤夜中无人过路，马武便将王滕杀死移祸冯彦。冯彦继母田氏为图谋家产，至官府状告冯彦。县令将冯彦拘禁，并将王滕女娟娟安置在紫云庵。田氏又与其亲生儿子贺吉郎设计将冯彦妻冯伏氏和儿乾郎逐出家门。冯伏氏和乾郎落魄于紫云庵，遇见娟娟。娟娟得知冯彦受诬含冤，消释了父亲被杀之嫌隙，与冯伏氏母子同住紫云庵，以待雪冤。一日，传来消息，可用银钱开豁冯彦罪名，娟娟把定亲的聘礼玉虎坠交给冯伏氏，让乾郎去到街市变卖以救冯彦。此时洛阳太守王元携女王碧莲来到紫云庵降香。王元先期回衙，碧莲留在庵内游玩，偶听得冯伏氏悲泣声，询知其遭遇，赠银让其至洛阳告状。乾郎变卖玉虎坠未成，路遇王元，被带回洛阳，招赘为婿。冯伏氏闻听乾郎被人带到洛阳，不知内情，急切地与娟娟往洛阳告状。途中，娟娟向冯伏氏挑明了婆媳关系。二人路经太行山时被劫持至马武山寨，马武得知是冯彦的夫人，便代婆媳二人写了诉状，并赠银两，送二人下山去洛阳告状。婆媳到洛阳后击鼓鸣冤，王元审知冯伏氏和娟娟是婆媳关系，大吃一惊，无法处理女儿的婚姻，便叫王碧莲假扮男装在二堂审案。审至娟娟为乾郎妻时，按捺不住，露出女装，与娟娟激烈争论。最后冯伏氏以二女不分大小，同为乾郎妻，平息了矛盾。同时王元处理了冤案；乾郎和祖父冯昭所率刘秀队伍来到洛阳，一家团聚。

1935年尚小云先生为富连成科班排了三出“尚派”新戏：《昆仑剑侠传》、《金瓶女》、《玉虎坠》。当时，富连成科班“盛”字科离科，“世”字科尚未崛起，青黄不接。这三出戏接连上演，扭转了衰退局面。尚先生乐于仗义助人的美名流传至今。其中《玉虎坠》由李世芳扮演冯伏氏，毛世来扮演娟娟，袁世海扮演马武。科班排演大戏，要使尽可能多的学员在舞台上得到锻炼，因此，剧中大小角色都有可发挥之处，有戏可做。

评价尚小云先生的唱功，多以“高亢”、“峭拔”、“刚健”、“浑圆”来形容。用“尚派”唱腔表现《玉虎坠》中冯伏氏这样一位端庄贤淑的中年妇女，却也熨帖得体，换个角度来看，“尚派”唱腔还有“古朴”、“细腻”的一面。尚小云先生师承的张芷荃、戴韵芳、孙怡云、陈德霖都是老成典型，四大名旦中以他继承传统最多。通常传统京剧唱腔，一种板式往往有几个固定主旋律，不同流派唱腔有着其旋律上的变化特征。“尚派”戏中很多主人公第一次出场都是唱〔西皮慢板〕。从声腔旋律看，他们都脱胎于老派大青衣“八大腔”的传统，古朴而嘹亮，腔调似乎都很相似。细细品味起来，就会发现尚小云先生是用“轻重、快慢、高低、强弱”不同的细腻手法，表现不同人物的情绪和性格；也用行腔的细微差别体现人物的身份地位。冯伏氏出场唱的四句用三句〔慢板〕一句〔摇板〕,〔慢板〕只用了两个大腔，用这样的结构先勾画出冯伏氏恬静的小康生活；〔慢板〕的两个大腔开头都是高音起，但其力度相对较轻，具有“尚派”特征的“坠腔”、“勒腔”、“顿腔”，行腔轻而缓，经过了这样细腻的处理，人们意识到冯伏氏是一位温顺贤淑、性格沉稳的中年女性，她沉醉于平凡而甜蜜的相夫教子生活。

尚小云先生表演主张“文戏武唱”，它贯穿于所有的“尚派”剧目当中，《玉虎坠》自然也不例外。《玉虎坠》是一出典型的文戏，对这出戏的处理首先是别演“温”了，因而在剧情发展上做了铺垫。马武下山到杀了王滕，使故事达到一个小高潮。第八场一个幽娴贞静居家度日的中年妇女冯伏氏出场给观众一个放松的机会。在这里安排了一段咏志的唱腔，尚先生用他铿锵有力、节奏鲜明、声情并茂的歌喉抓住了观众。乾郎发现王滕的人头挂在自家的门首，爆发了矛盾：贪婪的田氏想趁机除去冯彦以谋取家财。突如其来的“天降大祸”，必然是“无限悲伤”。冯伏氏知道丈夫的为人，相信见官就能弄明原委，表现出来，虽然着急，却是哭在心里。当知道冯彦行孝，不肯道破内情而被收监，乾郎又告知贺吉郎母子要加害她母子，冯伏氏自己无力解决矛盾，愁眉紧锁，泪洒胸怀，又企盼公公回家排解。贺吉郎母子设计将冯伏氏赶出家门，并挑拨冯彦怀疑冯伏氏不贞，冯伏氏被逼走投无路，在大雨滂沱的夜晚流落到紫云庵，疲惫已极，悲愤到极点。冯伏氏的感情发展，细腻而又层次分明，虽然她没有大幅度的身段和激烈尖锐的语言，而是用田氏的奸猾、贺吉郎的狡诈、冯彦的急躁、禁卒的敦厚衬托出冯伏氏贤淑善良，使这段戏演得起伏跌宕、错落有致。接下来“趱路”一场，尚小云先生也抓住了剧情发展的时机，使冯伏氏迸发出激情，把戏推向高潮。〔导板〕唱完，【四击头】出场亮相非常强烈，恨不得一时就到洛阳。戏的发展是心急而不低沉。借着娟娟说破与冯伏氏的婆媳关系，使得台上急中有缓，悲中有喜，而不是一味地傻跑奔波。胡琴过门也突破了程式，变得欢快明朗，再加上梆子击着强烈的节奏，增强了挑明二人的婆媳关系后互相有了依靠的欢快心情。胡琴拉着急速的曲牌，二人要着云手水袖，跑着8字圆场，越跑越快，(崩登仓)冯伏氏两个“鹞子翻身”，娟娟一个“鹞子翻身”，高高跳起，一个“屁股座子”突然一静，亮个高矮相，在锣鼓【扫头】中二人蹉步下场，台上似两只蝴蝶翩跹飞舞，煞是好看。尚先生调动了他所擅长的艺术手段，把冯伏氏赴洛阳的急切心情表现得淋漓尽致。由此可见，“文戏武唱”是要文戏不温，表演要合剧情，顺戏理；要符合人物性格和身份，该动的动，该静的静，并非一味造作。这正是《玉虎坠》塑造冯伏氏形象的成功之处。

哈鸿儒

人物行当

马　武	净	冯　昭	老生
王　滕	老生	大头目	净
娟　娟	花旦	头目乙	净
贺吉郎	丑	头目丙	净
田　氏	彩旦	头目丁	武生
冯　彦	老生	八喽罗	杂
冯伏氏	青衣	家　童	杂
乾　郎	娃娃生	酒　保	丑
王　品	老生	乡　约	丑
老　尼	老旦	地　保	丑
禁　卒	丑	二班头	杂
王　元	净	四衙役	杂
王碧莲	花衫	四蓝龙套	杂
中　军	净	四军士	杂
旗　牌	杂	车　夫	杂
丫　环	旦		

服装扮相

马　武　勾蓝碎脸。绿扎巾、大额子、翎子、狐狸尾、茨菰叶、红扎、红耳毛子，绿蟒、苫肩、玉带，黄团花彩裤，厚底；后换绿开氅、绿箭衣、黄大带。

王　滕　俊扮。绿高方巾、黑三，绿褶子、黑长坎肩、绦子，黑彩裤，白袜子、福字履。

娟　娟　俊扮。梳大头、线尾子、水钻头面、草花，草绿和蓝灰色绣花袄子、裤子，绣花饭单、领花、四喜带、彩鞋；第十三场以后外罩黑边白褶子；第十八场至第二十一场扎腰包，蓝绸子包头。

贺吉郎　丑扮。武生巾歪戴，藕荷色褶子斜穿，豆沙色短褶子、绦子，黑彩裤、白布袜、皂鞋；第十一场僧帽，黑褶子。

田　氏　俊扮。黪网子、黪发鬏、老旦冠、勒子、蓝绸条、彩花，紫帔、古铜色衬褶子，宝蓝色素裙子，白布袜、蓝绣花鞋。

冯　彦　俊扮。蓝将巾、甩发、黑三，蓝团花开氅，蓝绣边箭衣、黄大带，黑彩裤，厚底。

冯伏氏　俊扮。梳大头、线尾子、水钻头面、草花，深藕荷色和浅蓝绣花褶子、领花、白绣边裙子，彩裤，彩鞋；第十八场至第二十一场扎腰包，蓝绸子包头。

乾　郎　俊扮。孩儿发，浅蓝褶子、绦子，皎月彩裤，白布袜、皂鞋；第二十场以后紫金盔、翎子，浅粉色绣边箭衣、黑团龙马褂，苫肩，厚底。

王　品　俊扮。忠纱、黑三，蓝官衣、玉带，黑彩裤，厚底。

老　尼　俊扮。黑尼姑帽，蓝道姑衣、黄绿色中坎肩，古铜色彩裤，白高腰袜子、女僧鞋。

禁　卒　丑扮。蓝毡帽、八字儿，茶衣、腰包，黑彩裤，白布袜、皂鞋。

王　元　勾白三块瓦。黑大蹬、黑满，紫蟒、衬褶子，玉带、苫肩，黑彩裤，厚底。

王碧莲　俊扮。梳大头、线尾子、水钻头面、草花，皎月色或淡黄色、红色绣花帔，绣花衬褶子、领花、白绣边裙子，彩裤，彩鞋；第二十二场，男装：忠纱带帽正，红官衣、玉带，厚底；女装：紫红绣花褶子。

中　军　勾元宝脸。大板巾加额子、黑满，蓝团花箭衣、黑团花马褂、苫肩，紫大带、红彩裤，厚底。

旗　牌　俊扮。大板巾、黑三，墨绿团花箭衣、黑团花马褂、苫肩，紫大带，黑彩裤，厚底。

丫　环　俊扮。梳大头、线尾子、水钻头面、草花，浅蓝绣花袄子、裤子，浅粉色绣花中坎肩、绣花腰巾，彩鞋。第二十二场男装：中军盔，藕荷色箭衣、黑团花马褂，宝蓝彩裤，蓝大带，厚底。

冯　昭　俊扮。荷叶盔、黲三，紫团花开氅，黑彩裤，厚底。

大头目　勾红三块瓦。红硬罗帽、偏球、黑满，红开氅、红箭衣、黑大带，红彩裤，厚底。

头目乙　勾黑三块瓦。黑硬罗帽、偏球，黑开氅、黑箭衣、杏黄大带，红彩裤，厚底。

头目丙　勾黄三块瓦。蓝硬罗帽、偏球，蓝开氅、蓝箭衣、紫大带，红彩裤，厚底。

头目丁　俊扮。紫硬罗帽、偏球，紫开氅、紫箭衣、黄大带，红彩裤，厚底。

八喽罗　俊扮。蓝包头，蓝侉衣、青腰箍，蓝彩裤，黑薄底。家　童　俊扮。软罗帽，黑褶子，大带，黑彩裤，厚底。

酒　保　丑扮。蓝毡帽，茶衣、腰包、抹布，黑彩裤，白布袜、皂鞋。

乡　约　丑扮。古铜色鸭尾巾、黑八字吊搭，古铜色褶子、绦子，黑彩裤，白布袜、皂鞋。

地　保　丑扮。蓝毡帽，黑边蓝布箭衣、紫大带，黑彩裤，薄底。

二班头　俊扮。皂隶帽，黑边蓝布箭衣、紫大带，黑彩裤，薄底。

四衙役　俊扮。红秦椒帽，黑褶子，黑彩裤，薄底。

蓝龙套　蓝大板巾，蓝龙套衣，黑彩裤，薄底。

四军士　灰色红花小板巾，灰色侉衣、红色绣金花短坎肩，蓝大带，灰彩裤，薄底。

道具

手绢	二条（娟娟、丫环各一）	**佛堂小帐**	一份
占卜卦牌	（写有“善观气色，占卜吉凶”八个字）	**红烛台**	二个
卦签	一份	**白烛台**	二个

招文袋	一个	香炉	一个
搭布	一条	王滕灵牌	一座
酒壶	一个	状纸	一张
酒盅	二个	假文约	一张
木盘	一个	马鞭	六根（冯伏氏、娟娟、马武、乾郎、王品、王元各一）
酒坛	一个	车旗	一副
大酒碗	二个	宝剑	二口（马武、乾郎各一）
书包	一个	钢刀	四把
文房四宝	一份	门枪	四根
官印	一方	门刀	四把
水火棍	二根	腰刀	一把
手铐	一副	令箭	一根
锁链	一条	玉虎坠	一个
尸形	一个	桥形	一座
砖形	一块	小高台	二座
大帐	一份	桌子	数张
灵堂小帐	一份	椅子	数把
紫色桌围椅披	一份	绿色桌围椅披	一份
灰色桌围椅披	一份	浅蓝桌围椅披	一份
黄色桌围椅披	一份	白色桌围椅披	一份
红色桌围椅披	一份		

第 一 场

〔【冲头】开大幕。场上设正场桌、“大座”。紫色桌围椅披。

〔【大锣原场】唢呐吹奏曲牌<水龙吟>，八喽罗“上场门”上,“站门”。曲牌止。

〔【四击头】马武左手托蟒，右手抓袖，从“上场门”上，亮相。【回头】上至“九龙口”双抖袖、提袖、撕扎，右手端带归“台口”。【归位】抖左袖，右手拉左袖口，左水袖向上折起，左手上抬遮面。

<点绛唇>唢呐伴奏

马 武 サ 6 i 5 4 3 5 2 －（台.大台）2 2 7 1 6 1 5 －
占 据 山冈， 自 立 为 王，
（双手缓缓放下）

（台另台）5 4 3 2 －（台.大 台）3 2 1 2 3 5 5 －
雄 心 壮， 武 艺 高 强。
（右手伸拇指，赞美式）

（台另台）（6 5 6 i 5 －）（八大仓）2 2 1 2 6 1 5 －‖
（干念）杀却， 贼 王 莽！
（右手做杀状） （左手撕扎，右手指出）

〔【冲头】唢呐吹奏曲牌<水龙吟·合头>加【撕边一锣】马武右手掏翎子“一望”;【撕边一锣】双手掏翎子“两望”;【撕边】双手将翎子梢在胸前绕两下,放回翎子,(崩登仓)抓左袖,右转身,亮背相;【大锣连击】抖右袖,抖左袖,提袖,归“大座”。八喽罗归“里八字”。四头目两边上,四头目双进门,面向里,“横一字”。曲牌止。

四头目 参见寨主。

马 武 众位贤弟少礼。

四头目 谢寨主。【归位】（施礼，“站八字”，双手拉开氅）

马 武 （念诗）当年设策金马门，
只重相貌不重文；（台.大台）
留下反诗增仇恨，
豪杰一怒（顷 仓）到山林。

〔【归位】四头目放下开氅。

马 武 某，【撕边一锣】姓马名武字子章。【住头】乃湖阳人氏。那年王莽射箭取士，可恨老贼，中了岑彭相貌，不中俺马武的奇才，将俺赶出考场以外，羞愧难当，俺便留下反诗一首，言道：

马武出场笑昂头，
难洗英雄满面羞。
一日访得汉室后，
王莽江山一笔勾。**【住头】**

是俺雄心一怒，来到这太行山，招聚天下的英雄，定要杀却王莽，扶立汉室。闻听人言，颍川地方有一算卦先生，名叫王滕，人称赛君平。他占卦如神，某有意聘请上山，共谋大事。众位贤弟。

四头目 寨主。

马　武 俺今下山访贤，多则半月，少则十日。山寨之事，付与你等掌管。

大头目 寨主此番下山，沿途之上多加小心。山寨之事，有小弟等防守，寨主请放宽心。

马　武 好，与某换袍来！（**崩登仓**）（抓左袖）

〔**【九锤半】**转**【阴锣】**马武分别与两厢的头目拱手，抓右袖，左腿踢蟒，左手托蟒襟，“下场门”下，更衣。四头目、八喽罗双“合龙口”。

大头目 与寨主备马伺候！

〔**【冲头】**众人分立两边。

〔马武内唱。

〔西皮导板〕

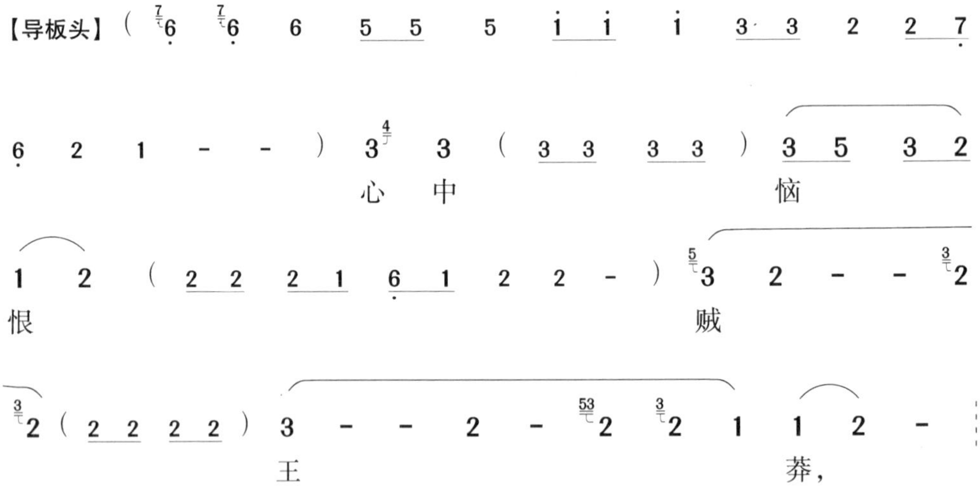

〔**【紧锤】**马武双手拉开氅从“下场门”上，至台中一亮，左手拉开氅，上步，右手抖袖，提袖。

〔西皮流水板〕

马　武

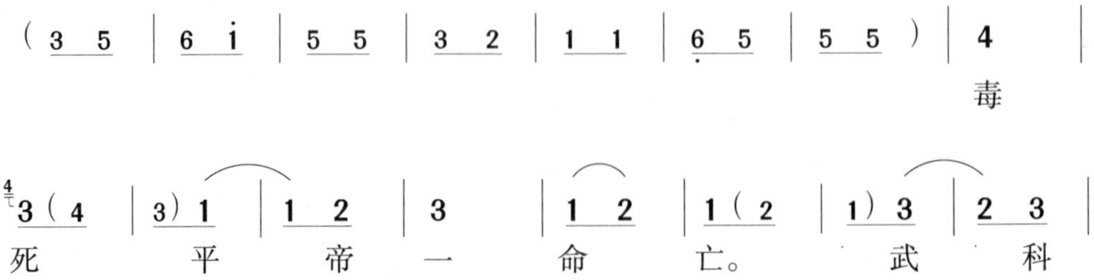

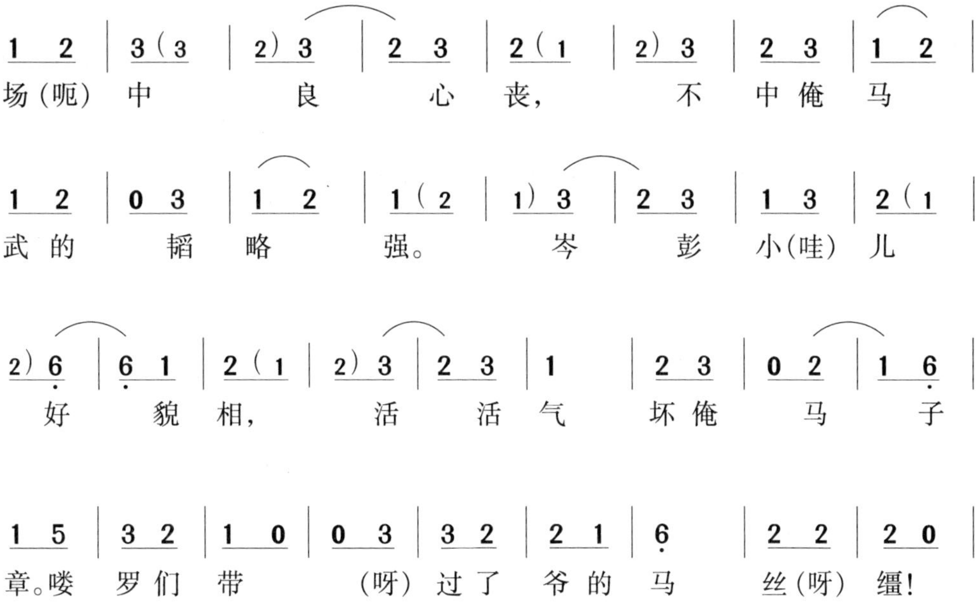

众 啊!

⺁【快长锤】跨左腿，左转身，向台里走几步，左转身，右手撕扎，向台口望马。一喽罗带马。马武扶鞍上马。八喽罗、四头目归“上场门”双排“斜一字”。马武打马向“下场门”走几步，右转身，上步，右手在胸前横握鞭。

〔西皮摇板〕

马 武

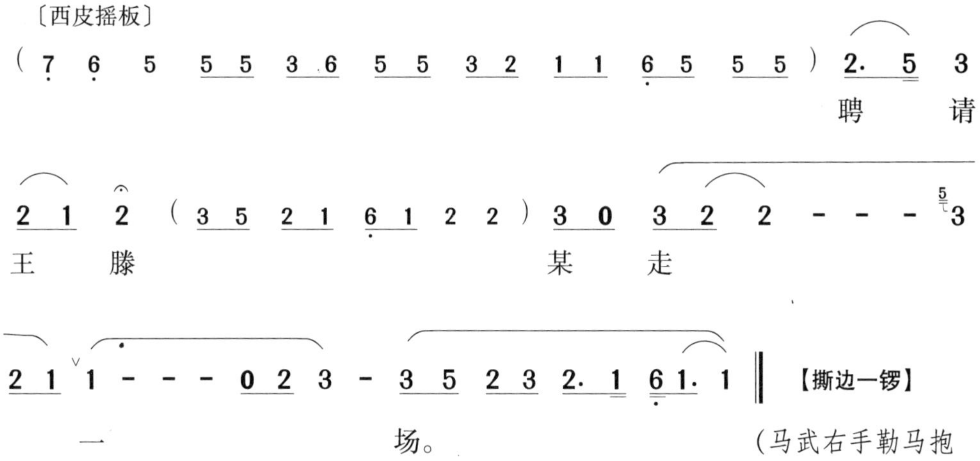

(马武右手勒马抱鞭,丁字步亮相)

众 送寨主!

马 武 免!

⺁（崩登仓）马武举鞭左转身面向众人，甩扎，拱手，亮相。【冲头】左转身举鞭打马“下场门”下。八喽罗、四头目“下场门”窝下。

⺁【撤锣】闭二幕。

第 二 场

〔【小锣带锣】开二幕。场上设正场桌，“小座”。绿色桌围椅披。

〔王滕内白：“嗯哼！”

〔【小锣打上】王滕“上场门”上。至“九龙口”，抖右袖，提袖，捋髯。前进至台口。

王　滕　（念）相法似海深，全仗舌评论；

　　若遇吉凶事，可来问王滕。

（【小锣归位】左转身，归“小座”）

小老儿王滕。不幸老妻早年去世，膝下无儿，只有一女，名唤娟娟。老汉每日在大街之上，卖卜度日。今日起来的甚晚，顾不得梳洗。不免将娟娟儿唤出，看守门户。（站，右手捋髯，向“上场门”）啊，娟娟儿哪里？

〔娟娟内白：“来了！”

〔【小锣单点】娟娟右手拿手绢“上场门”上。右手抚鬓，双手整衣。

娟　娟　（念）不喜锦绣衫，

　　安贫只淡妆。【小锣一击】

〔【小锣一击】娟娟进门，归“小边”。

娟　娟　爹爹万福。（施礼）

王　滕　罢了。

娟　娟　爹爹今日为何不来梳洗哪？

王　滕　为父的今日起来得甚晚，顾不得梳洗。快取为父的招牌、卦板过来。

娟　娟　女儿遵命。

〔（大 大大大大 台 大 大 大 大 大）娟娟“下场门”下，取招牌、招文袋又上。交给王滕。（台 台 大 0 多罗.台）王滕背好招文袋，拿过招牌。

娟　娟　爹爹要早些回来。

王　滕　儿呀！

〔西皮摇板〕

【小锣凤点头】（6 6 55 55 36 55 32 11 65 55）

2 1 2 1 2 3 － （33 33）1. 3 2 1 2 2

每 日 里 在 大 街　卖 卜 算 命，

（21 61 21 65 55）6 6 1 － 6 1 12 2

得 银 钱　父 女 们

（6 1 2 2）6 2 1 3 2 1 -（2 1 6 2 1 1 6 5 5 5
好 度 光 阴。

3 6 5 5）2 1 2 1 1 3 - 2 0（2 2 2 1
若 遇 那 富 贵 家

6 1 2 2）1 2 - 3 2 3 2 1 1 2 -（2 2 - ）
实 心 来 问，

〔【小锣抽头】娟娟开门，王滕出门向“下场门”走，娟娟随着出门。王滕右转身。

王 滕 （过门同前） 3 2 3 2 1 - 1. 3 2 1 2 -（2. 1
说 几 句 奉 承 话

2 2）6 1. 3 2 2 2 2 1 - ‖
得 他 几 文 （哪）。

娟 娟 送爹爹！

王 滕 看守门户。

〔娟娟点头答，目送王滕。王滕右转身，“下场门”下。

〔西皮摇板〕

娟 娟 【小锣凤点头】（过门同前）5 i i - 7 7 5 6 -
老 爹 爹 出 门 去

（2 1 6 1）5 6 6 7 6 3 5 6 -（7 6 5 3 5 6 5
卖 卜 算 命，

3 6 5 5）i i 3 6 5 - 5 3 3 5 6（6 5 3 6）
撇 下 了 王 娟 娟

i 7 6 3 5 6 6 i 5 -（6 5 3 6 5 5 3 2 1 1）
孤 身 一 人。

3 3. 6 5 5 7 7 5 6 6（6 5 3 5 6）5
可 叹 我 老 娘 亲 早

6 6. 5 3 5 - - - 5 - 6 - 6 - -
年 丧 命，

〔【小锣抽头】娟娟左转身进门，关门。

娟 娟 （过门同前） 5. 6 i i - 6. 5 3 5 6 （6 5 3 5） i 5. 6
在 房 内 等 候 了 爹 爹

3 5 5 - 6 5 5 6 - 6. i 5 5 - （5 5 3 6 5 5 -）‖
回 程。

〔【小锣打下】娟娟左转身，“下场门”下。闭二幕。

第 三 场

〔开二幕。

〔贺吉郎内白：“啊哈！”

〔【小锣五锤】贺吉郎左手提酒壶“上场门”上至台中。

贺吉郎 （念）三杯和万事，一醉解千愁。

我，贺吉郎。只因我妈后嫁冯昭，我也随着一块儿跟过来啦。可是这个老家伙老不让我登门，这可真有点儿别扭。哎呀，听说他遘奔南阳，投奔刘秀那里。我打了一壶酒，一来给他送送行；二来有了机会跟我妈商量商量，把这份儿家财，（含糊地）趁着……对啦。就这么办啦，哎嘿嘿……【小锣一击】（圆场）嘿，来到啦。干脆，我自个儿进去。（进门，朝着“下场门”叫）妈耶！（没人应声）嘿！没人儿呀！没人儿我偷几样东西，嘿嘿！（寻摸着朝“下场门”走，看见田氏，抬手招呼）哎，我说妈呀！妈耶！（**大 多 罗. 台**）（田氏上，迎上去）哟，您好哇？

田 氏 我说孩子！

贺吉郎 哎。

田 氏 你怎么老没来呀？

贺吉郎 你瞧是不是？您说我这个！

田 氏 嗯。

贺吉郎 这老家伙他老不让我登门，那有什么法子您哪，是不是呀？

田 氏 对呀，对呀！我说，孩子啊！

贺吉郎 啊！

田 氏 你干什么来啦？

贺吉郎 我听说那老家伙遘奔南阳，投奔刘秀那里呀。

田 氏 啊。

贺吉郎 我打了一壶酒，给他送送行，表表我的孝心哪！
田　氏 咳，孩子！你来晚啦，今天早晨他就走啦！
贺吉郎 早晨就走啦？
田　氏 啊！
贺吉郎 来晚啦？
田　氏 可不是吗！
贺吉郎 好耶！这回咱们娘儿俩的好机会来啦！
田　氏 什么好机会呀？
贺吉郎 您瞧，老家伙不是走了吗？
田　氏 哎！
贺吉郎 咱们娘儿俩变着法儿想个什么主意，把这份儿家财…… （多罗 0 台 大 0）
〔田氏忙捂住贺吉郎的嘴。田氏、贺吉郎两边一望。
田　氏 （小声地）哟——！你这孩子说话怎这么冒失呀！
贺吉郎 对，忘啦，忘啦。
田　氏 这要是让他们听见，那是闹着玩儿的吗？
贺吉郎 对，留点儿神！
田　氏 有什么话呀，跟妈上屋里说来。
贺吉郎 对，走，走，走！
〔**【小锣打下】**田氏拉着贺吉郎“下场门”下。闭二幕。

第 四 场

〔开二幕。场上设正场桌、八字椅。绿色桌围椅披。
〔王滕内白：“走哇！”
〔**【小锣抽头】**王滕右手执卦牌“上场门”上。

〔西皮摇板〕

王　滕 （过门同前）

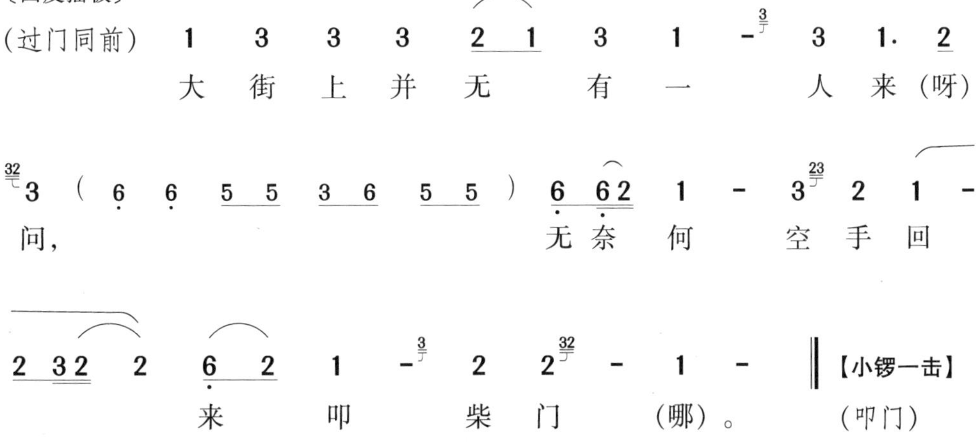

女儿，开门来！
〔**【小锣抽头】**娟娟右手举手娟“下场门”上。

〔西皮摇板〕

娟　娟　(过门同前) i̇ i̇ - 3 6 5 7 7 6 6 5 6 -

忽　听　得　门　儿　外

5 - 6 6. i̇ 3 5 - - 5 6 6 -

有　人　唤　定，

〔行弦〕　　渐慢

(6 35 6 7 | 6535 6 0 | 6535 6 | 6 -)

娟　娟　谁呀？
王　滕　为父的回来了。
娟　娟　(拍手，欣喜地) 哦！

【小锣凤点头】 (6 6 5 5) 5 i̇ 6. 5 5 6 6 3 -

却　原　来　老　爹　爹　转

(双手拱请式)

3 i̇ i̇ 6 3 5 3 5 - (5 5 3 6 5 -) ‖ 【小锣一击】

回　家　门。

(开门，出门，迎接王滕进门)

〔娟娟关门，随王滕进门，站“小边”；父女交谈中，王滕摘下招文袋放在桌上，卦牌靠在桌前，坐“大边”。

娟　娟　爹呀，今儿个您怎么这么早就回来啦？
王　滕　唉，大街之上，并无一人索卦，为父的我腹中饥饿，只得空手而回。
娟　娟　既然如此，茶饭早就给您准备好啦，爹爹请到后面用饭吧。
王　滕　正是：(扎)

风来遇雨鸟先转，路下金钱卜未知。

女儿！

娟　娟　爹爹！
王　滕　来呀！呵呵呵……
娟　娟　来啦！

〔**【小锣打下】**娟娟拿卦牌随王滕“下场门”下。

〔**【大锣水底鱼】**马武提大带“上场门”上，“九龙口”亮相。

马　武　(念) 离了太行山，颍川访高贤。**【住头】**

下得山来，改名郑芳。适才打听得知，赛君平先生住在前面，不免向前扣门。**【大锣水底鱼】**(在“小边”走一个小圆场，至王滕家门口，看门牌) 算卦人王滕。嗯，不错，就是这里。王滕先生可在？王滕先生在家么？

玉虎坠

〔王滕内白："嗯哼！"

〔【小锣五锤】王腾"下场门"上。

王 滕 （念）忽听唤王滕，想是问卜人。

（开门）是哪一个？

马 武 先生！

〔【撕边一锣】王滕看见马武，惊骇。

王 滕 哎哟！天神爷爷下界了，天神爷爷下界了！

马 武 嗳！俺是人，不是神。

王 滕 你是人？

马 武 嗯。

王 滕 好怕人哪！

马 武 哎，父母生就的身体，有何惧怕？

王 滕 大爷到此何事？

马 武 闻听先生占卦如神，特来拜访。

王 滕 如此，请到寒舍一叙。

马 武 嗯，先生请！

〔【大锣五锤】马武、王滕"挖门"，马武站"大边"，王滕站"小边"。

王 滕 请坐。

马 武 有座。【住头】（马武坐"大边"，王腾坐"小边"）

王 滕 啊，大爷，到此是问卜哇，还是算命呢？

马 武 某有一家仇人，是俺怀恨在心，不知何日报却，特来问卜哇。

王 滕 哎呀呀，有道是问吉不问凶。这位大爷进得门来，这样行装，嗯，定有惊天动地之才！【大锣一击】

马 武 怎么讲？

王 滕 定有惊天动地之才。

马 武 【三叫头】（右手撣扎，站起）啊哈，（右臂将扎撣回）啊哈，啊，（双手托扎）哈哈哈哈…… （双手上举，得意状；归座，拱手）先生美言，先生美言。

王 滕 大爷虽有奇才，但独立难成。若得奇人共谋，佐辅必成。

马 武 如此说来，就请先生共谋，必有万金酬谢。请到酒肆一叙。

王 滕 小老儿我不会饮酒。这位大爷上姓？

马 武 哦，这个…… （想）俺对你说了吧！【住头】（马武站起，前走二步，王滕随之站起）

马 武 俺乃太行山公道大王马武。【撕边一击】

王 滕 呜呼呀，原来是公道大王，小老儿不知。我这里有礼了！（施礼）

马 武 （托住王滕臂）如此，还礼，还礼。坐下讲话。

王 滕 大爷请坐。

〔【住头】马武、王滕归座。

王 滕 啊大爷，但不知你那仇人是哪一个哇？

马 武 俺的仇人，就是那篡国贼王莽！

王 滕 嗳！【大锣一击】皇上的御名，也是你叫的么？

马 武 啊，先生，咱正要杀他，你有何惧怕也。（站起）

〔西皮摇板〕

【闪锤】（过门同前）2 1 2 3 32 2（3 21 61 22）
想 起 了 王 莽 贼

1· 3 2 6· 1 2（2 21 61 21 65 55 36 55 32 11）
令（呃）人 痛（呃）恨，

王滕白：“你恨，我不恨哪！”

马 武 嗳！【凤点头】（过门同前）3 1 2 3 1 2（2 2 1 1）
难 倒 说 你 不 是

1· 0 25 32 1（21 61 65 55 36 55 32 11
汉 朝(哇)臣 民？

王滕白：“说话要低声些呀！”

65 55 36 55 32 11）2 1 2（2 2）3 32
某 正 要 杀 王

2（61 2）3 2· 1 2 2 -（21 61 21
莽 中 兴（呃）朝 运，

65 55 36 55 32 11 65 55）12 3
老 先

2 12 2 32 60 1· 2 3 2 - 1 - ‖
生 又 何 必 胆 战 心（呐）惊。

王 滕 大爷呀！

〔西皮摇板〕

【小锣凤点头】（过门同前）3 21 3 32 4 3 6 -
谋 大 事 必 须 要 言

21 12 3 -（66 55 36 55）1 3 2 2
语 谨 慎， 露 风 声 又

1 1 2 3 2 6 1 6. 2 1 - - 6 2 2 1 - ‖
恐 怕 大 事 难（呐）成。

〔【大锣一击】马武左手撕扎，右手握拳亮相。

〔亮弦〕

马 武 呀！（7 6 2 1 - 6）

〔西皮摇板〕

【闪锤】（过门同前）2 1 2 3 3 2 2 1 0 3 2 1
此 言 语 可 称 得 是 一 篇

2 3 2（2 1 6 1 2 1 6 5 5 5）1 - 7 - 3 6
衷 论， 提 醒

5 3 - 6 5 6 1（3 5 2 1 6 2 1 1）2 2 3 3 2 1
了 太 行 山 懵 懂 之 人。

（2 1 6 2 1 2 6 5 5 5）2 1 2 3 2 1. 2 3 2 3. 2
我 和 你 酒 肆（呀）中 同（呃）

1 2 - 3 2 3 1. 6 3 3 2 -（3 2 - 3 2 3 2）【大锣一击】
叙 高 （哇）论，

〔行弦〕

2161 2 3 | 2161 2 0 | 2161 2 3 | 2 6 1 | 2 - ‖

（伴奏以下对白）

王 滕 （双手摆手推却）小老儿我不会饮酒。

马 武 （往外让）你走哇！

王 滕 我不会饮酒。

马 武 （拉王滕）你走哇！

王 滕 （向“下场门”）啊，女儿，好好看守门户，为父的去去就回。（回身背招文袋）

〔娟娟内白：“爹爹早去早回。”

王 滕 好。大爷请！

马 武 先生请！

〔乐曲收住。【快长锤】马武、王滕出门，马武站“大边”，王滕关门，二人拱手致意，王滕右转身“下场门”下。闭二幕。

马　武（过门同前）3 3 2 3 3 2 1 ^{23}2（2 1
大丈夫兴汉室

6 1 2 1）2 1 6 0 1 - 0 5 ^{2}1 - ‖
志气浩（哇）存。

〔【大锣抽头】马武右手掸扎，拉右“山膀”，“大边”侧幕下。

第五场

〔开二幕。

〔【快长锤】家僮引冯彦“上场门”上。家僮站“大边”，锣切住，冯彦“九龙口”亮相。（7 6 2 1 -^{6}）抖右袖，抖左袖，提袖，上两步至台中。

〔西皮摇板〕

冯　彦【闪锤】（过门同前）^{3}2 1 ^{2}1 2^{5} 3 2 2（2 1 6 1 2 2）
老严亲离家乡

3 2 1 2 ^{3}2（2 1 6 1 6 5 5 5）1 3 2 1
归期久远，为什么并

2 ^{3}2 - 3 1 ^{3}2 2 1（2 1 6 1 6 5 5 5）2^{32} 1
无有书信回还？恨王

2 1 3 2 2 1. 3 2 1 ^{3}2（2 1 6 1 6 5 5 5）5 6 2
莽篡国事乾坤扭转，好叫

1 3 1 2 2 - ^{3}2 7 6 6 1 5 6 1 - ‖【住头】
我每日里心神不安。

卑人，冯彦。【报名一锣】可恨王莽三杯药酒毒死平帝，闹得天下黎民不安。我父投奔南阳刘秀那里，要召集天下英雄豪杰，兴汉灭莽。这几日心中甚是烦闷，故而带了家僮，寻一酒肆，以解烦闷。

〔酒保与贺吉郎在幕内争吵。

〔酒保内白："拿酒钱来！"
〔贺吉郎内白："你这是干吗呀！"
〔酒保内白："拿酒钱来！"

冯　彦　（传身对家童）看那旁有人争吵。家童。
家　童　有。
冯　彦　向前看来。
家　童　是。
〔冯彦、家童转向"小边"看，酒保右臂搭着贺吉郎的褶子"小边"侧幕上，跑过至"大边"，贺吉郎随后追上。家童换至"小边"站。
酒　保　（边跑边喊）喝酒不给钱哪！喝酒不给钱是怎么着你？（指贺吉郎）
贺吉郎　（追着在"小边"喊）完不了，完不了！
冯　彦　（迎向贺吉郎）啊，兄弟。为何与人家厮打？
贺吉郎　大哥，您不知道：那天我喝他四两酒，没给他钱；今儿个又喝四两，我说明儿一块儿给他都不行。这小子把衣裳都给我扒了。您甭管，我跟他拼死拼活！（奔向酒保，要与其厮打）
酒　保　干什么，干什么你？（上步，指点着贺吉郎）喝酒不给钱，跟我们挡横是怎么着，啊？
冯　彦　啊，酒保。
酒　保　（躬身）大官人。
冯　彦　我家兄弟欠你多少酒钱？
酒　保　共合二百铜钱。
冯　彦　家童。
家　童　有。
冯　彦　看二百铜钱，取衣服过来。
家　童　是。
贺吉郎　不讲理！没钱扒人家衣裳。
〔家童给酒保钱。
家　童　这是二百铜钱，取衣服前来。
酒　保　哎，好好好。
〔酒保点钱。贺吉郎赶过来拉过褶子。
贺吉郎　拿来给我。
酒　保　给你！干什么你，干什么？（转身跑下）
贺吉郎　（朝着酒保喊）敢不给吗？不给行吗！
〔冯彦劝解。家童给贺吉郎穿褶子。三人同至"前场"。闭二幕。
冯　彦　兄弟，不必与酒保生气。
贺吉郎　哎。
冯　彦　你我同到酒馆，再饮几杯如何？
贺吉郎　怎么着，再喝点儿吗？
冯　彦　再饮几杯。
贺吉郎　正好，我还没喝足哪！咱们再喝点儿，走！

冯　彦　兄弟，随我来！
贺吉郎　大哥，您躲开，您甭管。我叫他！
冯　彦　兄弟向前。
贺吉郎　（走向“大边”，向“下场门”叫）酒保，酒保！
　　〔酒保内白:“来啦,来啦！”**【大锣一击】**酒保“下场门”上，出门，见贺吉郎。
酒　保　你怎么又来了，你？
贺吉郎　这是什么话呀！
酒　保　干什么来啦？
贺吉郎　喝酒来啦！
酒　保　喝酒来啦？
贺吉郎　嗯。
酒　保　巧啦，巧啦！我这儿不卖酒啦。
贺吉郎　不卖酒，你挂幌子？
酒　保　我这是醋幌子，你管得着吗？
贺吉郎　醋？
酒　保　哎。
贺吉郎　醋，我也得喝。
酒　保　得啦，去去去！冲你呀，摘幌子！（转身做摘幌子状）
　　〔贺吉郎退至台中，冯彦上前至“大边”。
冯　彦　啊，酒保。
酒　保　大官人。我再挂上。（转身做挂幌子状）
贺吉郎　这小子，真势利眼，我告诉你呀！
酒　保　大官人喝酒？
冯　彦　正是。
酒　保　请到里边。
冯　彦　兄弟请！
贺吉郎　大哥请！**【小锣一击】**
　　〔冯彦等进门。冯彦坐“正场桌大边椅”，家童站其身后；贺吉郎坐“小边椅”。
　　【小锣一击】
酒　保　（站“大边”问）大官人喝什么酒哇？
冯　彦　好酒取来。
酒　保　（转身向“下场门”喊）好酒一壶哇！
　　〔伙计内白:“一壶哇！啊！”（ **多罗．台　匝 0　匝 0　匝 0　……多罗．台** ）
　　〔酒保“下场门”下，取酒，复又上，摆到“正场桌”上，退立在“大边”。
酒　保　酒到。
冯　彦　唤你再来，去吧！
酒　保　用什么只管言语。（转身，“下场门”下）
贺吉郎　大哥我给您满上。（斟酒）大哥您喝。
冯　彦　兄弟请！
贺吉郎　大哥请！大哥，喝着，喝着！

| 玉虎坠 |

「【大锣水底鱼】马武、王滕“上场门”上。至台中。

马　武　来此已是。酒保，酒保！（大声）酒保！【大锣一击】

「【小锣紧锤】酒保“下场门”急跑上。

酒　保　来啦，来啦，来啦！（见马武）哎哟嗬！（【大锣一击】吓得倒在地上，又起身，拱手）哎哟，灶王老爷子！去年腊月二十三，糖瓜儿祭灶，我给您送到天上去啦，你怎么又下来啦？

马　武　嗳！俺是人，不是神。

酒　保　是人？

马　武　嗯。

酒　保　那么，长得花里胡哨的。

马　武　天生的凶脸。

酒　保　噢，天生的不要脸哪！

马　武　呸！【大锣一击】

酒　保　哎哟！

马　武　凶脸。

酒　保　哎，凶脸。喝酒请进。

马　武　嗯，（对王滕）先生请！

王　滕　大爷请！

「【大锣五锤】马武、王滕同进门，在“大边”半个小圆场到“大边”桌，王滕站在“上首椅”前，马武站在“下首椅”前；王滕遇见冯彦，冯彦站起迎上，与王滕见礼，贺吉郎同站起。酒保在“大边”桌后擦抹桌椅。

王　滕　哦，【大锣一击】冯亲翁，您也在此饮酒哇！

冯　彦　君平兄，这边吃酒。

王　滕　哎，不不不，我们各讨方便吧！

酒　保　你们二位这边吧！

马　武　王先生请坐。

王　滕　大爷请坐。

「冯彦、贺吉郎归座。酒保上前招呼马武。

马　武　哎，酒保。我这里有一锭银子，吃完再算。取大坛的酒过来。

「马武、王滕归座。

酒　保　是是是。（转身，背供）真大方，没喝酒，先给钱！（朝“下场门”喊）伙计们！

「伙计内白：“哎！”

酒　保　来一大坛啊！（台）（“下场门”下）

「伙计内白：“一大坛啊！哎！”

贺吉郎　喝着，喝着！

「（多罗.台　多罗.台　匝0　匝0　匝0　……　多罗.台）酒保抱大坛酒“下场门”上，把酒坛从“大边”桌后放上。

酒　保　酒到。

马　武　打去泥头。

酒　保　是。（仓仓仓）（打泥头）噗，噗。（迷了马武眼睛）光棍儿眼里不揉沙子！（台）

马　武　下去，下去！

酒　保　是是是！（“下场门”下）

〔冯彦、贺吉郎寒暄着饮酒。马武站起抱坛倒酒，贺吉郎斟酒。

马　武　先生请！

冯　彦　（与马武同时）兄弟请！

王　滕　大爷请！

贺吉郎　（与王滕同时）您喝，大哥您喝！

〔**【撕边一锣】**马武端起大碗咕嘟咕嘟喝尽。

马　武　嘿！咱好恨也！

〔西皮摇板〕

【闪锤】（过门同前）2 1 2 3 3 2 2 （2 1 6 1
想 起 了 王 莽 贼

2 2 ） 1 3^{23} - 2 1 $^{3}2$ （2 1 6 1 6 5 5 5 ） 3
我 牙 根 咬 断， 某

1 3 2 0 （ ）0（ ） 3 2 1 2 1 ‖**【住头】**
定 要（夹白）杀王莽！——（**仓**）兴汉室！ 重 建 帝 寰。

王滕先生，咱今日饮酒，不是饮酒。

王　滕　饮的是什么哇？

马　武　如同杀的是王莽贼，饮的是王莽血。**【大锣一击】**（冯彦注意到马武的言语）

王　滕　哎，说话要低声些呀！

马　武　（面向王滕）怕什么，吃酒！

贺吉郎　我说大哥，这小子说话怎么这么愣啊？

冯　彦　（站起，背供）哎呀且住。看那一汉子在那旁自言自语，骂王莽老贼。倘被官府听见，那还了得！（**嘟……八仓**）（右手捋髯，亮住。眼珠左右看）待我用言语打动于他。（走至“小边”，对马武）这一汉子，吃酒便吃酒，国家之事，你要少管。

马　武　啊？**【撕边一锣】**各人吃各人的酒，我与他讲话，与你何干？

冯　彦　你在此骂那王莽老贼，被人听见，那还了得！

马　武　我在这里骂那王莽老贼，（站起）你那心中敢是不服？

冯　彦　你在此议论国家大事，倘被官府听见，你吃罪不起！

马　武　啊，吃罪不起，你要怎么样？

冯　彦　哼，丑贼休得撒刁放野。

马　武　打你村夫指天划地。

冯　彦　谅尔非是蛟龙出水。

马　武　看你也非猛虎离山。

冯　彦　惧怕不为丈夫。

马　武　不要说出浪言大话。

冯　彦　丑鬼口说无凭。

马　武　你我交手便见。

〔王滕拦阻马武，马武将王滕推开。冯彦脱开氅。

冯　彦　嗳！

〔**【急急凤】**马武、冯彦开打：二人双手一磕，“一过合，二过合，幺二三”，转身，**【撕边一锣】**冯彦左臂绕马武臂，左脚踢马武右手，冯彦右手拉住马武右臂左手按住马武左肩。

贺吉郎　嘿嘿嘿！

〔连续五个（八大 仓 0）贺吉郎趁势打马武。

贺吉郎　打他，打他！

〔（八大 仓 0）王滕劝拦，（八大 仓 0）马武败，羞愧。王滕拉马武“下场门”下。冯彦、贺吉郎、家童归前场。

贺吉郎　大哥，您看这两下子怎么样？三下两下子多干净，就把这小子揍跑啦，您瞧见了没有？

冯　彦　兄弟好武艺。

贺吉郎　没什么！回去，回去！

冯　彦　走！

贺吉郎　走走走。

〔贺吉郎、家童出门，“上场门”下。

冯　彦　（转身将酒钱放在正场桌上）酒钱在此，我们去也！

〔**【大锣原场】**冯彦右手撩起大带出门，**【大锣原场】**（切住）面向“小边”，大带换至左手，绕大带亮相。**【冲头】**冯彦“上场门”下。闭二幕。

第六场

〔接上一场**【冲头】**开二幕。

〔**【大锣水底鱼】**马武“上场门”上，至台中亮相；王滕随上。

马　武　（念）捧起湘江水，难洗这场羞。**【住头】**

嘿！（**仓**）咱出世以来，不曾见过这样的好汉，打俺一拳，不能还手。好汉子呀！（转身对王滕）啊先生，方才那一汉子，他姓甚名谁？

王　滕　他乃冯昭之子，名唤冯彦。此人武艺精通，力大无穷。那年本郡山寇作乱，他一马当先，杀得山寇片甲不归。你不该冒犯于他呀！

马　武　哦，这样的好汉！啊，先生某有意聘请他上山，共谋大事。俺马武情愿做他的前部先锋。

王　滕　哎，他冯家俱是开国的良将，岂肯与你上山入伙哇？

马　武　只恐怕不肯上山哪！**【撕边一锣】**

王　滕　（与马武同时）不肯上山哪！

马　武　哎先生，你快占一课。

王　滕　这倒使得。我倒忘怀了！

马　武　嗯，快快占来，快快占来！

王　滕　看看吉凶如何？

马　武　好好好！

王　滕　（从招文袋内取出卦签筒，摇）看看吉凶如何？（抽签，看签；将签放进签筒后，将筒放进招文袋）一天、二地、三开、四支、五行、六爻、七归、八卦、九宫、十干。（掐算）啊，大爷！去不得，去不得！

马　武　怎么去不得？

王　滕　唉，此乃不吉之卦。此卦应在今晚亥时，有大凶之兆。去不得，去不得！

马　武　先生你但放宽心，慢说是有大凶之兆，就是动起杀法，全有咱马武承当。（仓）

王　滕　有你承当？

马　武　（点头）嗯。

王　滕　你去，我是不去呀！【撕边一锣】

〔马武抓住王滕左臂。

马　武　你去是不去？

王　滕　不是我不去，我不敢前去呀！

马　武　你不去，俺便……

〔（崩登仓）马武拉王滕左臂，跺右脚；右手扬王滕左臂，右脚踢王滕"屁股座子"；王滕倒地后，抬起左脚，双手颤抖，马武拔剑吓王滕。

马　武　【撕边】杀——了你！

王　滕　这……啊，大爷，（崩登仓）大爷，不必动怒，我去了就是哇！

马　武　嗯。（暗笑）

〔西皮摇板〕

王　滕　【闪锤】（过门同前）1 2 2 1 3 2 3 1 - -^5

若 不 去 他 那 里 拿

3 1 2 3 （6 6 55 36 55）6 62 1 -

刀 动（呃）杖， 倒 叫 我

3 32 12 -^32 7 61 56 1 - ‖（大 大 大大 大大 多罗.仓）

年 迈 人 无 有（哇）主 张。

马　武　（抱拳施礼）先生哪！

〔（7 62 1 -^6）马武扶王滕起来。

玉虎坠

〔西皮摇板〕

马　武【闪锤】（过门同前）3　3 2　3　4　－　3 2　3　4　－

幸　喜　得　今　夜　晚　风

3 2　1 2　3（6　6　5 5　5 5　3 6　5 5　3 2　1 1　6 5

平　月　朗，

王滕白："哦，是是是。"

5 5）1　3　2 1　1　2　2（2　2　2 1　6 1　2　2）

王　先　生　咱　马　武

1　－　2·　5　3 2　1（2 1　6 2　1 1　6 5　5 5　3 6　5 5）

同　走（哇）一　场。

2　1　2　1　3·　3　2　1　6　1　2　3　2　3　2 1　2　2　－

此　一　番　见　冯（呃）彦　你　好　话　多　讲，纵　有　那　塌

2　3　6·　1　2（　）0（　）

天　的　祸　（顷 仓）加梆子打板（梆 梆　梆梆　梆梆 . . . .

王滕白："啊！"

（左手搂扎亮相）（右转身，左手抛扎至右臂，向左扬扎，左手搂住，亮相）

1　－　－　3（　）0（　）（2　－　2　－　2　－　2　－）

有　（哇）

梆 梆　梆 梆 . . . .

（右手拇指指着自己绕动，左手抛扎）　（蓬扎）　（托着蓬开的扎后退几步）

2　－　－　－　0　1 2　1 6　5　－　－　7　6　1　－ ‖

某　承　（呐）当。

梆梆　梆 梆 . . . .）

（将蓬开的扎掸出，再向前走几步，右手握拳压住）

［（仓 0　七　仓 0　七　仓 0　七　仓 0　七　仓仓　令仓　顷 － 仓）王滕欲脱身往"小边"转去，马武把他拉回至"大边"，拔剑威吓。

马　武　【撕边】走……哇!

王　滕　走，（嘟．八仓）走，（嘟．八仓）走!

〔（嘟．八　仓七　仓七　七仓　七仓　仓仓仓嘟……　八大．顷－仓）王滕双手“云手”水袖掸髯，向“下场门”后退，转身面向“大边”台口，双手抓袖扶膝呆住。

〔（大八　大八　仓仓　仓仓）王滕无奈地向“下场门”下。

〔【冲头】马武右手“山膀”跟下。闭二幕。

第七场

〔【冲头】开二幕。场上设正场桌、八字椅。浅蓝桌围椅披。

〔【快长锤】冯彦“上场门”上，至“九龙口”，亮住。右手捋髯，上步。

〔西皮摇板〕

冯　彦　（过门同前）2　1　2　1　3 2　2（2 1　6 1　2
在　酒　馆　那　丑　贼

2）1.　3　2　－　2 1　1　－　－　2　1 2　1　2　－
无（哇）理　实　错，

〔【闪锤】冯彦抖左袖，再轻抖右袖，前进，提袖，提衣襟，至“中场”。

（过门同前）1　3　2　1　2　2　－（2　2）
到　如　今　我　心　中

1 3　2　6　1　－（2　1）2　1　2　2　1 2
后　悔　难　追，　他　本　是　为　国

3　－　3 21　1　2　－　－　1　3　2　－　2　1 1　2　－
家　其　心　可　佩，

〔【闪锤】冯彦左转身，走至“大边椅”前，右转身。

（过门同前）3　2　1　2　1　2　－　3 2　7 6　6 1　5 6　1　－ ‖
也　是　我　无　意　中　失　去　是　非。

〔【水底鱼】冯彦落座。王滕领马武“上场门”上。二人在“小边”，王滕停步，抬头看，转身。

王　滕　啊，大爷，这就是冯家呀！

马　武　先生进去，好话多讲。

王　滕　啊，大爷。

马　武　无妨！有咱承当。

王　滕　哦。是是是。

〔家童“下场门”暗上，站“大边”。王滕去叫门，王滕叩门。（台）

王　滕　门上哪位听事？

〔家童走至大门。马武“上场门”暗下。

家　童　是哪一个？（出门）

王　滕　烦劳通禀：王滕求见你家大爷。

家　童　候着。（进门通禀）启禀家爷，卖卜人王滕求见。

冯　彦　君平兄来了，快快有请！

家　童　是，有请！（台）

〔冯彦出迎。王滕挖门进归“大边”；冯彦、家童归“小边”。

冯　彦　亲翁在哪里？（台）亲翁在……（二人相遇，见礼）君平兄！

王　滕　啊亲翁！

冯　彦　君平兄，请坐。

王　滕　有座，有座。（台　台．大大　台大　台．大台）

〔王滕坐“大边椅”；冯彦坐“小边椅”。

冯　彦　啊君平兄，你的买卖可好？

王　滕　托亲翁洪福。啊亲翁，白日在酒肆之中，那一汉子冒犯亲翁，我特来赔礼。

冯　彦　他乃异乡之人，我也不怪罪于他。

王　滕　恭喜亲翁，贺喜亲翁。

冯　彦　啊君平兄，你道的什么喜？

王　滕　（站起）告便。

冯　彦　请便。

〔马武“上场门”暗上。至台中侧耳听。

王　滕　（背供）哎呀且住！（仓）我若提起太行山之事，他必然大怒，言道：嘟！胆大王滕，我乃清白男子，唆我上山入伙，我若不念亲戚之情，定然将你送到当官治罪。说不得，说不得。

马　武　嗯嗯嗯……【撕边一锣】

王　滕　说是说不得，不说么，又使不得。哎呀，这这这这……

〔马武“上场门”暗下。

王　滕　唉，（大大　大大　大　台）我说了吧，说了吧！（转身对冯彦）啊，亲翁！

冯　彦　（站起）君平兄！

王　滕　你可知太行山起义的是哪一个？

冯　彦　哪一个？

王　滕　就是当年在金马门设策的马武。

冯　彦　哦！【撕边一锣】敢是那马子章？
王　滕　正是此人。
冯　彦　唉，可惜呀，可惜！
王　滕　可惜的什么哇？
冯　彦　可惜他落草为寇。
王　滕　啊，亲翁，他如今不愿落草为寇了。
冯　彦　你是怎么知道？
王　滕　哎，他对我言讲：要请亲翁上山，共谋大事，情愿做你的马前先行。
冯　彦　呀呀呸！
〔【五锤】二人站起，上前一步；王滕做羞愧状。
冯　彦　我乃清白男子，无故唆我上山入伙，若不念在儿女亲事，定要将你送到官府治罪。家童。
家　童　有。
冯　彦　与我轰了出去！
王　滕　啊，亲翁。
冯　彦　哼！（嘟……八　0　仓）（拂袖生气）
〔冯彦“下场门”下；家童推王滕出门。马武“上场门”暗上。
家　童　出去！（关门，“下场门”下）
王　滕　如何？果有此举呀！
马　武　（赶到王滕面前）啊先生，那冯彦他讲些什么？
王　滕　他心如铁石一般，不肯上山哪！
马　武　哦，他心如铁石一般，不肯上山吗？【撕边一锣】
王　滕　不肯上山哪！
〔马武摊双掌，来回走动，搓手，急躁无策。
王　滕　啊，大爷，不必着急，我有计在此。
马　武　先生，你有何妙计？快快讲来，快快讲来！
王　滕　唉，你将过路之人，杀死一个，将人头挂在他家门首，移祸于他，哪怕他不上山哪！
马　武　好计！嗯，好计。只是这夜静更深，连一个人也是无有。
王　滕　可也是呀，无有过路之人，这便如何是好哇？
马　武　连一个人也是……
〔马武看看王滕，暗中右手指王滕，比做杀状。
王　滕　（来回察看）无有过路之人，这也是枉然哪！
马　武　啊，先生！
王　滕　哎。
马　武　那旁有人。（拔剑）
王　滕　在哪里？（左转身）
马　武　哎！（崩登仓）（举剑杀死王滕，割下人头）将人头挂在冯家门首。
〔【五锤】马武做挂人头状，用靴底拭净剑上的血迹，插剑入鞘。
马　武　待俺回山便了！（崩登仓）（亮相）

〔【急急风】马武“上场门”下。闭二幕。

第 八 场

〔【撤锣】开二幕。场上设正场“小座”。浅蓝桌围椅披。
〔冯伏氏内白：“嗯哼！”

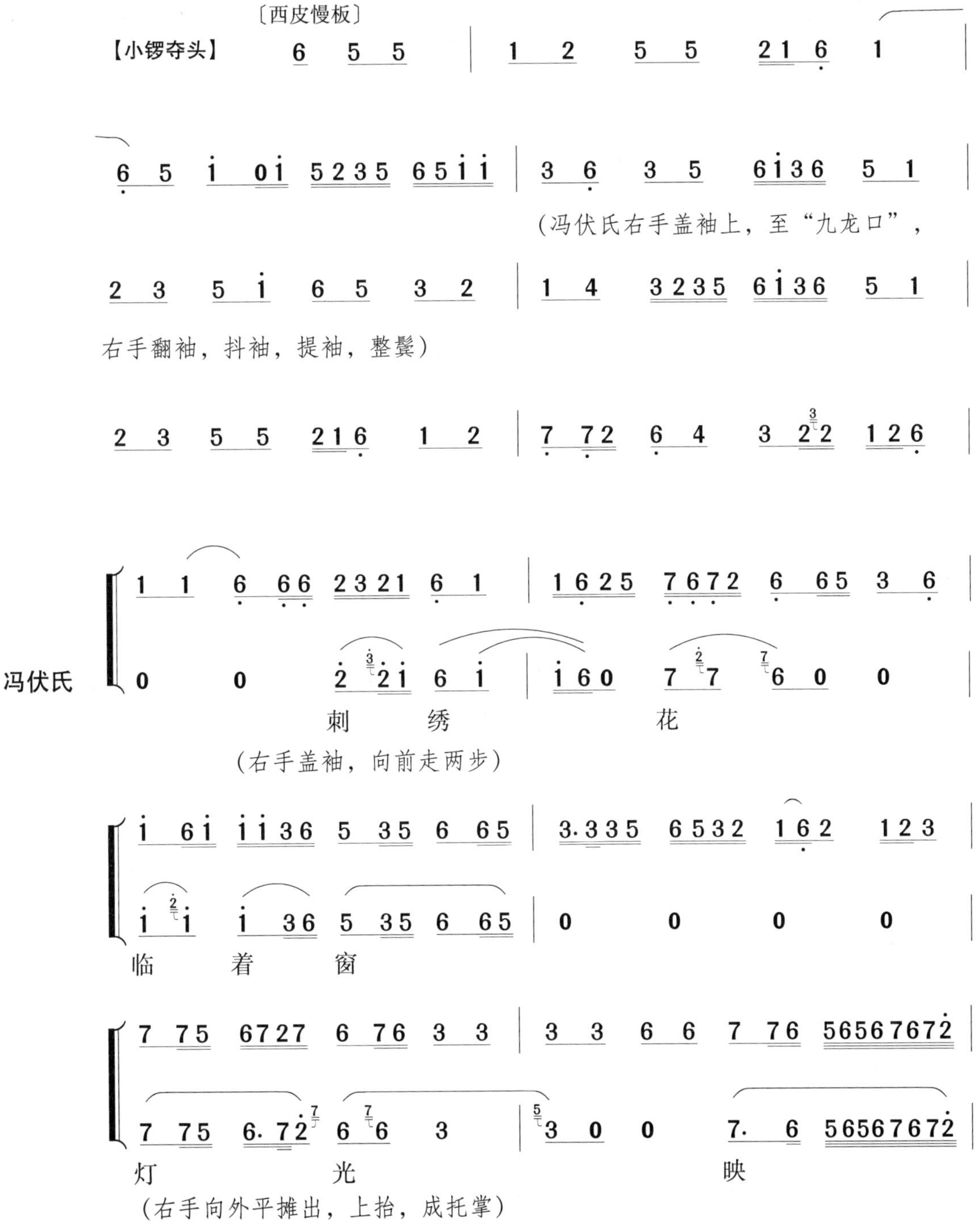

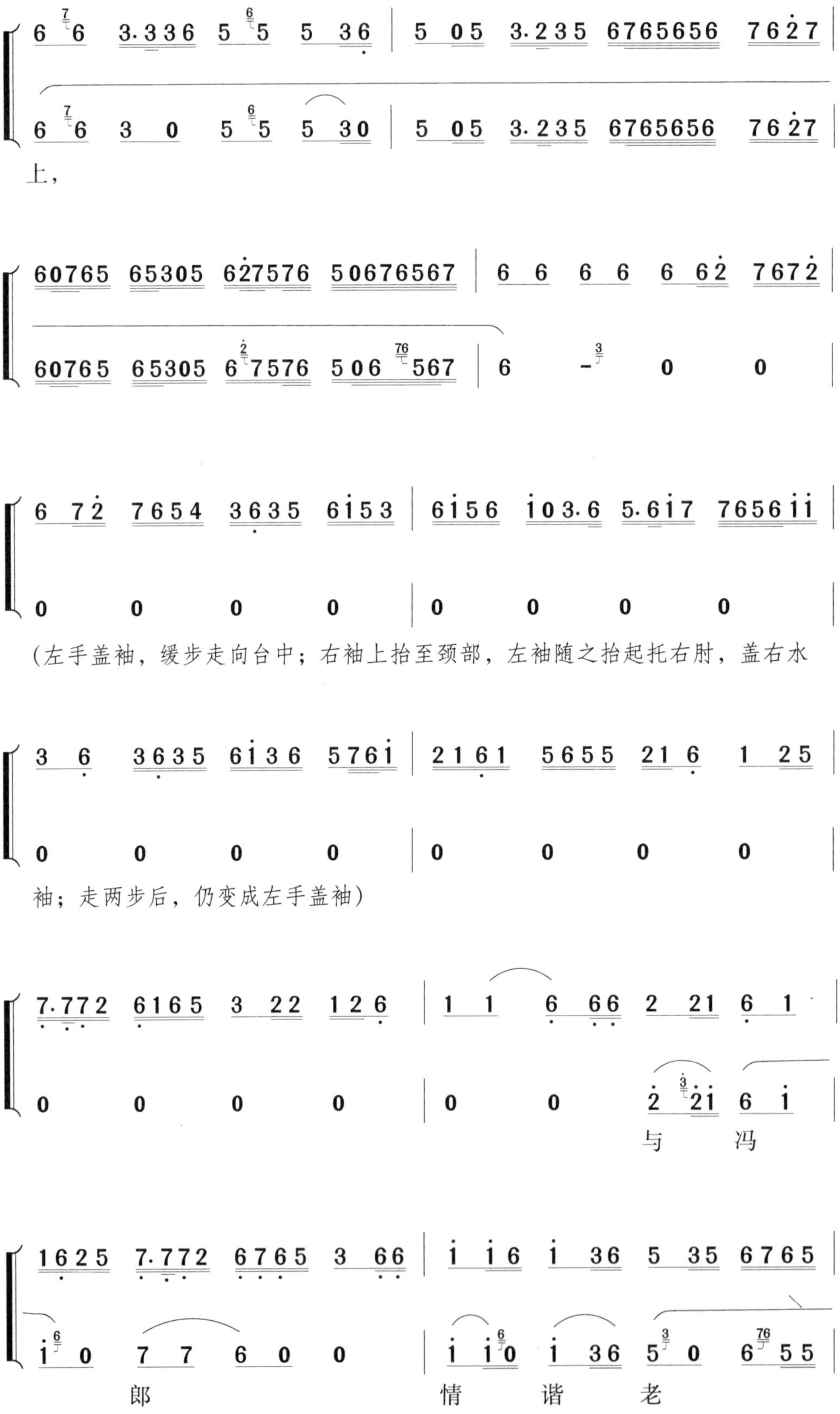
上，
(左手盖袖，缓步走向台中；右袖上抬至颈部，左袖随之抬起托右肘，盖右水
袖；走两步后，仍变成左手盖袖)
与 冯
郎
情 谐 老

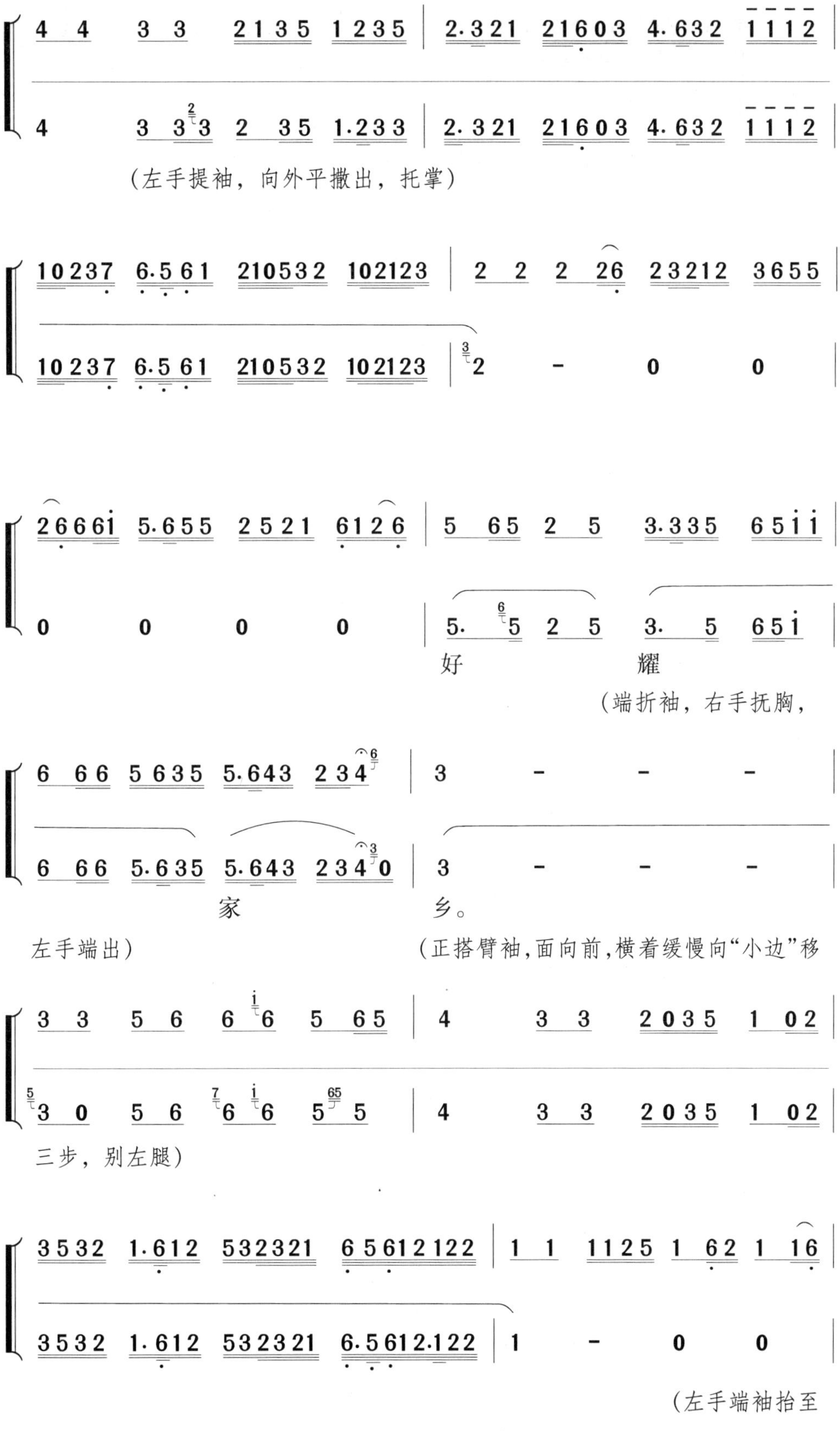
(左手提袖，向外平撒出，托掌)
好
耀
(端折袖，右手抚胸，
家
乡。
左手端出)
(正搭臂袖,面向前,横着缓慢向“小边”移
三步，别左腿)
(左手端袖抬至

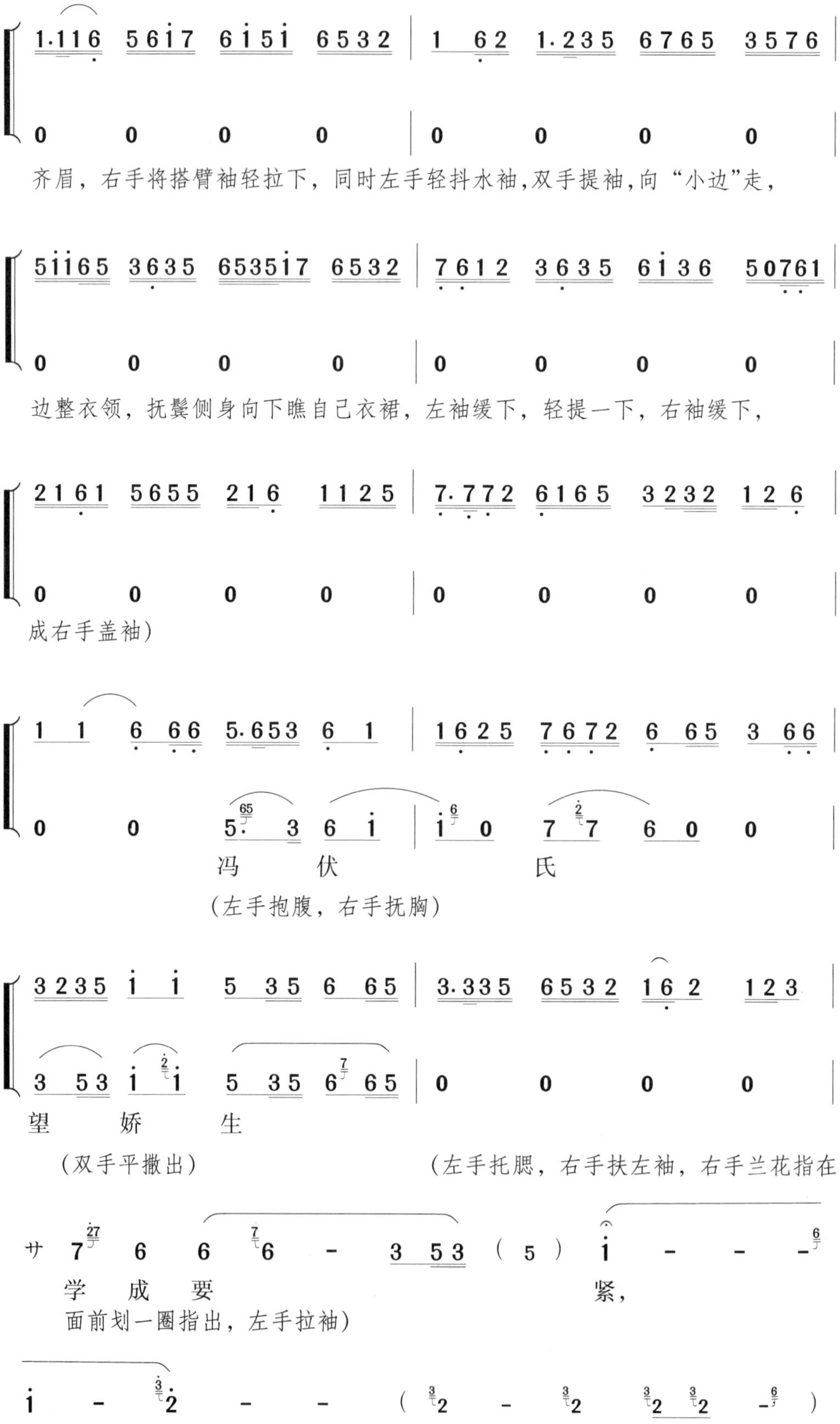
齐眉，右手将搭臂袖轻拉下，同时左手轻抖水袖，双手提袖，向“小边”走，
边整衣领，抚鬓侧身向下瞧自己衣裙，左袖缓下，轻提一下，右袖缓下，
成右手盖袖)
冯 伏 氏
(左手抱腹，右手抚胸)
望 娇 生
(双手平撒出)
(左手托腮，右手扶左袖，右手兰花指在
学 成 要 紧，
面前划一圈指出，左手拉袖)

| 玉 虎 坠 |

〔【小锣抽头】冯伏氏右手盖袖边走边左转至“小座”，右转身落座。

〔西皮摇板〕

冯伏氏 （过门同前） 3 3 6 5· 3 i - 5 - 6 （ 6

切 莫 要 辜 负 了

6 5 3 5 6 6 ） i - 5 - 3 5 5 6· 5

殷 切 之

7· 6 5 6 - 5 - 5 - - ‖【小锣住头】

心。

冯伏氏 奴家，冯伏氏。（扎）丈夫冯彦。我夫妻所生一子，名叫乾郎。尚在学房读书。不幸婆婆早年去世，爹爹后娶了一个继母田氏。她带过来一子，名叫贺吉郎。此人行为不端。只因爹爹往南阳投奔刘秀那里去了，临行之时，再三地嘱咐：不叫那贺吉郎登门，免生是非。（台）看，日上三竿了，不免将乾郎儿唤出上学。啊，（右手捏袖，左手抚鬓，朝“小边”喊）乾郎儿快来！

〔乾郎内白：“来了！”

〔【小锣五击】乾郎“上场门”上。至“九龙口”，右手指天，抬头看天色。

乾 郎 哎呀，天已不早。（进门，施礼）孩儿参见母亲。（归“小边”）

冯伏氏 儿呀，（站起）你看，日上三竿了，儿就该整理上学读书吧。（回身从桌上将书包递给乾郎）

乾 郎 孩儿遵命。

冯伏氏 正是：读书要学秦甘罗，

乾 郎 五车之书不算多。（施礼，夹上书包，右转身开门）

〔冯伏氏“上场门”暗下。乾郎出门，抬头看，发现人头。

乾 郎 （嘟~~~~）哎，（惊吓）啊！（八大仓）（摔“屁股座子”）吓煞我也，吓煞我也！这是何人将人杀死，（站起）将人头挂在我家门首？有了贼了，有了贼了！

〔【急急风】乾郎左转身，拾起书包，放在桌上；冯彦急从“下场门”上，家童端钢刀随上。

冯 彦 儿呀，何事这样大惊小怪！

乾 郎 （惊慌地）有了贼了，有了贼了！

冯 彦 哦，有了贼了！待为父亲手拿他！（从家童手中接过刀，家童暗下）【五锤】（出门，见人头）（崩登仓）（惊骇，刀落地）

（嘟~~~~八大仓） 啊？这是何人将人杀死，首级挂在我家（崩登仓）（右手搂髯，亮相）（嘟~~~~八大仓）门（呐）——首？儿呀，快请你祖母、娘亲。

〔乾郎答应，冯彦右转身进门，归“小座”。

乾 郎 （朝“上场门”双手拱请式）有请祖母、娘亲。（台）

〔田氏、冯伏氏“上场门”急上，田氏边走边说。

田 氏 哎哟，什么事这样大惊小怪的呀？

冯伏氏 （见乾郎）啊，你怎么不曾上学呀？

田　氏 你怎么还不上学去呀？真是！

冯　彦 （见田氏）啊，母亲。不知何人将人杀死，首级挂在我家门首。

田　氏 啊？
冯伏氏 怎么？ 有这等事？

田　氏 人头挂在我家门口啦！快瞧清楚，瞧清楚！

〔田氏、冯伏氏先后向门外走。看见人头。

田　氏 哎哟！我的妈呀！**【撕边一锣】**

〔田氏吓倒在门口，冯伏氏左手端袖遮面。

田　氏 哎哟我的妈呀！快来搀着！

〔冯彦搀起田氏，站“大边”。贺吉郎“下场门”暗跑上。

田　氏 哎哟，这是谁呀?把人杀死，尸首放我们家门口儿啦？快点掩埋！

贺吉郎 （忙拦阻）哎，等等，等等！

田　氏 快点掩埋！

贺吉郎 妈呀，妈呀！了不得啦！不能掩埋。事大事小，见官就了；若不见官，自加烦恼！

田　氏 依你之见哪？

贺吉郎 您把他看住了，我去报官去！

田　氏 （对贺吉郎）哎，去吧，去吧！

贺吉郎 （向“下场门”边跑边喊）报官去，报官去！（下）

田　氏 （右转身，面向“大边”台口）哎呀，贼人！我们跟你有什么仇哇？

冯伏氏 （对乾郎）哎呀,这是哪里说起！

田　氏 把人杀死，人头挂在我们家门口啦,你这……（踩着钢刀）哎哟,（**大大**）我的妈呀！（看脚下）这是什么东西呀！哟！这有把刀哇！（**大**）

冯伏氏 （惊）还有钢刀！

田　氏 （拾刀看）刀上还有字，真是！（对冯彦）儿子,你看看，这贼人姓什么，叫什么呀？

冯　彦 啊，母亲。钢刀乃是孩儿的。

田　氏 啊？是你的？

冯　彦 是孩儿的。

冯伏氏 （对乾郎）是你爹的兵器。

田　氏 你怎么会搁在这儿啦？

冯　彦 顺手拿贼，落在此地。

田　氏 顺手拿贼，落在此地？

冯　彦 正是。

田　氏 （眼神一晃）哼哼，不对吧？（左手托着刀，双手叉腰，面向冯彦）一定是你把人杀死，人头挂在我们家门口，移祸于人，诬赖别人，对不对？你给我说实话呀！（**八大仓**）

冯　彦
冯伏氏 （同时） 母亲！
婆婆！

冯　彦 （对田氏）容禀啊！

玉虎坠

〔西皮散板〕

【快纽丝】 サ（7 6 6 5 5 3 1 2 7 6 2 1 – ）

1 2 2 3 5 3 2 2 3 2 1 2（7 6 1 2
你 孩 儿 读 诗 书 颇 通 国 法，（仓）

2 – ）3 2 1 3 2 1 1 2 – 2 3 2 1 2 1
我 岂 肯 违 王 法 身 犯 律 条。

冯伏氏 婆婆！（右单折拱请袖，抖右袖，提袖）

〔西皮散板〕

【快纽丝】 サ（过门同前）6 6 3 5 7 7 6 5 6 3
人 命 事 关 系 重 惨

5 6 3 5 6 –（7 65 3 5 6 – ）5 i – i 6 5
言 悲 （呀）叫，（仓） 老 婆 婆

5 6 3 5 6 i 5 3 5 6 5 6 6 i 5 –
你 莫 要 言 语 声 高。

〔田氏转身从桌上拿绳子向冯彦走来。

田 氏 哎！

〔西皮散板〕

【快纽丝】 サ（过门同前）2 1 2 3 3 2 3 2 1 3 2 –（仓 0）
拿 一 根 麻 绳 儿 将 你 锁 了，（夹白）走！

（将麻绳挂在冯彦颈部）

冯 彦 母亲，哪里去？

田 氏 有地方跟你说理去啊！

〔西皮散板〕

【快纽丝】 3 2 1 1 3 2 7 6 2 5 6 1 【住头】
也 免 得 一 家 人 同 把 祸 招。
（右手食指狠狠地向外指）

〔冯伏氏与乾郎哭。

冯伏氏 喂呀……

冯　彦　嘟！（右手指冯伏氏）（仓）母亲叫我一死，你们哭的是什么？（仓）你们嚎的是什么？（仓）我看你们哪个大胆的——（**崩登仓**）（左手搂髯）**【撕边】**（右手抖动，悲怆地）敢哭哇……（拭泪）

〔**【大锣回头】**冯伏氏、乾郎同拭泪。田氏往回撵乾郎母子。

田　氏　走，走！给我回去，回去！

冯伏氏　（同时）夫哇！

乾　郎　（同时）爹爹呀！

田　氏　（对冯彦）走，走！

〔转**【原场】**田氏带冯彦出门，冯伏氏、乾郎跟至“大边”，田氏、冯彦“下场门”下。冯伏氏右转回身，母子二人回到台中。

冯伏氏　（对乾郎）哎呀儿呀！你快快跟随他们，去至衙前，打听你爹爹的下落。

乾　郎　孩儿遵命。

冯伏氏　快去，快去！

〔**【冲头】**乾郎快步从“下场门”下。冯伏氏左转快走几步，翻右袖，向“下场门”看。

冯伏氏　这是哪里说起！（抖右袖，提袖，转回身面向外）

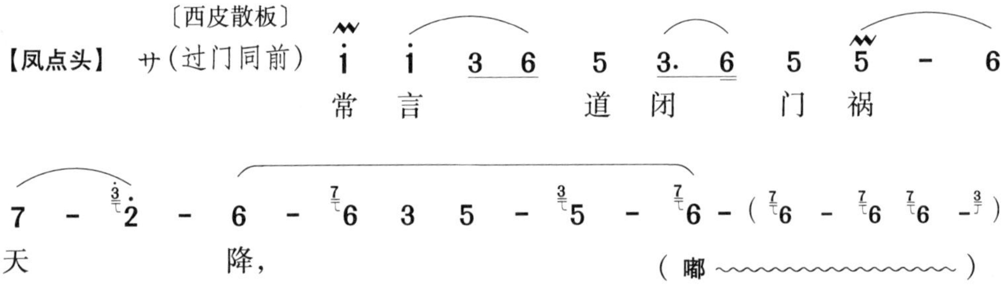

〔**【纽丝】**左转身向“下场门”走几步，远望。右转身面向台口，掂双掌，无奈。右转进门，顺势成右手盖袖，向“大边”走两步，抖双袖，退两步，提袖，右转身，归台中。

冯伏氏

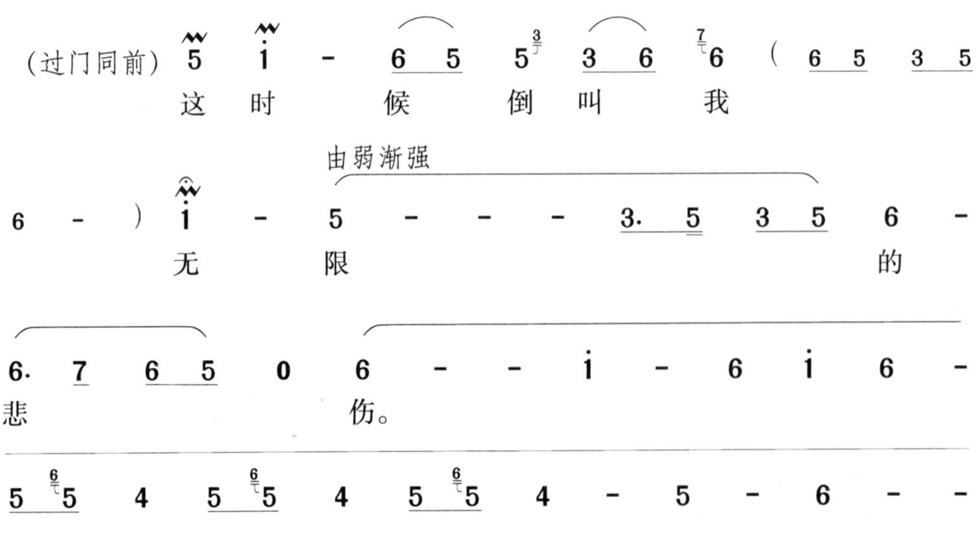

1̇ - 6 1̇ - 6· $\underline{5}$ 4· $\underline{5}$ 6 - ^{7}6 ^{6}5 - ‖

〔**【一锤锣】**冯伏氏左手托腮，悲凄，右手拉左袖拭泪。左转身，“下场门”下。闭二幕。

第九场

〔开二幕。正场放一椅，灰色紫边素椅披。

〔唢呐吹奏曲牌<六幺令>四衙役、二班头“上场门”上，站“小边一条鞭”；乡约、地保“下场门”迎上，站“大边”。曲牌止。**【大锣原场】**王品“上场门”骑马上。乡约、地保躬身迎接。王品勒马，右转身下马，将马交给班头，左转身进门，归座。衙役、班头“挖门”站“里八字”。

王　品　下官，王品。**【住头】**蒙圣恩身受阜城县令。今日乡约来报：冯家门外，杀死人命，将人头挂在冯家的门首，为此前来检验。左右，

二班头　有。

王　品　传乡约、地保。

二班头　啊！（转身向台口）乡约，地保。

〔乡约、地保上，进门，乡约跪“大边”，地保跪“小边”。

乡　约　乡约
地　保　地保　与太爷叩头。

王　品　将尸首抬上来。

乡　约
地　保　是。

〔**【阴锣】**乡约、地保站起，出门。乡约向地保示意跟着他去抬尸首。二人“下场门”下。复又抬尸首上，放在“大边”。进门叩禀。

乡　约
地　保　尸首当面。

王　品　乡约，

乡　约　有。

王　品　你可晓得被杀之人姓什么？

乡　约　乃是卖卜的王滕。

王　品　此人行事如何？

乡　约　为人甚是忠厚，人称赛君平。

王　品　他家还有何人？

乡　约　他有个女儿，名唤娟娟。

王　品　唤他女儿前来。

乡　约　是啦。**【小锣五击】**（从“上场门”下）

王　品　地保。

地　保　有。
王　品　你可晓得杀人的凶犯是哪一个？
地　保　今早冯妈妈报道，是她儿冯彦杀死的。
王　品　唤她前来。
地　保　是啦。（**多多台**）（走到小边，朝“上场门”叫田氏）冯妈妈，冯妈妈！
〔田氏内白：“哎！”左手拖着刀从“上场门”上。
田　氏　来啦，来啦！（至“小边”见到地保）什么事呀？
地　保　太爷唤你哪！
田　氏　哎，是啦，是啦！（随地保见王品，跪）小妇人与太爷叩头。
王　品　这一妇人姓什么？
田　氏　小妇人冯门田氏。
王　品　到此作甚？
田　氏　前来出首。
王　品　出首何人？
田　氏　今有我儿冯彦，将人杀死，恐怕连累一家，故而前来出首。
王　品　有何为证？
田　氏　（双手举起刀）钢刀为证。
王　品　呈上来。（**台**）（班头甲将刀呈上）（**台**）（思考）钢刀入库。
班头甲　啊。（接刀抱在怀内）（**台**）
王　品　将田氏带回衙去听审。
班头乙　下去！
田　氏　是啦。（站起）（**台**）
〔班头乙带田氏“下场门”下，乡约带娟娟“上场门”上。
乡　约　随我来！
〔**【小锣单点】**乡约引娟娟见王品。乡约站“大边”，娟娟站“小边”。
乡　约　娟娟带到。
娟　娟　（拜）参见大老爷。
王　品　王娟娟。
娟　娟　有。
王　品　我来问你，那王滕是你甚么人？
娟　娟　是民女的父亲。
王　品　做何生理？
娟　娟　卖卜为生。
王　品　几时出去？
娟　娟　昨晚出门，一夜未归。
王　品　尸棚之内，有一尸首，向前认来。（**台**）
娟　娟　是啦。（**台**）（出门，疑）哟，（**台**）叫我认甚么尸首哇？（**台**）莫非我爹爹昨晚出门，有什么不测？
〔娟娟见尸，扑上前，跪地，抚尸恸哭。
娟　娟　喂呀，爹爹呀！

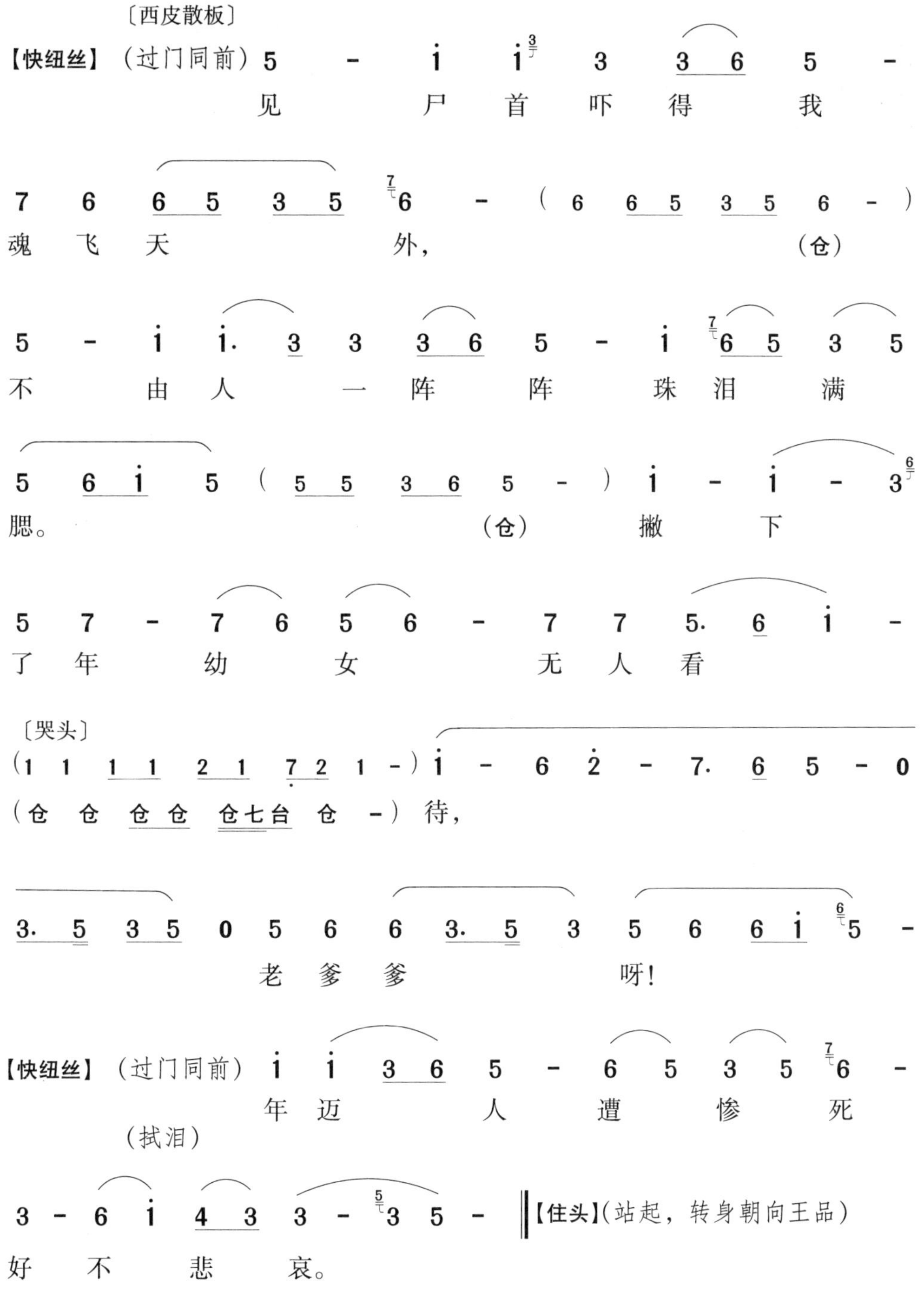

娟　娟　（拱双手，哭诉）大老爷，快与民女（跪）做主哇……！

王　品　啊，王娟娟，不要哭，凶犯已然拿住，本县与你做主。

娟　娟　（拜）多谢大老爷。

王　品　起过一旁。

「（台）娟娟站起，站“大边”，拭泪。

王　品　乡约！

乡　约　有。
王　品　此处可有清静地方?
乡　约　紫云庵甚是清静，还是个尼姑庙。
王　品　唤那尼姑前来。【小锣五锤】
〔乡约“上场门”下。
王　品　地保。
地　保　有。
王　品　买口棺木，将尸首盛殓起来，停在紫云庵内。
地　保　是啦。
娟　娟　(哭)喂呀……!
〔乡约内白:“随我来!”(台)乡约上。
〔【小锣单点】乡约向“上场门”招手，老尼上，乡约领老尼见王品。乡约归“大边上首”，老尼归“小边”。
乡　约　尼姑带到。
老　尼　(双手合十)参见太爷。
王　品　将王娟娟领至庵中守孝。
老　尼　是。启禀太爷，庵中衣食不足，望太爷做主。
王　品　这……(台)(捋髯，想解决办法)也罢，每月到衙中领白米一担，纹银二两。
老　尼　谢太爷。(招呼娟娟)这一女子随我来!
娟　娟　喂呀，爹爹呀……!
〔【大锣原场】娟娟随老尼“上场门”下。
王　品　带马回衙!
众　　啊!
〔【冲头】乡约、地保抬尸首“下场门”下;四衙役领起圆场，闭二幕。
〔唢呐奏曲牌<六幺令·合头>班头甲带马。王品上马，四衙役、班头圆场。
〔开二幕。场上设正场桌、“大座”，土黄绣团花及花边桌围、椅披。桌上摆文房四宝及官印，手杻。
〔班头、四衙役“小边一条鞭”。王品转身、下马，马鞭交给班头。唢呐接奏曲牌<工尺上>。王品右转身进衙，二班头、四衙役随着进衙，分站两边成“里八字”。王品右转身面向台口，上一步，双手抖袖，提袖，右转身，归“大座”。曲牌止。
王　品　带冯彦。
班头甲　啊。
〔【大锣原场】班头甲“上场门”下。复又押冯彦上，“挖门”。冯彦站“大边”。班头甲回“小边”原位。
冯　彦　叩见太爷。(跪)
王　品　将刑具撤掉。
班头乙　啊。【大锣五锤】(撤去冯彦刑具)
王　品　冯彦，你是怎样将人杀死，从实讲来!
冯　彦　太爷容禀。

玉虎坠

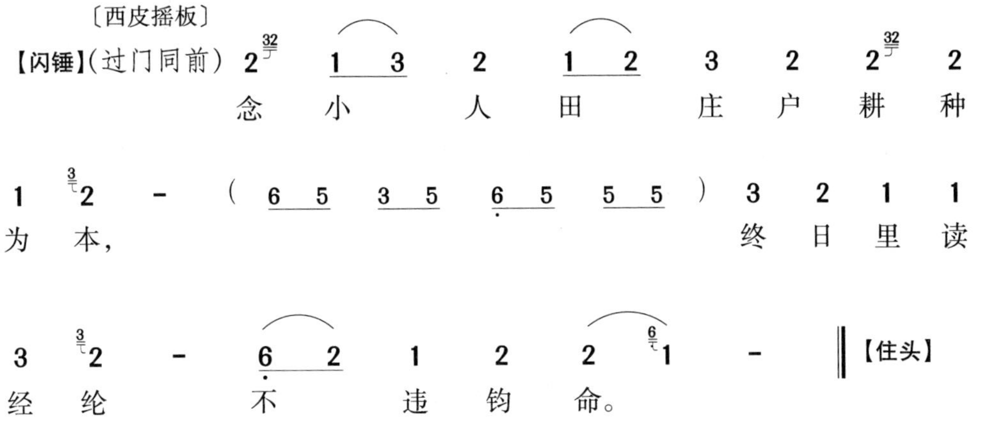

王　品　你母田氏言说，你将人杀死，还不从实的招来！

冯　彦　那王滕实实不是小人杀死，太爷做主。

王　品　不动大刑，谅你不招。来，

众　有。

王　品　大刑伺候！

众　啊！

冯　彦　【叫头】哎呀太爷呀！那王滕若是小人杀死，小人既有胆量杀人，难道说就无有胆量招认？既是小人将人杀死，因何将人头挂在自己门首？太爷详情。【撕边一锣】

王　品　【撕边】呀！

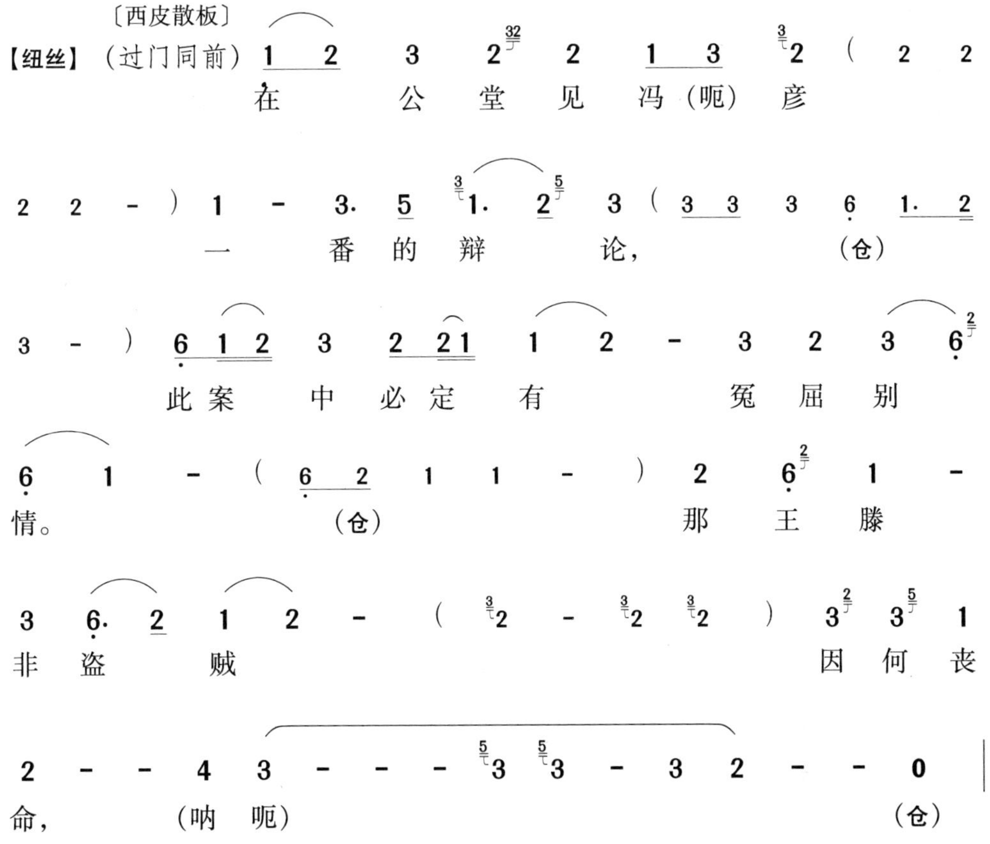

（ 7 6 1 2 - ）

【纽丝】（过门同前）6 - 6 2 1 - 2 1 1 21 2 -
倒 叫 我 审 问 官

6 2 1 - 2 - 2 - 1 - ‖【住头】
暗 自 思 （呀） 忖。

我想冯彦乃宦门之后，英雄豪杰。他既有胆量杀人，难道就无有胆量招认？既然将人杀死，为何将人头挂在自己的门首？其中必有缘故。【撕边一锣】我自有道理。将冯彦起过一旁。

众　啊！

〔冯彦站起。

王　品　带田氏。

二班头　田氏上堂。

田　氏　哎，来啦！（多多台）（挖进，跪“小边”）与太爷叩头。

王　品　田氏。

田　氏　有。

王　品　我来问你，那冯彦可是你亲生之子？

田　氏　我是他的亲……

王　品　亲什么？（仓）

田　氏　哦，（语塞）亲、亲、亲亲的继母。

王　品　呵呵呵……（冷笑）【撕边一锣】若是你亲生之子，你绝不肯出首公堂。来！

众　有。

王　品　大刑伺候。

众　啊！

冯　彦　【叫头】哎呀，太爷呀！（跪）不要与我母亲动刑。那王滕——唉，是小人杀死的！

王　品　（惊讶）啊？（仓）（指冯彦）那王滕是你杀死的？

冯　彦　是小人杀死的！

王　品　你可知，杀人者——

冯　彦　偿命！

王　品　欠债的——

冯　彦　还钱！

王　品　人命关天，你可不要反悔。

冯　彦　我父不在家中，为母行孝，我死也不悔！（仓）

王　品　（惊，无奈）好，叫他画供。

班头乙　啊！画供！

〔【大锣五锤】冯彦画供。

王　品　将田氏轰下堂去！

二班头 下去!

〔禁卒“下场门”暗上。站“大边”台口。

田　氏 (站起，对冯彦)你呀，真是我的好儿子!

禁　卒 (轰田氏)滚下去把你!

田　氏 哎，咳咳……

〔田氏“上场门”下。

王　品 传禁卒!

二班头 禁卒!

禁　卒 伺候太爷!

王　品 将冯彦钉杻收监，要另眼看待于他。

禁　卒 是啦，是啦!(到堂桌上取手杻)来吧，来吧!冯大官人，戴上点儿吧!

〔**【一锤锣】**禁卒给冯彦戴手杻，领冯彦“下场门”下。

王　品 (向左右摊双掌示意)退班!

〔**【冲头】**四衙役、二班头两边分下。王品出门，到前场。闭二幕。

王　品 我看那冯彦乃是一片孝心，那田氏心怀妒嫉。我不免将公文之上，开豁一字，且看上司是怎样的落案!正是:**【住头】**

是非曲直路两条，

且看上司是怎开销?(**崩登仓**)(左手捏右袖，随鼓点右手食指左点、右点，摊双掌)

〔**【撤锣】**王品左转身，“大边侧幕”下。

第　十　场

〔**【小锣凤点头】**乾郎“小边侧幕”上。到台中，抖右袖，提袖。

〔西皮摇板〕

乾　郎 (过门同前) 3 3 6 5 5 7 6 6 6 3 5 | 6 (6 6 5 3 5 6 5) 3 3 6 5 3 3 5 6 | i 7̣6 5 - 3 6 i̇6 5 - (5 5 3 6 5 -) ‖

诬枉父在监中荒唐自(呀)栽，可叹是大祸到从天降来!

唉!(台)不知何人将人杀死，人头挂在我家门首。可恨祖母与贺吉郎，诬赖我爹爹。适才去至衙前，打听消息：爹爹已然钉杻收监。不免报与母亲知道便了。

〔贺吉郎内白:“哎，走哇!”

〔田氏内白:“走，走，走!”

〔田氏、贺吉郎边走边说从“小边侧幕”上。乾郎听到声音急忙躲开站到“大边”侧耳听。

田　氏　（招呼贺吉郎）来，来，来！（念）要除心头恨，

贺吉郎　拔去眼中钉！妈耶！

田　氏　哎！

贺吉郎　您瞧这个主意怎么样？

田　氏　这个主意还真好！

贺吉郎　不赖吧？

田　氏　哎，真好。哎呀，我说孩子！

贺吉郎　啊！

田　氏　你还得想个主意，得斩草除根！

贺吉郎　斩草除根？

田　氏　哎，斩草除根。

贺吉郎　我明白啦？

田　氏　你明白什么啦？

贺吉郎　乾郎母子，他们娘儿俩，也得害死。

乾　郎　哈哈！（突然走近前）

田　氏　哟，我的妈呀！你怎么在这儿哟？

乾　郎　（京白）你们定计，害我爹爹，陷在监里头；又定计害我们娘儿俩，图谋我们家财。你们有良心没有？

贺吉郎　谁说的，谁说的？

乾　郎　（京白）你们有良心没有？

田　氏　呸，呸，呸！

乾　郎　（京白）怎么啦？

田　氏　图谋你们的家财？你们的家财是哪儿的?那是我打娘家带来的！

贺吉郎　对啦！

田　氏　谁要你的家财？也配！

乾　郎　（京白）呸，呸！

田　氏　哎哟嗬，好孩子！

乾　郎　（京白）家财都是我祖父挣来的，与你们什么相干？

田　氏　啊？好孩子啊？

贺吉郎　咳，咳！我说你这小子，怎么回事情，啊？跟谁说话哪？跟奶奶有这么说话的吗？

乾　郎　（京白）我告诉你说啊，图谋我们家财就不行！

贺吉郎　什么？

乾　郎　（京白）我就这么说，我就这么说！

贺吉郎　什么？

田　氏　你还怎么着你？

贺吉郎　你竟是这么说？好小子！（拉住乾郎衣襟）今天做二叔的我要教训教训你！

乾　郎　（京白）好哇！你是谁二叔？

贺吉郎　你的二叔！

乾　郎　（京白）你是谁的二叔哇？

贺吉郎　你的二叔！

乾　郎　（京白）呸！你别不要脸啦！你呀，你随娘改嫁过来的！

田　氏　哎哟，好小子！

〔乾郎将贺吉郎推开，跑着“大边侧幕”下。田氏、贺吉郎追着叫骂。

贺吉郎　好小子！

田　氏　这还了得！

贺吉郎　这小子可把我骂苦啦！哎哟！

〔田氏、贺吉郎回到中场。

田　氏　哎哟，这可了不得啦！把我给气坏啦！嗯……

贺吉郎　这小子把我骂苦啦！

田　氏　哎哟，你个挨刀的！

贺吉郎　骂苦了我啦，单骂我这句！

田　氏　哎哟，孩子，那可不行，你得想个主意呀！得斩草除根哪！

贺吉郎　哎，没错！可真把我气死啦！

田　氏　我把你这小挨刀的！唉，我说什么哪？你，可得想个主意呀！

贺吉郎　您别着急，别着急，有的是主意！

田　氏　你快说呀！

贺吉郎　妈耶，您就甭管了！呆一会儿呀，我上外边儿找份僧衣、僧帽。

田　氏　僧衣、僧帽？

贺吉郎　半夜里呀，我叫我嫂子的门。她一听有动静，准得出来开门瞧瞧！

田　氏　是呀！

贺吉郎　她一开门怎么着?我把这和尚帽子，

田　氏　噢！

贺吉郎　哎，我给她往屋里这么一扔！妈耶，您可别睡觉！

田　氏　哦，不睡！

贺吉郎　您可盯着啊！您要一听有动静，就溜达出来。

田　氏　哦，我就溜达出来。

贺吉郎　“哎哟，什么事情，黑更半夜的！你们不睡觉，干什么哪，啊？”她必然说：“闹贼哪！”您猜怎么着，您说：“闹贼哪？”

田　氏　好，好。

贺吉郎　您往她屋里溜达。您说：“进屋瞅瞅，丢了东西没有？”

田　氏　丢了东西没有？

贺吉郎　您就上她屋去。她必然说没丢东西。这个贼走的时候哇，留下一顶和尚帽子。我说，妈耶！

田　氏　哎！

贺吉郎　您就叼住这句话，可千万别撒嘴。

田　氏　啊。

贺吉郎　您就把脸这么一变：（指着田氏）“哈哈！好你这个娼妇！”

田　氏　谁娼妇哇？

贺吉郎　妈，妈！
田　氏　（质问）谁娼妇哇？
贺吉郎　看您怎么啦，您这是怎么了您？我这不是学您骂她哪吗！您着什么急呀！
田　氏　唉！你倒是说清楚了哇！
贺吉郎　哎！
田　氏　怎么着，怎么着？
贺吉郎　“好啦，好啦！甭说啦！我呀，明白啦！你男人不在家，年轻轻的，你守不住，私通和尚了，对不对呀？”
田　氏　嗯，嗯。
贺吉郎　“好哇，好哇！我这个门户可不能要这个！过来，我跟你们说。过来，过来！”
田　氏　哎，怎么着哇？
贺吉郎　把他们娘儿俩呀，往外这么一推！
田　氏　哦，往外一推！
贺吉郎　把门这么一关！
田　氏　一关！
贺吉郎　我嫂子呀，晓得三从四德。出得门去，不是投河，便是觅井，不是悬梁，就是自尽。他们娘儿俩这么一死，明儿个早起，我打一壶酒。
田　氏　嗯。
贺吉郎　哎，里头搁包毒药。
田　氏　哦。
贺吉郎　我假装探监去。
田　氏　嗯，嗯。
贺吉郎　到了那儿呀，我就把昨儿晚上闹贼的话跟我哥哥这么一说。
田　氏　嗯，嗯。
贺吉郎　他一有气，把这壶酒抓住这么一喝！他也活不了。这就是斩草除根！这份儿家当，就归咱们娘儿俩啦！这就叫一计害三贤！
田　氏　嘿！这个主意还真好！
贺吉郎　怎么样？
田　氏　就这么办。
贺吉郎　就这么办！
田　氏　正是：二人定下计牢笼，
贺吉郎　哪怕旁人骂祖宗。
田　氏　哎，走着。
贺吉郎　走着！
〔**【小锣打下】**田氏、贺吉郎“大边侧幕”下。

第十一场

〔开二幕。正场设蛋青色红花寝帐，寝帐右侧斜桌，上首一椅，蛋青色红花桌围椅披，桌上置烛台红蜡。

〖【小锣抽头】冯伏氏右手盖袖“上场门”上。右手提袖，走至“小边”台中。锣切住〔亮弦〕。

冯伏氏 唉！（双手摊掌，【小锣抽头】抖双袖，提袖）

〔西皮摇板〕

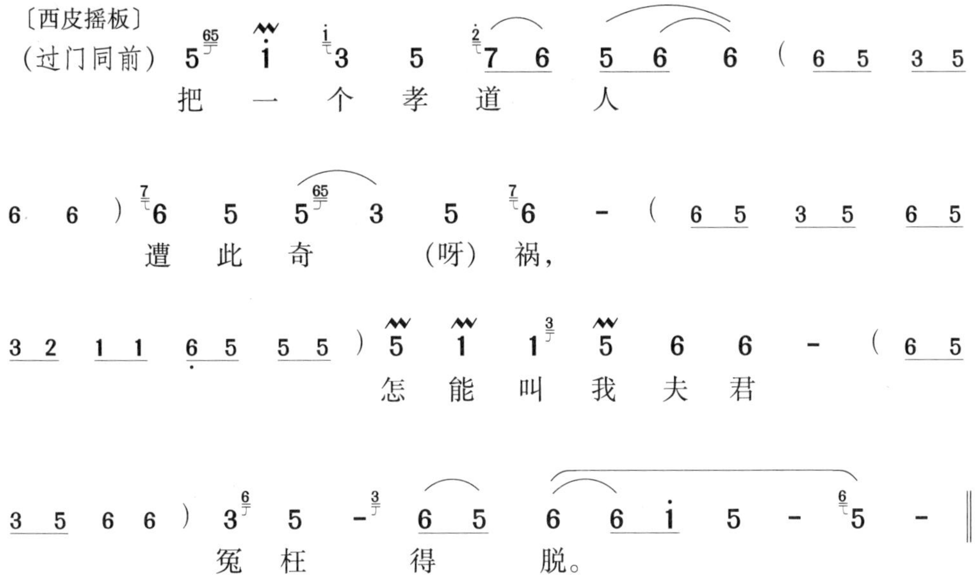

〖冯伏氏右转身，小抖袖，提袖走向帐边座，坐。

〖乾郎内白：“走哇！”

〖【小锣水底鱼】乾郎“上场门”上，走至“小边台中”。

乾　郎 母亲，开门来！

冯伏氏 哦，来了！

〖冯伏氏起身开门，乾郎进门，归“小边”。

冯伏氏 儿呀，你回来了！

乾　郎 回来了。

冯伏氏 可曾打听你爹爹的下落？

乾　郎 我爹爹已然钉杻收监了。

冯伏氏 怎么，（台）你爹爹他、他、他……他钉杻收监了？

乾　郎 正是。

冯伏氏 （哭）唉，苦命的儿夫哇！（右手拉左水袖拭泪）

乾　郎 （京白）妈呀，您别哭啦！刚才走在半道上，我碰见我祖母跟贺吉郎啦。他们定计图谋咱们家财。母亲，您附耳上来。

〖乾郎与冯伏氏耳语。

冯伏氏 怎么，有这等事？（拉住乾郎手）唉，你我母子只好处处防范他们，小心行事，也就是了。

乾　郎 （京白）对，咱们得提防着点儿。（**大 大 大 0 大 台**）（打哈欠）

冯伏氏 你怎么样了？

乾　郎 （京白）妈呀，走了这一天我真有点儿困啦！

冯伏氏 好哇，你自己上床安眠吧！

〔【更鼓】乾郎进寝帐。冯伏氏取桌上的烛台，出门“两望”。进门，烛台放回原处。转向关门。

冯伏氏 【初更】谯楼已交初鼓，想我那苦命的儿夫，在监中乎！

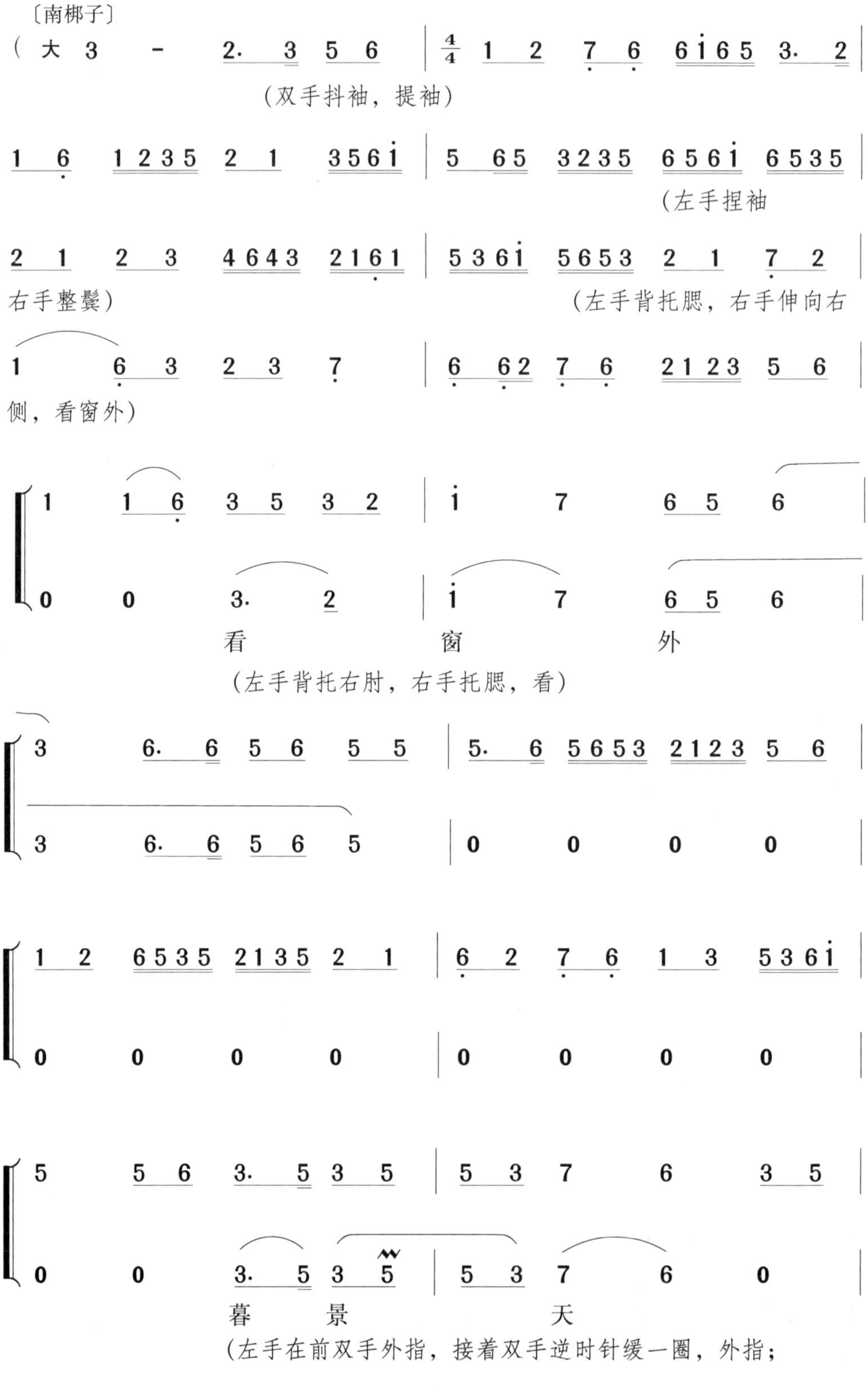

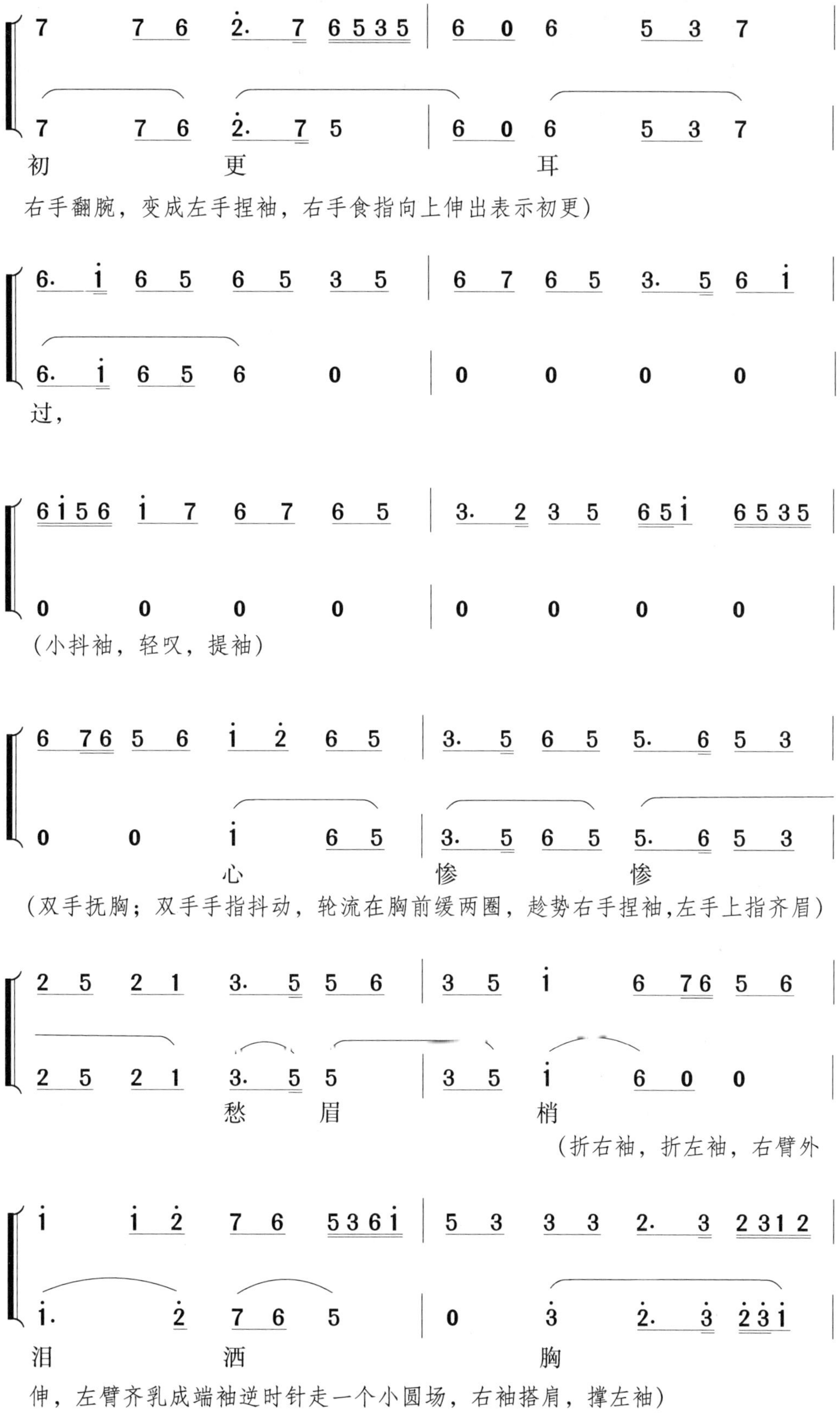
初 更 耳
右手翻腕，变成左手捏袖，右手食指向上伸出表示初更）
过，
（小抖袖，轻叹，提袖）
心 惨 惨
（双手抚胸；双手手指抖动，轮流在胸前缓两圈，趁势右手捏袖,左手上指齐眉）
愁 眉 梢
（折右袖，折左袖，右臂外
泪 洒 胸
伸，左臂齐乳成端袖逆时针走一个小圆场，右袖搭肩，撑左袖）

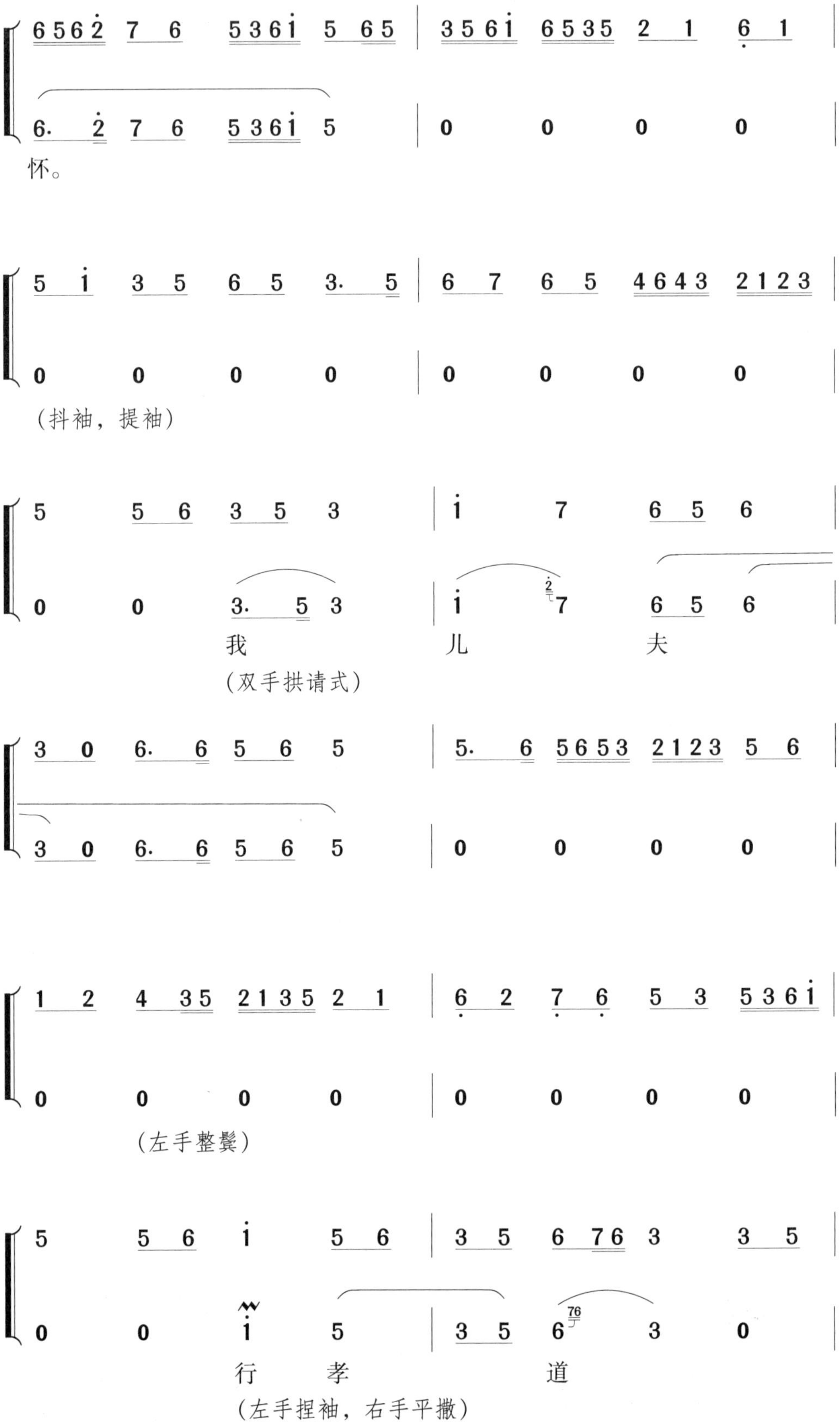
怀。
（抖袖，提袖）
我 儿 夫
（双手拱请式）
（左手整鬓）
行 孝 道
（左手捏袖，右手平撒）

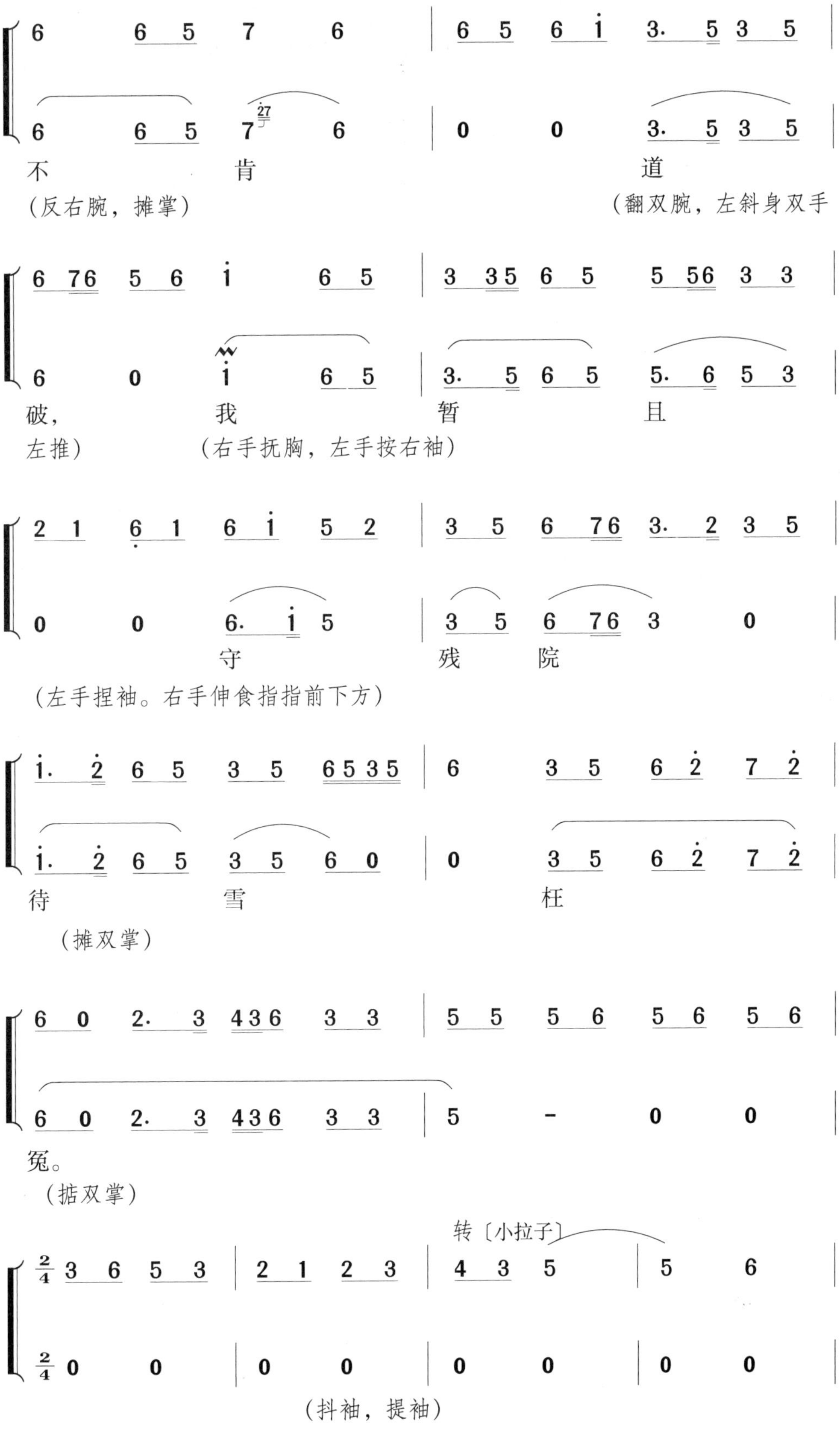
不 肯 道
（反右腕，摊掌）
（翻双腕，左斜身双手
破， 我 暂 且
左推） （右手抚胸，左手按右袖）
守 残 院
（左手捏袖。右手伸食指指前下方）
待 雪 枉
（摊双掌）
冤。
（掂双掌）
转〔小拉子〕
（抖袖，提袖）

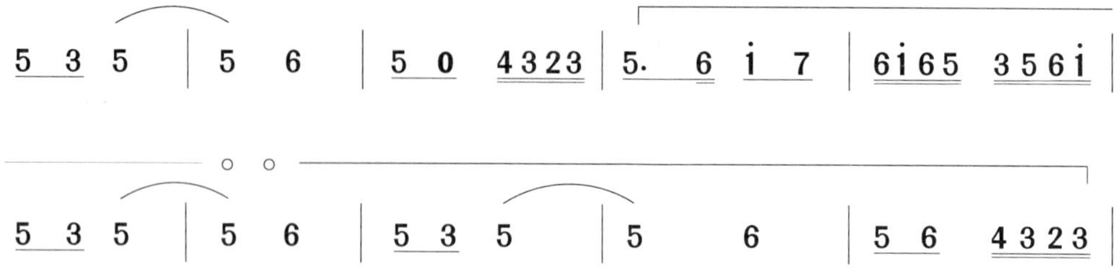

（白）想我那狠毒的婆婆，为了图谋我们的家财，她就出首公堂，害的我丈夫身入了监中。方才听得娇儿之言，他们定计，又要陷害我母子。哎呀，爹爹呀，你在南阳，怎知道我那儿夫坐监哪！爹爹，爹爹，你快些回来吧！你再若不回来，连你那苦命的媳妇与孙儿…… 【二更】

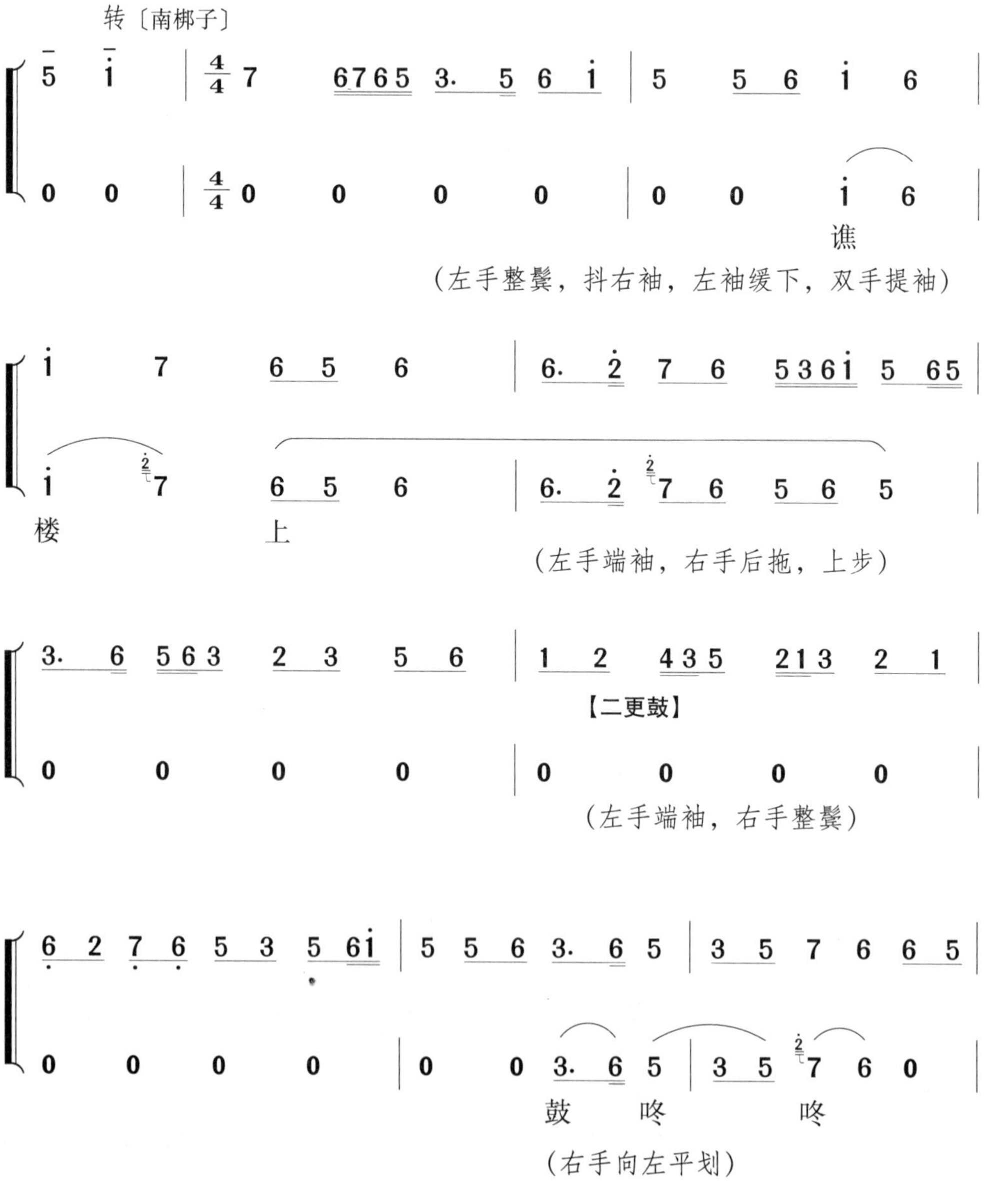

玉虎坠

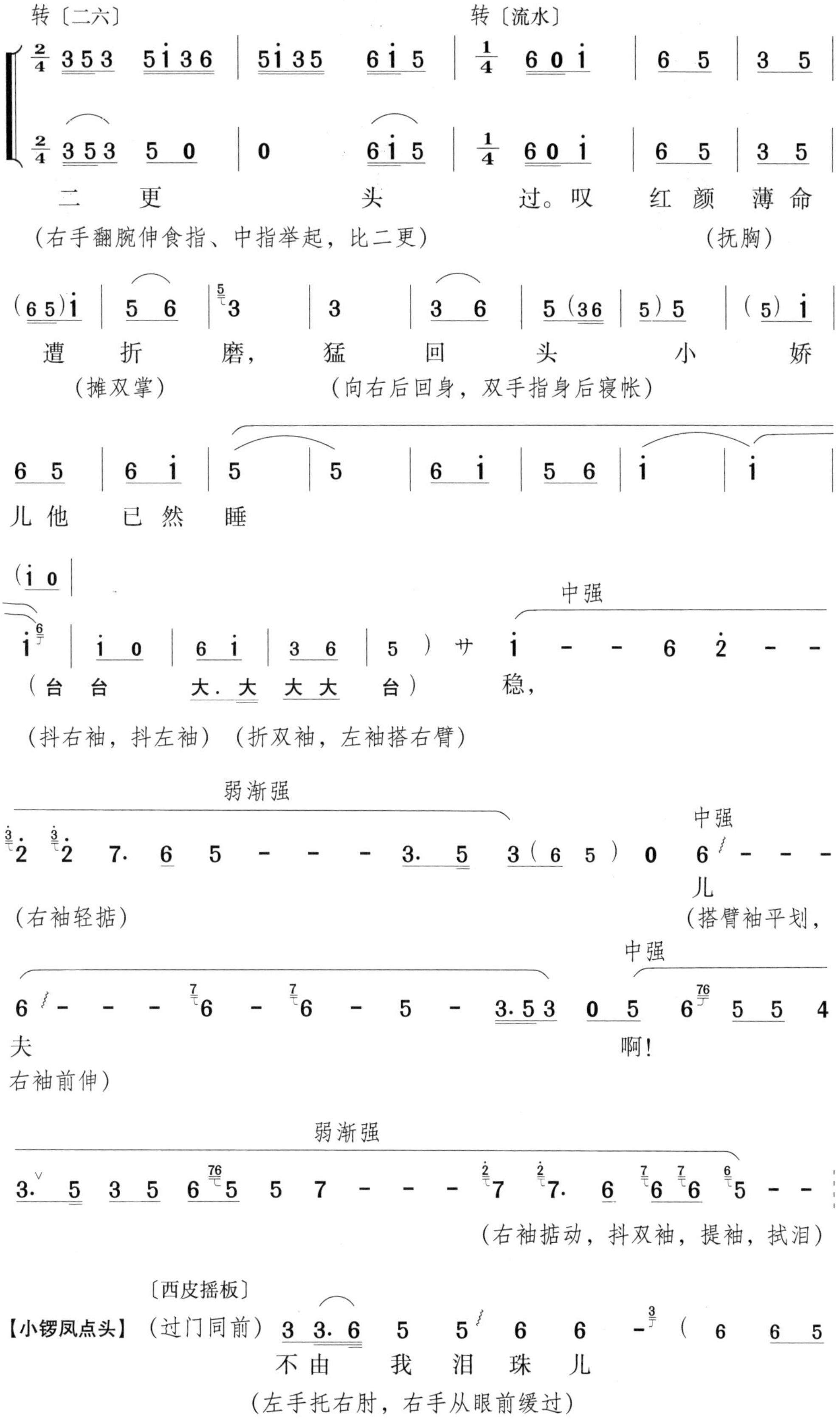
转〔二六〕
转〔流水〕
二 更 头 过。叹 红 颜 薄 命
(右手翻腕伸食指、中指举起，比二更)
(抚胸)
遭 折 磨，猛 回 头 小 娇
(摊双掌)
(向右后回身，双手指身后寝帐)
儿 他 已 然 睡
中强
(台 台 大. 大 大 大 台)
稳，
(抖右袖，抖左袖)(折双袖，左袖搭右臂)
弱渐强
中强
儿
(右袖轻掂)
(搭臂袖平划，
中强
夫
啊!
右袖前伸)
弱渐强
(右袖掂动，抖双袖，提袖，拭泪)
〔西皮摇板〕
【小锣凤点头】(过门同前)
不 由 我 泪 珠 儿
(左手托右肘，右手从眼前缓过)

3 5 6 6) 5· 6 i - 4 3 3 5 3 5 - ‖
湿 透 了 衫 罗。
(左手半撑袖，摊右掌)

〔【三更】冯伏氏拭泪，归座。

〔贺吉郎穿僧装与田氏蹑足潜踪地从“上场门”上。在侧幕边小声说话。

田　氏　轻一点儿。

贺吉郎　妈耶，我害怕呀!

田　氏　(边往“九龙口”走边说)哎哟，傻孩子，你害怕可不行啊!光是害怕，这份儿家财可就不能到咱们手里头哇。

贺吉郎　哎，妈呀，妈呀，妈呀!

田　氏　啊!

贺吉郎　您给我找块砖头来。

田　氏　找块砖头哇!

贺吉郎　快去，快去!

〔田氏、贺吉郎在“小边”四处寻找。

田　氏　(摸到砖，拾起问贺吉郎)怎么样啊?

〔贺吉郎接过砖，左转身至台中门前，拿砖砸门。(砸门效果)又转回身，向田氏意。

冯伏氏　(醒)啊?(**大 大大 台**)这夜静更深，外面是什么响亮?

〔贺吉郎又转身砸门，(砸门效果)然后又回到田氏身边。

冯伏氏　(向寝帐)乾郎，乾郎!看看外面什么响亮?(乾郎不应，站起)小孩子一时他就睡着了。

〔田氏“上场门”暗下。贺吉郎又转身砸门。(砸门效果)

冯伏氏　待我自己开门看来。

〔冯伏氏开门，出门后向“大边”查看。

贺吉郎　呜!

冯伏氏　哎哟，不好!(**八 大 仓**)(向左急转身一周)

〔贺吉郎摘僧帽，扔进冯伏氏房内，转身从“上场门”逃下。

冯伏氏　有了贼了，有了贼了!(右转身，进门)乾郎，乾郎，外面有贼!快去看看!

〔乾郎从寝帐内急出。【乱锤】二人同出门，乾郎右转，冯伏氏左转，两望。回身进门。冯伏氏发现僧帽。锣鼓收住。

冯伏氏　这是什么?

乾　郎　啊?

〔乾郎拾起僧帽，交给冯伏氏。田氏“上场门”暗上。

冯伏氏　原来是一顶僧帽。

乾　郎　(京白)是个和尚帽子。

冯伏氏　是呀!

田　氏　哎哟!我说你们这儿嚷什么哪?你们这儿……

┌田氏进门，归“小边”。乾郎过“大边”冯伏氏旁。

乾　郎　祖母来了！

田　氏　哎哟，怎么还不睡觉哇？

冯伏氏　啊，婆婆。

田　氏　啊。

冯伏氏　怎么还未曾安眠哪？

田　氏　我也是刚要睡着，让你们给吵醒啦！你们这儿嚷什么呀？

冯伏氏　婆婆。

田　氏　哎。

冯伏氏　方才媳妇听得外面响亮，自己开门来看，原来是贼人偷盗我们来了。

田　氏　哟，什么？有贼啦？看看丢什么东西没有哇？

冯伏氏　未曾失去什么物件。

田　氏　啊，还好，还好！

冯伏氏　那贼人他倒丢下了僧帽一顶。

田　氏　啊，丢下僧帽一顶？在哪儿哪？拿来我瞧瞧。

冯伏氏　母亲请看。

田　氏　（急着要僧帽，抢着说）拿来我瞧瞧，拿来我瞧瞧！（**大大 大**）哦……

┌田氏要过僧帽，向“大边”边走边说；冯伏氏与田氏换位。

田　氏　哎，可不是一顶和尚帽子吗？

冯伏氏　这个贼人还是个和尚。

田　氏　嗯，可不是个和尚吗？嘿！这个贼人，真有你的啊？白天念经，晚半晌做贼。这个财不够你一个人发的啦！

冯伏氏　真真地可恨！（**大　0　大**）

田　氏　嗯？不对吧！

冯伏氏　怎么不对？

田　氏　不用说呀，你丈夫在监里，你守不住啦！

冯伏氏　啊？

田　氏　你私通和尚。

冯伏氏　婆婆，此事关系重大，你、你、你不要血口喷人！（**仓**）

田　氏　（双手掐腰）什么？血口喷人？我告诉你，（**仓**）这个门户可不能容留你这样败坏门庭，下贱的东西！

冯伏氏　你少说几句。

田　氏　好，我少说几句！（向冯伏氏招手）你这儿来，你这儿来！

冯伏氏　做什么？

田　氏　我跟你有话说，来来来！你来，你来！

┌冯伏氏走向田氏。田氏拉住冯伏氏。

田　氏　（向乾郎）你也来，你也来！

乾　郎　（京白）干什么，干什么？（到田氏身旁）

田　氏　（又拉住乾郎）你们给我站好。

〔田氏将冯伏氏和乾郎推出大门。

田　氏　你们给我滚出去吧！（**八大仓**）（关门）

冯伏氏　你为何将门关闭了？

田　氏　你们给我死在外头呗！（跑着从“上场门”下）

冯伏氏　【**叫头**】儿啊！你看这黑夜之间，将你我母子赶出门来，如何是好哇？

乾　郎　（京白）妈呀！没什么说的啦，咱们娘儿俩去到监中，见了我爹爹再说吧！

冯伏氏　也只好如此。乾郎，带路监中去者。（**崩登仓**）（冯伏氏、乾郎二人右手撑袖）

乾　郎　您跟着我走！

〔【**冲头**】乾郎领冯伏氏疾步从“下场门”下。闭二幕。【**撤锣**】

第二十场

〔接上场【**撤锣**】（快打急收）开二幕。场上设正场桌、“小座”，桌右边置一椅。灰色紫边素桌围椅披。

〔禁卒内白：“啊哈！”

〔【**小锣五击头**】禁卒上至前台口。

禁　卒　（念“数板”）冯彦坐监——　（**多多罗多 乙个多 多**）（右手食指一点）
冯彦坐监，
他每日里长吁短叹，
是愁眉不展。
太爷吩咐我：
另眼来照看。
我看他是定有屈冤，
是定（**多多乙个 多**）有　**0**　屈冤！（右手外指，左转身，归“小座”）

在下，阜城县的禁卒便是。我这监里头，收了一名犯人冯彦，自从他到监里来，老是这么愁眉不展，唉声叹气的。在他临进监的时候，太爷曾嘱咐我，叫我另眼看待他。唉，我想他这场官司，一定是被屈含冤哪！今儿个没什么事儿，我把他叫出来，劝劝他。对，我劝劝他。（站起，朝“上场门”喊）我说，冯大官人，冯大官人！（望）

〔冯彦内白：“嗯！”

〔【**纽丝**】冯彦“上场门”上，在“九龙口”双手撩起锁链一看，摇头叹气，放下锁链。

〔西皮散板〕

冯　彦　（过门同前）ㄜ 2 1 2 3 3 2 2（3. 1 2 - ）3 2 2 1 1 2 1 2 -
是 何 人 杀 人 命　　　　　　移 祸 于 我，

〔【**纽丝**】冯彦进门，与禁卒见礼。禁卒让座，冯彦坐“小座”。禁卒归“大边”。

玉虎坠

（过门同前）3 2 1 1 3 2 1 1 2 - 2 6 1 1 - 1 2 - 1 - ‖【住头】

为人 子当尽 孝 受 折 磨。

（摊双手，叹气）

禁　卒　冯大官人，您自从进到监里来，老是这么唉声叹气、愁眉不展的，您是怎么回事儿，跟我说说，啊？

冯　彦　禁大哥，我有事哇！

禁　卒　呵呵！好哇，您可真明白呀！您要是没事儿，您上我这监里干什么来呀？是不是哪？

〔冯彦点头。

禁　卒　听我跟您说，往开了想，啊！待会儿哪，我打点儿酒，买点儿菜，咱们二位小肚子栓弦儿——谈谈心，你瞧，好不好哇？

冯　彦　大哥，有劳了！

禁　卒　没什么，没什么？来，来，来！我给您松松，（给冯彦松刑）给您松松。

〔贺吉郎内白："啊哈！"

〔禁卒继续开导冯彦。贺吉郎提酒壶"上场门"上。

贺吉郎　（念）打了一壶酒，前来送别扭。（至台中"小边"）哎，到啦。（朝监门内喊）哎哎哎！挑开，挑开！

禁　卒　我瞧瞧去！（至监门，打开小窗门往外瞧）我说，坐监的吗？

贺吉郎　（背供）哎，这多丧气呀！（向门里喊）探监的！

禁　卒　探监的？

贺吉郎　嗯。

禁　卒　探谁呀？

贺吉郎　我哥哥冯彦。

禁　卒　冯彦？

贺吉郎　对了！

禁　卒　我说，你姓什么，叫什么呀？

贺吉郎　（背供）啊？多别扭！我就腻味这句，怎么单问我这句，这是怎么回事儿？（对禁卒）嘿嘿，甭问我姓什么，叫什么啦，我进去不就完啦！

禁　卒　不是，不是！你说明白了，我给你言语一声去呀！

贺吉郎　我呀，我姓贺，叫贺吉郎！

禁　卒　贺吉郎？

贺吉郎　对。

禁　卒　这就不对啦？

贺吉郎　怎么不对啦？

禁　卒　他姓冯，你姓贺，他怎么是你哥哥哪？

贺吉郎　（转过头来）嗳！（又对禁卒）我说嘿，你不知道，冯对冯，贺对贺，凑到一块儿他就是我亲哥哥。

禁　卒　哼哼，你别要贫嘴呀！你是怎么回事儿，你说明白了吧！

贺吉郎　（背供）嘿，还是非说不可呀。我要是不说，这小子不让我进去。这事儿真别扭。告诉他！（对禁卒）嘿，嘿，嘿！

禁　卒　啊！
贺吉郎　我呀，是咱妈一块儿带过来的！
禁　卒　什么什么？你妈？你妈没我什么事儿。
贺吉郎　咱俩伙着一个妈行不行？
禁　卒　甭伙着，甭伙着！噢，我明白啦！
贺吉郎　啊？
禁　卒　你妈是秋后的黄瓜——晚嫁呀！
贺吉郎　哎哎，这是什么话，这是什么话？这是——
禁　卒　你这小子嘛，是车后头拴小牛——带犊儿的呀！
贺吉郎　嘿嘿，这是什么话，这是什么话呀！
禁　卒　好小子！
贺吉郎　咱们不过这个，不过这个！
禁　卒　你等一等，你等一等啊！（转身向冯彦走去）
贺吉郎　（自语）这小子真会骂人，啊？
禁　卒　（对冯彦）冯大官人，监门外头有一个贺吉郎来看您。
冯　彦　哦，我兄弟来了。禁大哥，叫他进来。
禁　卒　哎，叫他进来？
冯　彦　（点头）
禁　卒　哎，好好好！（走向监门）
贺吉郎　怎么样了嘿！（禁卒开监门）怎么样了嘿！
禁　卒　我说这小子，往里，往里！矮点儿身。这里头……
贺吉郎　（进监门）往里，哪边是？
禁　卒　来来来，在这儿哪，在这儿哪。（嘱咐贺吉郎）说好的，说好的啊！
「**【小锣单点】**贺吉郎从禁卒身后至“小边”，见冯彦，扑向前，伏在冯彦右膝上，佯哭。
贺吉郎　哎呀，冯彦大哥呀！
冯　彦　（哭）兄弟……（拭泪）
禁　卒　嘿，我说嘿！哭什么呀！
贺吉郎　我难受，我不哭？
禁　卒　有话说话，你当这是你们家里头哪！啊？哭什么呀？监里头忌讳这个，说好的吧！
贺吉郎　你别嚷，我不哭行不行？
禁　卒　慢慢说，有话说话。
贺吉郎　别嚷，别嚷！
冯　彦　啊，兄弟。
贺吉郎　哎。
冯　彦　到此何事？
贺吉郎　唉，哥哥！您在监狱受罪，我真怪想您的。这有什么法子呀？我呀，怕您闷的慌，我打了一壶酒，（左手提起酒壶，右手指着）给您解解心烦。哥哥，您喝点儿吧！（左手又将酒壶提起，右手做让状）
冯　彦　放在一旁，少时再用。

贺吉郎 （再让）您少喝点儿，解解心烦。

冯　彦 （摆手）不用，不用。

贺吉郎 不喝？（转身向外，背供）干啦！不喝？（右手指冯彦）不喝死不了哇！有了，监门口这个禁卒，把我糟践个乱七八糟，（提起酒壶，右手指着）我照顾他得了。让他喝了算啦！（向禁卒）禁哥，您请过来！

〔贺吉郎、禁卒走至台中。

禁　卒 啊，什么事呀？

贺吉郎 禁哥，您瞧瞧，我哥哥在监里头，怪麻烦您的。

禁　卒 没什么！

贺吉郎 多亏您照应着。

禁　卒 没什么，没什么！

贺吉郎 哎，我给我哥哥打了壶酒，我哥哥他就不喝。得了，送给您喝了啵。（递酒壶给禁卒）

禁　卒 （推让）别、别，别价！

贺吉郎 得了，我怪不落忍的。麻烦您来着，对不对？

禁　卒 怎么着，送给我啦？（接过酒壶）

贺吉郎 您请，您请！

禁　卒 好好好！

贺吉郎 （见禁卒没喝）来来来，我倒您酒壶里去。

禁　卒 哎，我连酒壶都留下了。

〔禁卒将酒壶放在桌上，站"大边"。

贺吉郎 （回"小边"，背供）酒壶也不给啦，这是哪儿的事儿呀！（面向冯彦）

冯　彦 啊兄弟，这几日母亲可好？

贺吉郎 唉，好什么呀，净拉痢疾！

冯　彦 家中有什么事情无有？

贺吉郎 唉，家里也没有别的事情，就是昨儿晚上咱家里闹贼来着！

冯　彦 闹贼？

贺吉郎 对啦。

冯　彦 可曾失却什么物件？

贺吉郎 倒是没丢什么东西。打我嫂子那屋里搜出一顶和尚帽子来，我嫂子私通和尚啦！

〔冯彦惊，托右掌，右手捋甩发，闪甩发，（**崩登仓**）拍手，顿左脚顺势站起，摊双手。

冯　彦 哎呀！（坐下，双手扶膝，神情颓然）

禁　卒 滚出去吧你！（轰贺吉郎）外边说去，外边说去！

贺吉郎 哎呀，这小子！（"下场门"下）

禁　卒 活不了啦，活不了啦！冯大官人，冯大官人！醒醒，醒醒……

〔**【小锣抽头】**冯伏氏拉乾郎"上场门"上。

〔西皮摇板〕

冯伏氏 （过门同前） 3 5　5　²7　6　7　6　3 5

手　拉　娇　儿　监　门　（呐）

6^76 - (6 6 5 3 5 6) i 7 6 5 6 5
奔， 我 与 奴 夫 诉

i. 65 3 5 3 5 - (5 5 3 6 5 -^3) ‖
苦 情。

乾 郎 （京白）妈呀，来到监里啦。

冯伏氏 乾郎，前去叫门，你好话多讲！

乾 郎 （走至台中，打门，京白）禁大哥，开门来！

禁 卒 （走向监门）干什么的？投文哪？（打开小窗门瞧）我说，干什么的？

乾 郎 （京白）禁大哥，我问问您，这监里头有个姓冯的吗？

禁 卒 不错，有姓冯的呀！

乾 郎 （京白）那是我的父亲。劳您驾，烦求大哥给我们说一声：我同我母亲前来看他来啦。您容我们一见吗？

禁 卒 好！你等一等啊！你等等，等等！（至“大边”台口，背供）嘿！这小孩嘴多甜哪，真会说话，真会说话！（右转身，走向冯彦）哟，冯大官人，您的夫人跟您的少爷来探望您来了。

冯 彦 啊？那贱人她、她……她来了吗？

禁 卒 是，来探望您来啦。

冯 彦 （气愤地）叫她进来！（仓）

禁 卒 哎！可是这么着，我叫他们进来，您可别起火，别生气，啊？

冯 彦 好。（左手抬起往外挥两下）快去，快去！

禁 卒 别起火啊！（转身去开监门，对冯伏氏母子）来吧，来吧！往里吧！

乾 郎 （京白）妈呀，叫咱们进去哪！

「乾郎领冯伏氏进监门。

冯伏氏 有劳禁大哥！

禁 卒 没什么，没什么！往里吧！

「**【小锣连击】**乾郎、冯伏氏绕过禁卒往里走。乾郎归“小边”，冯伏氏归“大边”。

「禁卒“下场门”暗下。

冯伏氏 官人在哪里，啊，官人在哪里？

冯 彦 （迎上，打冯伏氏）好贱人！（仓）

冯伏氏 **【叫头】**官人！我同乾郎来在监中，探望于你，一言未发，你开口就骂，举手就打，是何道理？（摊右掌，拂袖）

冯 彦 嘟！（仓）（左手前指冯伏氏）我不与你这贱人讲话，下站！

冯伏氏 啊？（仓）

冯 彦 下站！（左脚上一步，左手前指）

冯伏氏 你为了何事？

冯 彦 （转身，右手招乾郎）乾郎过来！

乾 郎 爹爹何事？

玉虎坠

冯　彦　我来问你，昨晚家中可曾闹贼？

乾　郎　（京白）昨晚上？闹贼啦。

冯　彦　可曾失却什么物件无有？

乾　郎　（京白）没丢什么东西。在我妈那屋子里头，捡了一顶和尚帽子。

冯　彦　（崩登仓）（双手抖动）好贱人！（顿足，左手指冯伏氏）

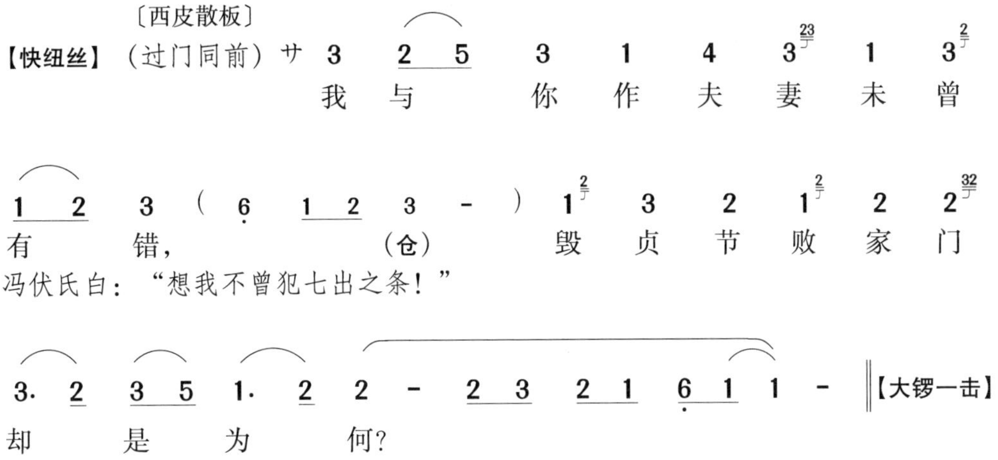

乾　郎　（对冯彦，京白）这种事情，您就别乱说啦。

冯伏氏　官人哪！

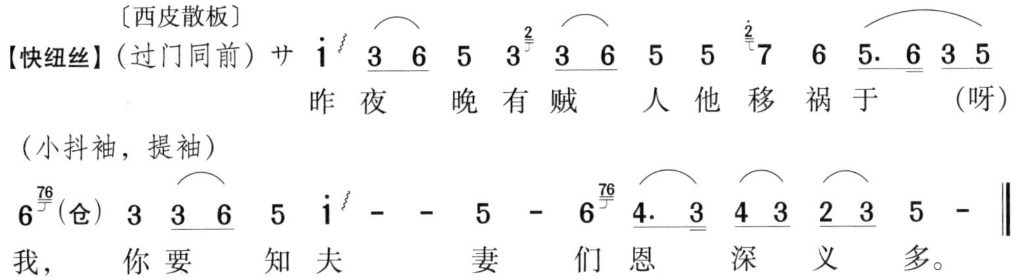

冯　彦　呸！

〔禁卒“下场门”暗上。

冯　彦

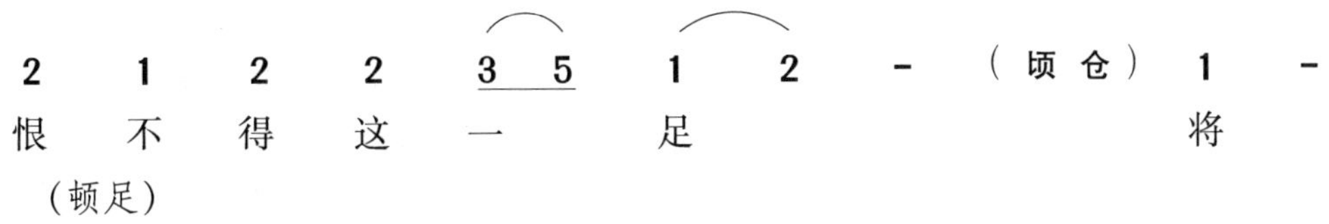

2 - - - 3 2 - 3̲ 2̲ 1 2 - ‖【撕边一锣】
你　　　　结　　　　果。

禁　卒　你看见没有？又起火啦！

冯伏氏　有话慢讲！

〔【扫头】乾郎拦阻，禁卒忙将监门打开，冯彦推开乾郎，冯伏氏拉冯彦左臂，又将冯伏氏推开。

禁　卒　哎，你快走吧，快走吧！

〔乾郎、冯伏氏忙绕过禁卒出监。转【大锣原场】冯彦误踢倒禁卒。

禁　卒　哎哟嗬……快走吧！哎哟嗬……

冯伏氏　喂呀……

〔冯伏氏拭泪，（崩登仓）双抖袖，【冲头】与乾郎"上场门"下。

禁　卒　哎哟嗬……

冯　彦　禁大哥。

禁　卒　哎哟……哎哟……

〔冯彦扶起禁卒。

冯　彦　禁大哥，我失手了，我失手了！

禁　卒　哎哟，冯大官人，我直说您别起火，别起火的。您瞧您，这一下不要紧的，我的腰都直不起来啦！（冯彦给禁卒抚腰）冯大官人您这是怎么了？这是……我直跟您说别起火，别起火的。您瞧您这一下子，我受得了吗？（让冯彦）您坐下，您坐下！（转身向里）来来来，这会儿也没什么事儿，我搬个座儿，咱二位聊会儿。（边往里走边说）您有什么不痛快的，您跟我说说，啊！

〔禁卒将"小座"搬至"大边"，冯彦摆"小边椅"，成"八字椅"。

禁　卒　常言说得好哇：话不说不知，木不钻不透哇，（二人转身坐下）砂锅不打一辈子都不漏哇！冯大官人，您跟我说说，有什么不痛快的，啊！

冯　彦　（点头）

禁　卒　哎，我想起来啦！冯大官人，先给您送酒来的那小子是您什么人哪？

冯　彦　乃是兄弟贺吉郎。

禁　卒　这就不对啦！您姓冯，他姓贺，怎么是您兄弟哪？

冯　彦　他乃继母带过来的。

禁　卒　继母带过来的？

冯　彦　正是。

禁　卒　噢，这我就全都明白啦。（右手握拳击左掌）冯大官人，您这回遭这场官司，就坏在这贺吉郎跟您那继母娘的身上了。您可听明白了，我可不是说，是继母娘都不好哇。这继母娘有贤有愚，您得看她所作所为呀。可是您这继母娘不然了，她是早就有意图谋您的家产，老不得下手哇。这回巧啦，不知道谁把人杀死了，人头挂在您的门口了。人命关天哪！这场官司您不打谁打呀？您可就坐监了。您一坐监，家里头就剩下您的夫人跟您的少爷啦。您那继母娘要是看见她们娘儿俩呀，那就是眼中钉，肉中刺啦！不定打哪儿找顶和尚帽子来，扔在您夫人屋里了，就说您夫人私通了和尚了。这妇道人家心眼儿窄呀，一听这话，有冤哪，她也没地儿诉去，那非得寻死不可呀！（右手背击左手掌，摊双掌）他娘儿俩要是死了哪，这监里就剩下您啦。所以哪，他又打壶酒来，说是来探望您来啦。他哪儿是探望您来啦？他是给您添烦来啦！那酒您幸亏没喝呀。您要是喝了，那也喝不出好儿来呀！他这就是一计害三贤。这个主意是又毒又辣呀！冯大官人，他说您夫人私通和尚啦，您当好好的想想啊。您的夫人跟您过了半辈子啦，您的少爷都长得那么高啦，她哪儿能做出那不要脸的事情哪！再一说啦，刚才您夫人来了，让我瞧见啦！长得真是慈眉善目，一脸的正气呀。再瞧瞧您少爷，长得是眼大眉长、鼻正口方，五官长得够多好哇。冯大官人，您再瞧瞧贺吉郎，（禁卒拉冯彦站起）他那个揍相……噢，不是，不是，我失言了！

冯　彦　失言了哇！

禁　卒　冯大官人。

冯　彦　大哥！

禁　卒　我来褒贬褒贬您这个兄弟呀！

冯　彦　好好好。禁大哥，请坐下讲话。

禁　卒　对了，坐下。您坐下，您坐下！（二人归座）我褒贬褒贬他。冯大官人，您瞧贺吉郎他这长相，真是鹰鼻鹞眼、兔耳猴腮，实纳鞋帮不摘线头儿，柳木脑袋他都朽了半拉儿啦！冯大官人，您再仔细瞧瞧他那长相，那真是腌酱瓜儿的脑袋不大，耳朵眼儿带苤兰片儿，腌杏核儿的眼睛，眉毛亚赛龙须菜儿，柿子秦椒的鼻子，脸带着酱豆腐块儿，牙赛糖蒜瓣儿，臭豆腐屁股蛋儿，他是一肚子卤虾小菜儿呀！

冯　彦　禁大哥！

禁　卒　冯大官人哪，常言说得好：是忍能忍，饶饶饶，忍字怀中一把刀，恼字旁边儿是十字儿，凡事须要忍为高。您多听我良言劝，不出三天出监牢。我说的对与不对，你要前思后想，三思二合一，我一个人儿的冯大官人！**【大锣一击】**

冯　彦　（思考）唉，如此说来，我错了。

禁　卒　您错啦！

冯　彦　我错了哇！

禁　卒　可不是吗！

〔西皮摇板〕

冯　彦　**【闪锤】**（过门同前）2 1 2 3 32 2 3 21 1
我 继 母 她 为 人 心 术 狡

2（21 61 65 55 36 55 32 11）6 62 1
险， 感 的 是

禁卒白：“是呀，就坏在她身上啦。”

2 1 3 2 - 2 3 1 2 2 - 1 - ‖**【大锣原场】**
禁 大 哥 金 玉 良 言。

禁　卒　呵呵，这不，明白了吧。走，等我打酒去啊。上后边歇会儿去，您！（让冯彦）走吧您！（边走边说）后头歇会儿去。这您就明白了，是不是？走吧您！

〔禁卒、冯彦“下场门”下。闭二幕。

第十三场

〔（下雨效果）

〔乾郎内白："好大的雨，好大的雨！"

〔【快纽丝】冯伏氏"小边"侧幕跑上，至台中，成搭肩袖，抖双袖。乾郎随上。

〔西皮散板〕

冯伏氏 （过门同前）サ 5 i 6 3 3 6 5 7 6 6 3 5 6（6 5

在监中我儿 夫突然变 （呐）化，

（折左袖，成撑折袖，半个圆场，"大边"台口抖左袖，做滑倒状）

3 5 6）i 3 6 5 3 3 5 6 i - 5 - 6 6 i 5 - ‖

（仓）中途 路又遇 着风 雨 交 加。

（乾郎扶起，圆场，折左袖，成撑折袖）

【叫头】儿呀，你看我母子出得监来，忽然天降大雨。我儿你快快找一个避雨的所在吧！

乾　郎 （京白）母亲，不必着急，看头里有座庙宇，咱们娘儿俩到那儿避雨去，好不好？

冯伏氏 你快快地带路！

〔冯伏氏、乾郎圆场。

冯伏氏 哎呀，好大的雨，好大的雨。

〔（下雨效果）开二幕。场上设正场桌、"八字椅"，白素桌围椅披，灵堂帐子，桌上置一座香炉，两只白烛台及王滕的牌位。

〔冯伏氏、乾郎进庙宇。乾郎掸身上的雨水，用衣袖擦脸，冯伏氏帮助他掸后背的雨水。

乾　郎 （京白）妈呀，您衣服都湿啦！（台）

〔冯伏氏拧自己的衣服，乾郎看桌上的牌位。

乾　郎 （京白）王滕之灵位。（惊）妈呀，您这儿来！这个就是咱门口被杀的那个，人脑袋就是他的。（台）

冯伏氏 （指牌位念）王滕之灵位。哎呀，王滕哇，王滕，你被何人杀死？你害得我一家好苦哇！（台）

乾　郎 （京白）你叫谁杀了，害得我们一家子这个样儿！（台）

冯伏氏 儿呀！（台）你我母子就在这庵中暂避一时风雨，等候雨住，我们再行吧。

乾　郎 （京白）对啦，您这儿歇会儿。我这儿歇会儿。

〔乾郎搀扶冯伏氏至"大边椅"坐，做睡状；乾郎席地坐，做睡状。

〔娟娟内白："走哇！"

〔【小锣抽头】娟娟着孝服"上场门"上，至"小边"台口。锣住〔亮弦〕

娟　娟　【小锣抽头】〔西皮摇板〕（过门同前）

i i 3 6 5 - 7 7 6 5 6 -
适 才 间 西 廊 下

5 6 - 6. 5 3 5 6（6 6 5 3 5 6 5）3 3 6 5
有 人 讲 话，我 这 里

5 6 6 3 5 i 6 5 5 3 5 -（5 5 3 6 5 -）‖
上 前 去 细 问 根 芽。

哎哟，（台）我瞧这位大娘甚是面熟，好像在哪儿见过，（大 大 大 大 大 大大 衣 台 大 大大 扎 扎 台）（转眼珠，想，拍手）哦，我想起来了。她不就是冯彦之妻，冯大娘子吗？（大 扎 扎 台）黑更半夜的，她到这儿可干什么来了哪？（台）哎呀，慢着！想我爹爹乃是被冯彦杀死，我与她有杀父之仇。有道是，仇人见面是分外眼红，她们在这儿呆着不成，我得赶她们走。（大 衣 台 大 大 大 大 大 大 大 大 大大 衣 台）（向冯伏氏走去，又止，转眼珠想）我又想起来啦：我爹爹在世的时节，把我的终身许配她子乾郎啦。（台）那个乾郎大概其（指乾郎）许是他吧！（大大 大大 衣 大 台）这可真难啦！我与他有杀父之仇，可是我的终身哪，又许配他家了。哎哟，哎哟，可真难死我啦！真难死我啦！（大 大 大 大 多 罗. 台）有啦，我先把她叫醒了，问问怎么回事情再说吧！（走近冯伏氏）冯大娘，冯大娘！您醒醒，您醒醒吧！

冯伏氏　（醒，打量娟娟）啊？这位姑娘（站起）你敢莫是王滕的女儿娟娟姑娘么？

娟　娟　啊，是我呀，是我呀！您是冯大娘吧？

冯伏氏　哦，哦，是我哇！

娟　娟　黑更半夜的，您上这儿可干什么来了呀？

冯伏氏　这个……（大 .大 大大 大 大 台）提起来叫我一言难尽！

娟　娟　哟，您先请坐，您请坐！

冯伏氏　小姑娘请坐！

〔冯伏氏坐“大边”，娟娟坐“小边”。

娟　娟　您这是怎么回事情，您慢慢地说说，我听听啊。

冯伏氏　唉，不知何人将你父杀死，人头挂在我家的门首，诬赖我家丈夫。可恨我那狠心的婆婆，为了图谋我们的家财，她就出首公堂，害得我丈夫坐监。如今又将我母子赶出门来，因此来到这庵中避雨呀！

娟　娟　噢，是这么回事情啊！可是外人闻知，都说我爹爹是被冯大官人杀死。原来您的继母图谋家产，害得冯大官人坐监。又把您母子给轰出来了吗？

冯伏氏　（哭）真真的好苦！（台）

娟　娟　哎哟，哎哟！（站起，到冯伏氏跟前）您别哭哇！您要是哭坏了，往后的事情可就不好办啦！

冯伏氏　小姑娘！(站起)你看我母子，如今哪，是有家难奔，有亲难投，怎不叫我伤心哪！
娟　娟　这个……哦，干脆，您母子就在这庵中居住得啦！咱们娘儿俩把这件事情啊，弄得清清楚楚明明白白的，有机会呀，咱们上告他们去！
冯伏氏　嗯，定要上告他们去，洗清我们的冤枉！
娟　娟　对呀！
冯伏氏　啊，小姑娘，我母子本当在紫云庵居住，怎奈无有度用，也是枉然。
娟　娟　噢，这没什么的。我每月在衙前领白米一担，纹银二两，足够（指着冯伏氏、自己、乾郎）您、我、他度用的啦。
冯伏氏　哎呀呀，如此说来，小姑娘倒是一个好人哪！多谢了，多谢了！
娟　娟　哟，不敢当，不敢当！
冯伏氏　待我将乾儿唤醒，见过大姐。
娟　娟　哟，您叫他睡吧，他怪困的！
冯伏氏　待我唤他。（叫乾郎）我儿醒来，我儿醒来！
乾　郎　（醒，站起）母亲何事？
冯伏氏　儿呀，多蒙这位大姐，叫我们在紫云庵居住度日，你要过去谢谢她呀！
乾　郎　啊，大姐，承蒙您照看我母子，等我爹爹出监，再登门叩谢。
娟　娟　哟，哟，不敢当，不敢当哟！
乾　郎　（京白）妈呀，您这儿来！
冯伏氏　我儿何事？
乾　郎　（京白）我肚子有点儿饿啦。
冯伏氏　怎么，你腹内饥饿了？
乾　郎　（京白）早就饿啦。
娟　娟　（听见）不要紧的，不要紧的！后头院儿，小东屋，我那儿蒸得有面食馍馍，你自己去吃吧！
冯伏氏　还不谢过大姐！
乾　郎　多谢大姐！（台）（出门，“上场门”下）
娟　娟　大娘，我也搀着您，到后边歇着去吧。
冯伏氏　好哇！带路，请！（**大 大 大 － 大 台**）
娟　娟　哎，走吧，走吧！（出门）
冯伏氏　（背供）（**多 罗. 大 大 大 大 大 大 衣 台**）哎呀，且住！我想那王滕在世的时节，（娟娟侧耳听）也曾把他的女儿娟娟，许配我儿乾郎。如今那王滕已死，不知这段姻缘，这个小姑娘她知道么？
　　　　〔娟娟又进门。
娟　娟　啊，大娘，您一个人在这儿想什么哪？
冯伏氏　（支吾）啊，啊，我不曾想什么哪！
娟　娟　您没想什么？
冯伏氏　嗯。
娟　娟　不对吧！反正啊，您心里明白，我心里明白，将来呀，咱们都明白。走吧，您跟我歇着去吧。
　　　　〔**【小锣打下】**娟娟领冯伏氏“上场门”下。闭二幕。

第十四场

〔贺吉郎内白："啊哈！"

〔【小锣五锤】贺吉郎"上场门"上。

贺吉郎 （念）一计不成二计到，哭的哭来笑的笑。

哎，实指望把乾郎母子轰出来，他们得死啦。闹了归齐，她们没死。没死，还是不能斩草除根哪！哎呀，我又想了一个主意：写了一张假文约，就说我哥哥把她卖给远方的客人啦。这一下，远远儿的把他们支出去，也就绝了根儿啦。对，不错。我听说，他们住在那个紫云庵啦，我上那儿找他们去。（圆场）对，对。姑子庙里。（至台中）不错，是这儿。（向"下场门"喊）我说乾郎啊！乾郎！

乾　郎 （从"下场门"上，京白）这是谁呀？（出门）

贺吉郎 （不断地大声喊）乾郎——！乾郎——！（看见乾郎）乾郎！

乾　郎 （归"大边"，京白）哟，这不是贺吉郎吗？

贺吉郎 （归"小边"）嗳，这小子好大的口气，连二叔你都不叫啦？

乾　郎 （京白）干什么来啦？

贺吉郎 嗳，我问问你，你妈哪？

乾　郎 （京白）在里头哪！

贺吉郎 叫她出来，我有话说，啊！

乾　郎 （京白）有什么话，跟我说吧。

贺吉郎 咳，你小孩子办不了事。

乾　郎 （京白）哎，我办得了哇！

贺吉郎 你办得了？

乾　郎 （京白）办得了！

贺吉郎 好，我告诉你嘿！你爸爸有了出头之日啦。

乾　郎 （思考，京白）什么？有了出头之日啦？

贺吉郎 对啦，对啦！

乾　郎 （京白）等等，我叫我妈去。（进门）

贺吉郎 对啦！叫去，叫去！

乾　郎 （向"下场门"）母亲快来，母亲快来！（台）

〔冯伏氏上。至乾郎右侧。

冯伏氏 （对乾郎）我儿何事？

乾　郎 贺吉郎来啦，找您有事儿！

冯伏氏 哦，我兄弟来了。

〔乾郎点头，冯伏氏右转身出门。

冯伏氏 兄弟在哪里？（见到贺吉郎）

贺吉郎 哟，嫂子呀！

冯伏氏 啊，兄弟。

贺吉郎 啊，嫂子，您好，您好！

冯伏氏 兄弟，你好哇？

贺吉郎 好好好，您好，您好！

冯伏氏 这几日母亲可好？

贺吉郎 咳，好什么呀！拉痢疾。白痢疾转红痢疾，更厉害啦！

冯伏氏 你到此何事？

贺吉郎 恭喜嫂子，贺喜嫂子。

冯伏氏 啊？为嫂的，我喜从何来呀？

贺吉郎 我哥哥的官司呀，有了出头之日啦！

冯伏氏 啊，怎么？你兄长有了出头之日了？

贺吉郎 对啦！

冯伏氏 好！待我母子谢天谢地。

〔冯伏氏、乾郎拜谢天地。

贺吉郎 哎，嫂子嫂子，这可不是谢天谢地的事情！这事情可得用钱，花五十两银子运动运动，这才能出来哪！我哥哥在监里头哪儿有钱哪？咱家里也没钱哪。我哥哥把你们娘儿俩卖给远方的客人啦！

冯伏氏 啊？（**仓**）怎么？将我母子卖与远方的客人了？

贺吉郎 对啦！

冯伏氏 （思考）嗯，你说此话，为嫂的有些个不信。

乾　郎 （京白）甭听他的。没真的！

贺吉郎 不信？得，有凭据。我是说瞎话的人吗？您不信不要紧哪。我这儿有凭据。我多会儿说过瞎话？嫂子，这是我哥哥亲笔写的，您瞧，这还有什么假的吗？

冯伏氏 （接过假文约，对乾郎）儿呀，看看可是你爹爹的手笔？

乾　郎 （京白）我瞧瞧！（看假文约）

贺吉郎 没错儿，没错儿！

乾　郎 这个呀，哼，假的！不对！（将假文约撕掉）

贺吉郎 嘿！嘿！你怎么给撕掉了？你怎么给撕了，拿过来！

〔乾郎将贺吉郎赶出门去。（**台**）

贺吉郎 这小子！（“上场门”下）

〔冯伏氏招呼娟娟“下场门”上。

娟　娟 大娘，出了什么事情？

冯伏氏 娟娟，且喜我丈夫当堂开豁死罪，太爷要拿纹银五十两。我家哪有这五十两银子，我家丈夫将我母子卖与这远方的客人了。（**台**）

娟　娟 怎么着？把您母子卖与远方的客人了吗？

冯伏氏 哎呀，如何是好哇？

娟　娟 哦，不要紧的，不要紧的。玉虎坠现在我的身旁，（拿出玉虎坠）叫小官人把它拿到大街之上，或典或卖，足够搭救您出监的啦。

冯伏氏 如此甚好。（接过玉虎坠交给乾郎）娇儿过来。你拿了这玉虎坠去到大街之上，或典或卖，搭救你父出监就是了。

乾　郎 孩儿遵命。

冯伏氏 快去，快去。**【小锣五锤】**

玉虎坠

〔乾郎“下场门”下，冯伏氏归前场“大边”。闭二幕。老尼“小边”侧幕上。

老　尼　啊，冯大娘子，冯大娘子！

冯伏氏　师傅，何事？

老　尼　今有洛阳太守、王小姐要到庵中降香，你们要躲避躲避。

冯伏氏　谨尊师傅之命。正是：（扎）

　　莫要高声语，心伤夜断魂。

〔冯伏氏、娟娟“大边”侧幕下。

〔开二幕。场上设正场桌、“八字椅”。桌后设佛帐。杏黄咖啡色边素桌围、椅披、佛帐。

〔唢呐奏曲牌<吹打>四龙套执门枪“上场门”上，“一条鞭”。王元骑马、王碧莲乘车上，丫环随上。老尼出门迎接。王元下马、王碧莲下车，四龙套、车夫“上场门”同下。王元、王碧莲、丫环“挖门”进佛殿，王碧莲、丫环站“小边”；王元站“大边”。曲牌止。老尼“下场门”下。

王　元　（拜佛）佛祖在上，（左转身面向台口）弟子王元祝告：王莽早灭，复兴汉室，定要重修庙宇，镀画金身。

〔唢呐奏曲牌<吹打>王元双抖袖，整冠，捋髯；右转身，朝佛帐跪拜；王碧莲随拜。二人起身，王元坐“大边椅”，王碧莲坐“小边椅”，丫环“小边”侍立；老尼“下场门”端茶上，给王元、王碧莲献茶。曲牌止。

〔中军内白：“报！”

〔**【一锤锣】**中军“上场门”上，“挖门”进站“大边”；老尼接过茶盅，左转身“下场门”下。

中　军　回禀大人，衙前有事，就请大人速速回去。

王　元　知道了。

中　军　是。

王　元　（对碧莲）儿呀！为父先回衙门。儿在庙中，游玩一番，早早回去，免得为父挂心。

王碧莲　女儿遵命。

王　元　带马！

中　军　带马！

〔唢呐奏曲牌<吹打>四龙套两边上，举门枪站立两厢，一龙套带马。龙套“插门”“下场门”领下，中军随下，王元上马下。曲牌止。老尼暗上，“大边椅”旁侍立。

王碧莲　我说师傅！

老　尼　小姐。

王碧莲　你这庙里头，有什么风景好的地方？

老　尼　庵中甚是清雅，后面还有座大花园，请小姐随便游逛游逛。

王碧莲　好。（对丫环）丫环，带路后花园哪！

丫　环　是啦！

老　尼　小姐随我来！

〔西皮摇板〕

【小锣凤点头】（过门同前）5　i̇　5　5　7 6　5　6　-

（站起，右手小抖袖）　出　经　堂　离　佛　殿

（65 35 6 6）7 6 6 35 6 －（$\dot{7}$ $\dot{6}$
四 处 游 遍。 丫环白："小

65 35 65 32 11 $\underset{.}{6}$5 55 32 11）$\dot{1}$ $\dot{1}$ － 36
姐，快走吧！"（出门） 参 过

5 $\dot{1}$ 5 6 －（65 35 6 6）3 5 65 3 5 －
了 观 世 音 拜 罢 圣 贤。

（65 36 55 32 11 $\underset{.}{6}$5 55 32 11）$\dot{1}$ $\dot{1}$ － 36
丫环白："这个花园挺好看的。" 花 园

5 65 75 6 －（66）5 6 63 5 － － ^{6}5 － ^{7}6 ^{7}6 －
里 草 木 深 层 层 佛 院，

〔冯伏氏内白："我们好苦哇！（台）"

王碧莲 啊？

〔〔亮弦〕众人左转身往"下场门"看。王碧莲右手小抖袖，提袖。

王碧莲 【小锣凤点头】（过门同前）5 $\dot{1}$ 65 53 3· 5 6（65 35 6
又 听 得 西 廊 下

6）$\dot{1}$ 5 － 65 35 3 － 5 －（55 36 5 －^{3}）‖
啼 哭 涟 涟。

我说师傅。

老　尼 小姐。

王碧莲 是什么人在西廊下啼哭哪？

老　尼 乃冯彦之妻冯大娘子，被继母赶出门来，在庵中居住，故而在那里啼哭呢。

王碧莲 哦，有这等事！你把她叫来，我有话要亲自问她。

老　尼 是。（转向"下场门"）冯大娘子快来！

〔【小锣五锤】丫环扶王碧莲左转身，归"小边椅"坐。冯伏氏"下场门"上。

冯伏氏 （念）有事在心头，终日双眉皱。

师傅何事？

老　尼 啊，冯大娘子，今有洛阳太守之女王小姐在庵中降香，听你在西廊下啼哭，请你前去问话。

冯伏氏 有这等事。师傅带路。

老　尼 随我来！【小锣五锤】

〔老尼领冯伏氏进门，引见王碧莲。

老　尼 见过王小姐。

冯伏氏 小姐在上，冯伏氏万福了。

王碧莲 哟，别行礼啦，别行礼啦！丫头！

丫　环 有。

王碧莲 与冯娘子看座。

丫　环 是啦。

冯伏氏 多谢小姐。（台 台 台 大大 台大 台 - 大 台）

〔冯伏氏左转身坐“大边跨椅”。老尼“上场门”暗下。

王碧莲 冯娘子，我看你相貌端庄，并非小家之妇，因何在此啼哭哪？

冯伏氏 小姐若问，请听了！

〔西皮二六〕①

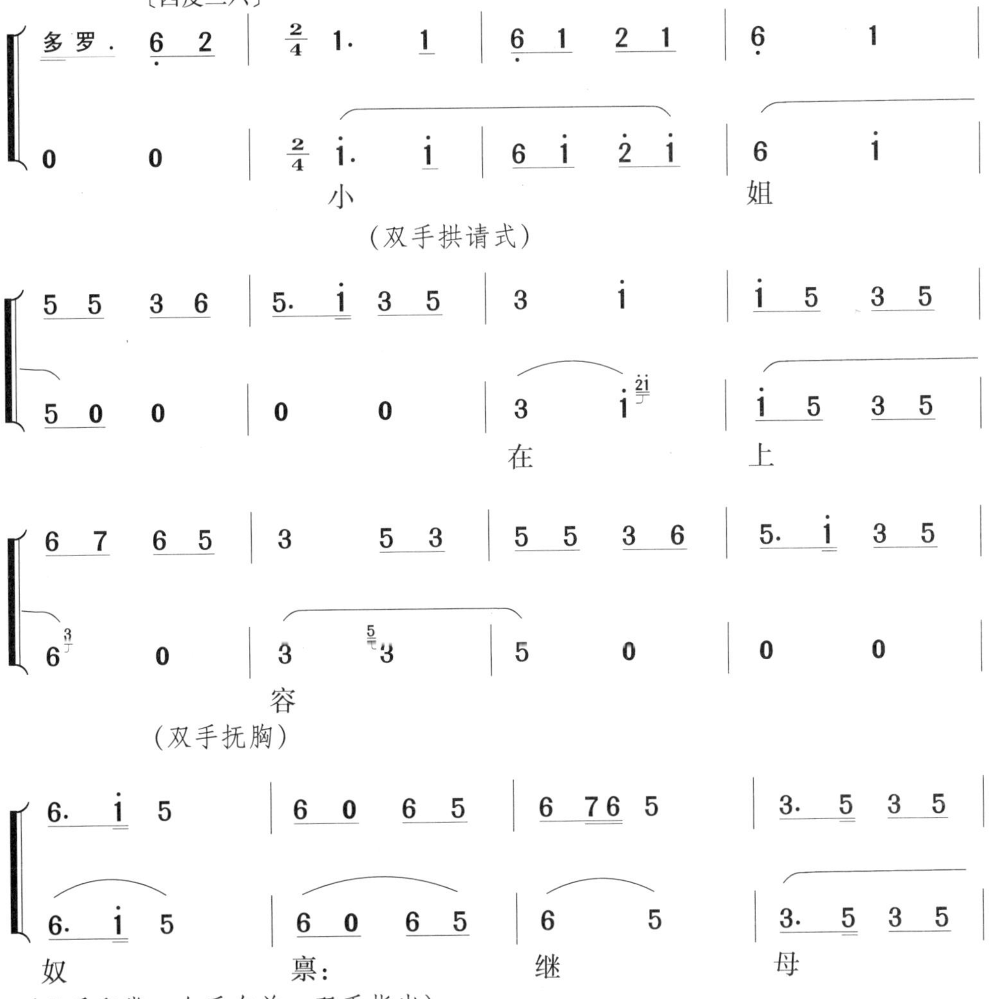

① 此段唱腔实际唱奏时板眼应按旦角的〔二六〕4/4拍。——编者注

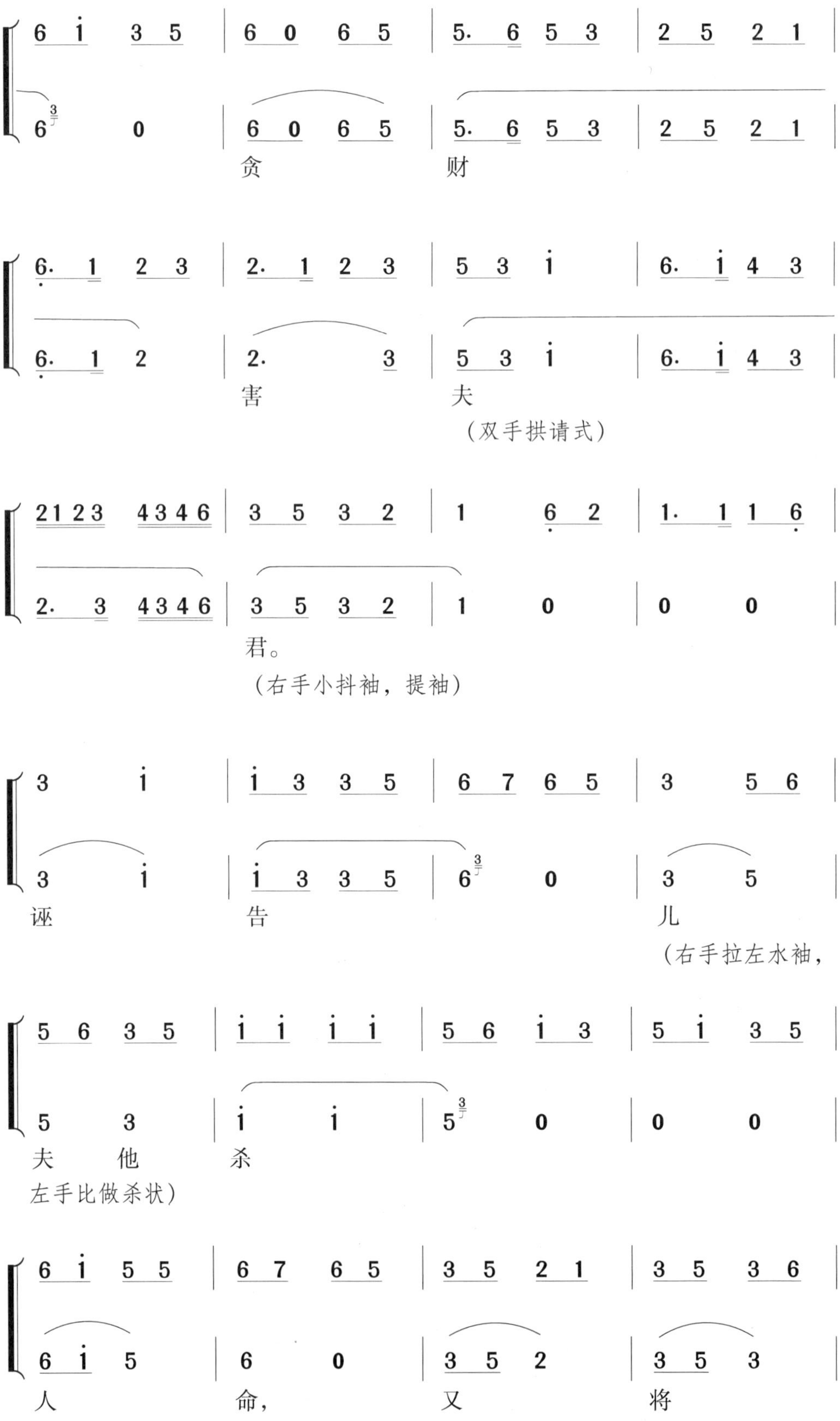
贪
财
害
夫
（双手拱请式）
君。
（右手小抖袖，提袖）
诬
告
儿
（右手拉左水袖，
夫
他
杀
左手比做杀状）
人
命，
又
将

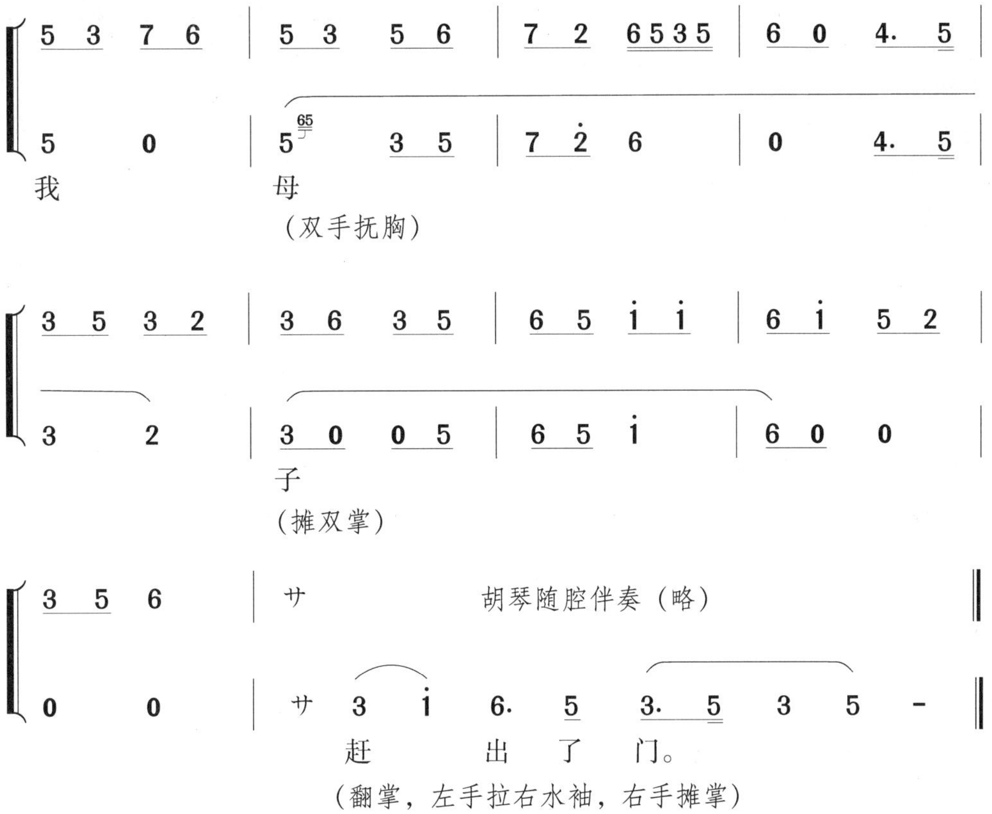

王碧莲　呀！

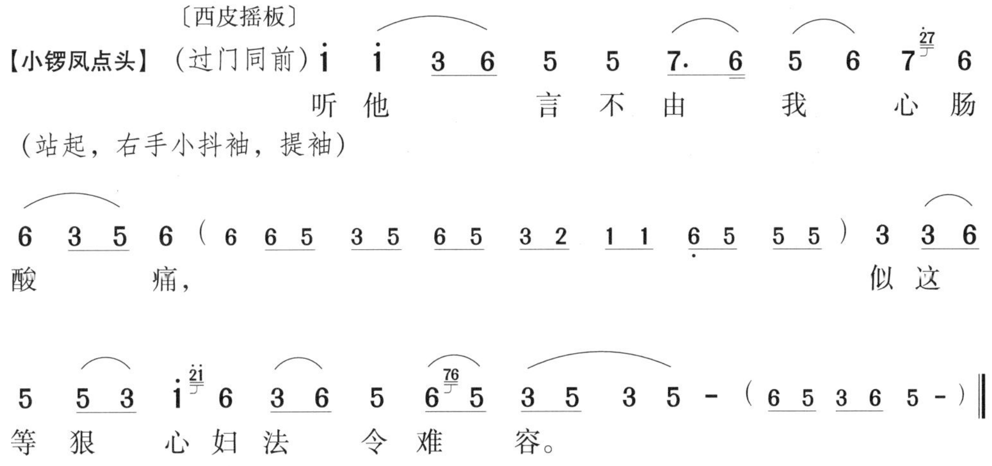

我说冯娘子，你既有偌大的冤枉，何不去到洛阳太守衙门那里，那就是我的父亲，你一告便准。

冯伏氏　啊小姐，我本当去到洛阳，哎呀，怎奈我无有盘费。

王碧莲　哟，这没什么，没什么。丫头！

丫　环　有。

王碧莲　拿十两银子付与冯娘子。（老尼暗上）

丫　环　是啦。（掏银子，到冯伏氏面前）冯娘子，这是十两银子。上前谢过小姐。（回王碧莲身旁）

冯伏氏　是。（向王碧莲施礼）多谢小姐赠银。

王碧莲　别谢谢啦，别谢谢啦！丫头！

丫　环　有。

王碧莲　再拿一两银子，赐予师傅。

丫　环　是啦。（掏银子，到老尼面前）师傅，小姐赏你一两银子。（回王碧莲身旁）

老　尼　多谢小姐。

王碧莲　不用谢啦。（**大.大　拉大　乙大　大台　-**）

〔老尼“下场门”暗下。

王碧莲　哟，净顾着说话儿啦！天儿不早啦，我该回去啦。

冯伏氏　小姐此去，但不知何时才能相逢啊？

王碧莲　这个……（**大.大　大大　乙大　台　-**）相逢就在目前。正是：（**扎**）

混浊不分连共理，

冯伏氏　水清方显两般鱼。

冯伏氏
王碧莲　请！

〔**【小锣打下】**冯伏氏左转身“下场门”下；王碧莲、丫环出门，右转身“上场门”下。闭二幕。

第十五场

〔开二幕。“下场门”处设一座桥。

〔**【小锣打上】**乾郎执玉虎坠“上场门”上，至台中。

乾　郎　唉！清晨出门卖这玉虎坠，并无一人过问。天已过午，待我回去吧！

〔（**孔匡**）（效果锣声）

〔四龙套内白：“喔！”

乾　郎　看那旁来了一位官员，前呼后拥，待我躲避桥下，等他们过去再回庵中就是。

〔四龙套内白：“喔！”

〔**【快长锤】**乾郎坐在桥旁睡。四龙套　中军“上场门”上，“小边一条鞭”；王元骑马“上场门”上至“九龙口”。

〔西皮摇板〕

王　元　（过门同前）　1　2　2　3　3 2　2　3　3 2
紫　云　庵　拜　罢　了　西　方

2 2　2（3　2 1　6 1　2 1　6 5　5 5）3　3 2　2　1
神（呐）圣，　回　府　衙　与

玉虎坠

2　2　3　1　3 3　3 2　1【凤点头】（过门同前）2　1
文　武　议　论　军（呐）情。　　　　　　　　　过　大
（看桥头）（夹白）啊？

2　1　3 2　2　3　1　2　2（2　2　2 1　6 1）
桥　又　只　见　猛　虎　伏　隐，

2　1　2　1　1　2　2　6　1　2 6　1　-　‖【住头】
叫　步　兵　与　老　夫　速　来　生　擒。
中军！

中　军　在！
王　元　吩咐步兵手桥下打虎。
中　军　步兵手！
四龙套　有！
中　军　桥下打虎哇！
田龙套　啊！
〔四龙套端起门枪向前上一步，中军至桥头看。**【撕边八大仓】**
中　军　且慢！**【五锤】**回禀大人：桥下乃是一小顽童打睡，并非是虎哇！
王　元　噢！**【撕边八大仓】**桥下并非是虎，乃是一小顽童打睡么？
中　军　正是。
王　元　好。将他唤在马前回话。
中　军　遵命！**【五锤】**
〔王元下马；中军至桥头唤乾郎。
中　军　小顽童醒来！（台）
〔乾郎醒，站起。
乾　郎　唤我何事？
中　军　我家大人唤你，不要害怕，上前见过大人。（台）
乾　郎　参见大人！（跪拜）
王　元　那一小顽童，抬起头来。
乾　郎　谢大人！（站起）
王　元　（背供）哎呀且住！**【撕边一锣】**我看这小顽童，仪表非凡，后来必主大贵，不免将他带回洛阳，问个底细。中军！
中　军　在。
王　元　你与他白马一匹，同回洛阳。带马伺候！
中　军　带马伺候哇！
〔西皮摇板〕
王　元　**【闪锤】**（过门同前）2　1　2　1　3 2　2　1 3　2　2 1　1 2　1　2　-
桥　梁　下　遇　猛　虎　异　人　世　显，

〔【快长锤】二龙套带马，王元、乾郎上马；四龙套“下场门”领下，中军、乾郎随下。

（过门同前） 3 2 1 2 1 3 2 2 1 1 1 - 2 2 1 - ‖

王　元　回 府 衙 必 须 要 细 问 根 （呐）源。

〔【一锤锣】王元“下场门”下。闭二幕。

第十六场

〔【冲头】开二幕。场上设正场桌、“小座”。灰色紫边桌围椅披。

〔老尼“上场门”急上。至台中，向“下场门”招呼。

老　尼　冯大娘子快来！

〔冯伏氏拉娟娟“下场门”上。

冯伏氏　师傅何事？

老　尼　冯大娘子，大事不好了！【冷锤】

冯伏氏　啊？何事惊慌？

老　尼　不知哪路的官员，将小公子带带……带到洛阳去了！【大锣一击】

冯伏氏　啊？怎样讲？

老　尼　带到洛阳去了！

冯伏氏　（崩登仓）哎呀！【撕边崩登仓】（昏欲倒，娟娟急扶住）

老　尼　冯大娘子醒来！

娟　娟　婆婆醒来，婆婆醒来！

〔老尼看娟娟，不解。

老　尼　呸！你这么大的姑娘，满世界认婆婆！你这边羞，这边臊，当间挂个皮老道！我看你害臊不害臊？

娟　娟　呸呸呸！我就不害臊嘛！

〔老尼“上场门”下；娟娟回到冯伏氏身旁。

娟　娟　大娘醒来！

〔西皮导板〕

冯伏氏　【导板头】（过门同前）サ i - 3. 6 5 3 7 6 5 6 -（6 6. 5

听 一 言 不 由 我

3 5 6） 2 2 - 6 i - 2 - - 2 2 - i - -

肝 肠 痛 断，

（揉双掌，拭泪，醒）

（站起，折右袖）【三叫头】乾郎，（折左袖）我儿，喂呀儿呀！

〔冯伏氏、娟娟同拭泪。

玉虎坠

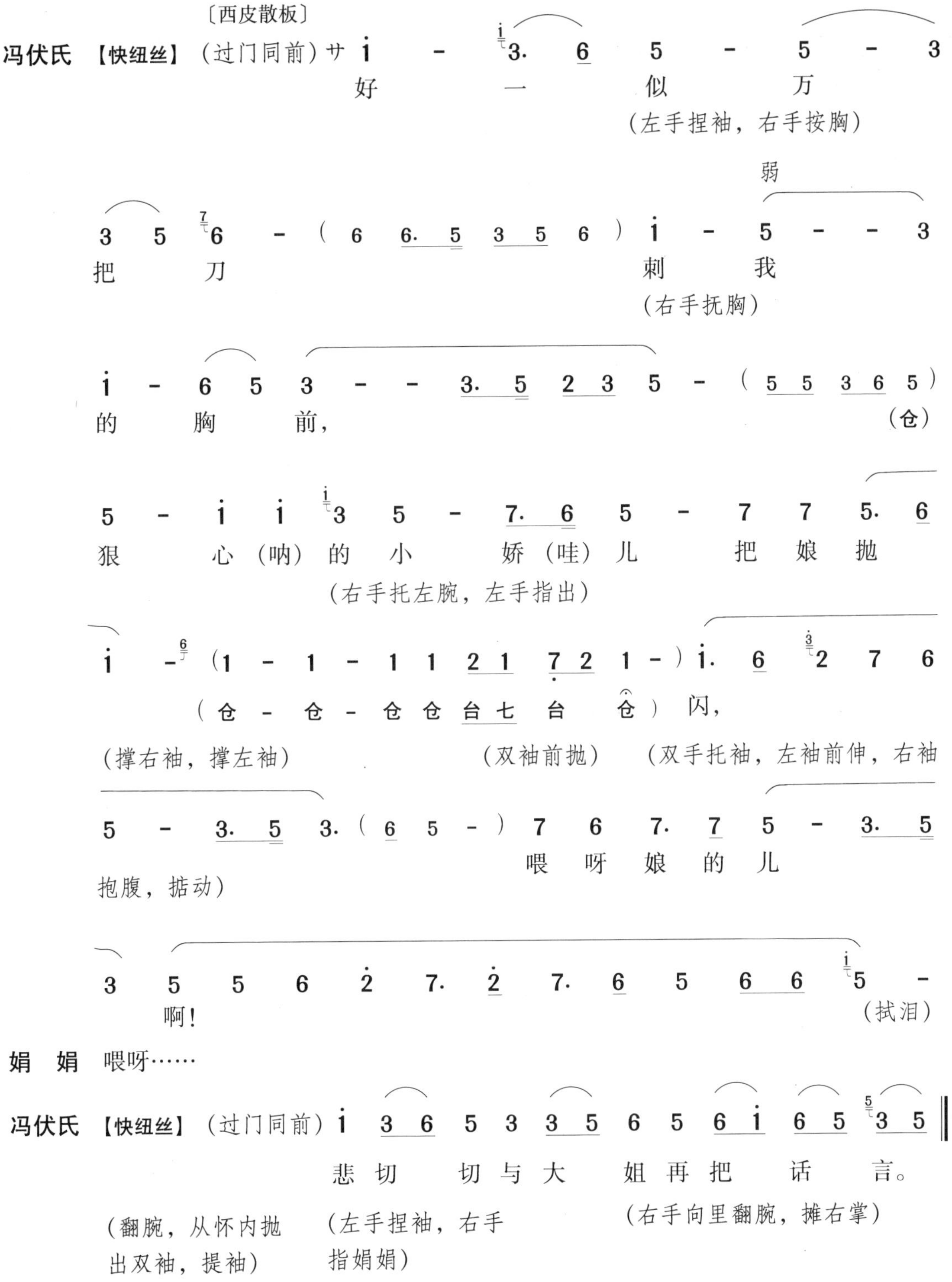

【叫头】大姐呀！（左手拍娟娟右肩）我如今要往洛阳，前去伸冤告状。只是撇你一人在庵，叫我怎生放心得下！

娟 娟 哟，这就不对啦！您走在哪儿，我应当跟您哪儿。再一说，您一个人去，我也不放心哪！

冯伏氏 如今我是替夫伸冤!

娟　娟 我是替父伸冤!

冯伏氏 我们去到后面,

冯伏氏
娟　娟 速速改扮!

〔二人后退三步,(**崩登仓**)冯伏氏左转身,娟娟右转身,“合扇”,冯伏氏撑左袖,娟娟撑右袖。亮背相。**【冲头】**二人“下场门”下。闭二幕。

第十七场

〔开二幕。场上设正场桌、“小座”;桌右边备用一椅。红桌围椅披。

〔唢呐奏曲牌<吹打>四龙套、中军托门枪“上场门”上,“小边”“一条鞭”。王元骑马上,望门,右转身下马。旗牌“下场门”迎上。四龙套“上场门”下。王元进门,归“小座”。旗牌、中军挖门进,旗牌站“小边”,中军站“大边”。曲牌止。

王　元 中军。

中　军 在。

王　元 唤那小顽童进内回话。

中　军 遵命!(出门,朝“上场门”)小顽童进内回话。

〔乾郎内白:“来了!”

〔**【小锣打上】**乾郎“上场门”上。

乾　郎 (念)来在是非地,为人心不亏。

〔乾郎进门,施礼。(**多多 台 大 台**)

乾　郎 参见大人!

王　元 罢了,一旁坐下。

乾　郎 谢座。

〔旗牌搬椅,乾郎坐“小边”跨椅。

王　元 这一小顽童,家住哪里,姓字名谁?见了老夫,为何躲在桥下?

乾　郎 大人容禀。

王　元 慢慢地讲来!

〔西皮摇板〕

乾　郎 **【小锣凤点头】**(过门同前) 1̇ 6 3 5 5 7 6 3 6 5
家 住 在 颍 川 地 祖 承

7 6 -(6 5 3 5 6 5 3 2 1 1 6 5 5 5)3 3 6
书 香, 我 祖

5 5 7 6 - 3 6 5. 3 1̇ 5 6 5 -(3 6
父 名 冯 昭 汉 室 官 家,

5 5　3 2　1 1　6 5　5 5 ）3　3 6　5　5　7
我　的　父　名　冯

6　–　7　6　6 3　5　6　–　（6 5　3 5
彦　习　学　弓　（呃）马，

6 5　3 2　1 1　6 5　5 5 ）3　3 6　5　5　7　6　–
因　祖　母　谋　家　产

4　–　3　2　3　5 3　5　–　（5 5　3 6　5　–³⁄₇ ）‖
受　他　枉　冤。

王　元　原来你父被继母所害，待老夫替你申明冤枉。
乾　郎　若得搭救我父出监，自当重报。（站起向王元一揖）
王　元　中军听令！【大锣一击】
中　军　在。
王　元　（回身从桌上边取令箭边说）拿我令箭，去至阜城县调贺吉郎母子前来听审，不得有误。
中　军　得令！（接令箭）
王　元　快去！
　　　　〔【冲头】中军“下场门”下。
王　元　啊，这一小顽童，今年多大年纪？
乾　郎　俺乾郎今年一十七岁。
王　元　哦，一十七岁。（大 大 大 大 大 0 大 台）（略有所思）
乾　郎　正是。
王　元　老夫我对你实说了吧：【五锤】老夫王元，身为洛阳太守，膝下无儿，所生一女，名叫碧莲，有心许配与你，不知你心意如何？
乾　郎　这个……（大 大 大 台）（想定主意，站起）如此岳父大人请上，受小婿一拜。（跪拜）（台）
王　元　哎呀，不必拜了！啊哈哈哈……（台）
　　　　〔乾郎站起，归座。（台）
王　元　少时我就对我女儿说明，不知你可有什么物件无有？
乾　郎　敢莫是要定礼？
王　元　不错，正是定礼。你可有？
乾　郎　这……（摸胸前，从怀内拿出玉虎坠，站起）（大 大 大 大 大 大 大 0 大 台）我这里有一玉虎坠，请岳父收下。
王　元　嗯。来！

旗　牌　有。
王　元　请你家少爷，校场习学弓马。
旗　牌　遵命！
乾　郎　多谢岳父！
〔【冲头】乾郎随旗牌出门。锣切住。
乾　郎　哈哈哈……
〔【冲头】乾郎随旗牌“下场门”下。
王　元　女儿哪里？
〔王碧莲内白：“来了！”
〔【小锣打上】王碧莲“上场门”上，“九龙口”抖右袖，提袖。
王碧莲　（念）厅前牡丹花开放，细看华堂孔雀屏。【小锣单点】（进门）爹爹万福！
王　元　一旁坐下。
王碧莲　告坐。【小锣归位】（坐“小边跨椅”）将女儿唤出，有何训教？
王　元　为父回衙之时，在桥下收得一子，名叫乾郎。此人仪表非凡，将女儿婚姻之事，许配与他。（王碧莲羞）这是他的定礼玉虎坠，（站起）你是收与不收？
〔王碧莲看玉虎坠，羞却地接过。
王　元　哈哈……回房去吧！
王碧莲　是啦！（害羞地转身，“上场门”跑下）

〔西皮摇板〕

王　元　【闪锤】（过门同前）2 1 2 3 2 2 3 3 2 1. 2 1 2 -
见我儿微笑转心中暗算，

〔【闪锤】王元朝“下场门”走几步，右转身，面向前。

（过门同前）1 3 2 1 1 3 2 - 3 2 1 - 6 1 1 2 1 - ‖
此一去倒叫(哇)我　心中揣　　摩。

哈哈哈！
〔【一锤锣】王元“下场门”下。闭二幕。

第十八场

〔冯伏氏内唱〔西皮导板〕

【导板头】サ（7 6 6 5 5 - 5 i 3. 1 2 2
7 6 2 1 - - ）2 i i - - - 2 -
离却了

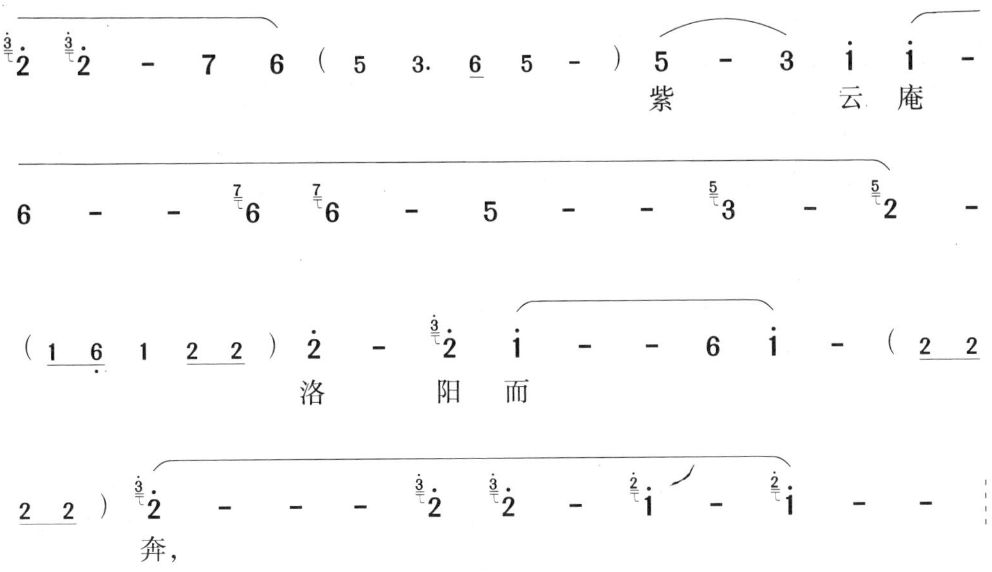

〔【四击头】冯伏氏、娟娟扎腰包从“上场门”上，双手撑袖，亮相。【硬锤·硬脆头·崩登仓】冯伏氏左转身，面向娟娟，娟娟前进，冯伏氏后退，二人双手抖动，双臂轮流随脚步一推一收，至台口。冯伏氏左转身，背向娟娟，右腿上步，扬左袖，后仰，左腿向前滑，身体顺势蹶下，做绊倒状；娟娟半撑右袖，伸左手搀冯伏氏右臂。冯伏氏揉膝，站起。

娟 娟 （翻折右袖，双手搀冯伏氏）大娘，我搀着您，咱们慢慢的趱路吧！

冯伏氏 小姑娘走哇！

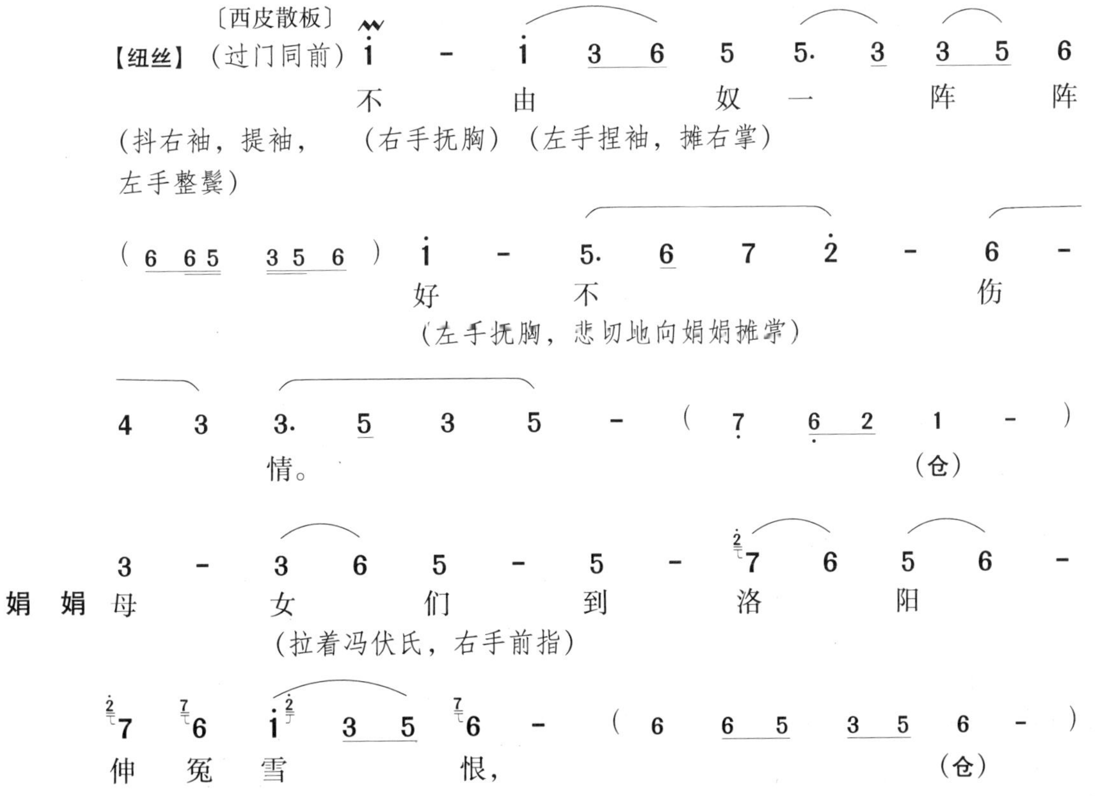

冯伏氏　5 - - 1̇ - 6 5 5 3 5 6 2 -
　　　　那　　时　　候　我　丈　　夫　才
　　　　（双手拱请式）（双手翻腕，摊双掌）

　　　　5 1̇ 6 5 3. 5 3 5 - ‖【住头】
　　　　得　　冤　　伸。

快走，快走哇！

［冯伏氏向“下场门”走，娟娟追，拉回冯伏氏。

娟　娟　哎哎哎，您回来！不成，不成。我想起一档子事情来，我得说。

冯伏氏　小姑娘，什么事情，你快快地讲来。我们趱路要紧。

娟　娟　是呀！咱们此番去往洛阳告状，行在中途，要是有人盘问咱们，您是谁，我是谁，到了儿咱们谁跟谁呀？

冯伏氏　哦，是呀。不是小姑娘提起，我倒忘怀了。我们走在路上，要是有人盘问我们……

娟　娟　咱们倒是怎么个称呼哇？

冯伏氏　（想）就说姐妹二人了。

娟　娟　姐妹？

冯伏氏　哎，姐妹二人。走哇！（转身走去）

娟　娟　（又将冯伏氏拉回）哎，您回来，您回来吧！姐妹相称，不好，不好！一点儿不像啊！

冯伏氏　怎么，姐妹相称不好吗？

娟　娟　不好，不好！您再想想吧！

冯伏氏　嗯，姐妹相称不好，哦，（摊双掌，托掌相击）想起来了！

娟　娟　啊，想起来了不是？

冯伏氏　小姑娘，我们是姑嫂相称。嗯，姑嫂相称。走哇，走哇！（又转身走去）

娟　娟　（急追）咳咳咳！您回来，您回来！（又拉冯伏氏回来）您回来吧！姑嫂相称，那还是一样儿啊！您哪，别净想这么一边儿高的。您得想，一个在这儿，（抬高右手）一个在这儿（右掌又按下）这么样的称呼，那才成哪！

冯伏氏　什么？一个在这里，（抬高左手）一个在这里？（左掌又按下）

娟　娟　您哪，（左手伸出拇指）就好比是这个，我哪，（左手伸出小拇指）就好比是这个。这么样的称呼才成哪！

冯伏氏　哎呀，“这个”是怎样的相称哪？（故意地）我不明白，我糊涂，我糊涂！

娟　娟　什么？您糊涂？您是真糊涂，您是假糊涂？我瞧您哪，有点儿揣着明白，装糊涂。

冯伏氏　（捂嘴一笑）啊，怎见得——我是装糊涂哇？

娟　娟　我问问你，我爹在世的时节，有档子事情，您忘了没有哇？

冯伏氏　啊，小姑娘，敢莫是你的婚姻之事么？

娟　娟　（高兴地）对呀！

冯伏氏　此事，你知道么？

娟　娟　我哪儿能不知道哪！

冯伏氏　如此好了，好了！我们走在路上，我们就……

娟　娟　（一字一顿地）婆、媳、相、称！

冯伏氏 好哇，婆媳相称。

娟　娟 婆婆请上，受媳妇一拜。（拜）

冯伏氏 哎呀，媳妇，快些起来，（扶起娟娟）起来，起来！（拍着娟娟的手）哎呀，好了哇，好了！我们走在路上，就是婆媳二人了。

娟　娟 对啦，就是婆媳二人了！

冯伏氏 啊，走哇！（转身走去）婆媳相称的好哇。

娟　娟 （追）哎哎哎，您回来，您回来（拉回冯伏氏）还不成！

冯伏氏 怎么？

娟　娟 您哪，您得叫我一声。我得痛快痛快呀！

冯伏氏 （指点着）怎么？还要叫你一声么？

娟　娟 对啦！

冯伏氏 （拍着娟娟的肩头）如此，我的媳妇！

娟　娟 哎！（下拜）我的婆婆！

冯伏氏 你我婆媳慢慢地走、走、走！

（崩　登　仓）

〔在锣鼓中，冯伏氏在“大边”，娟娟在“小边”，先右后左，双撑袖亮相。

〔西皮流水〕

冯伏氏 （i | 6 | 0 65 | 3i65 | 3560 | 0 65 | 3 02 | 1321 | 6123 |

（二人脚踩着过门节奏）（娟娟撑左袖，别左腿，抖右袖；冯伏氏撑右袖，别右腿，抖左袖；二人相对一亮）（娟娟撑右袖，别右腿，抖左袖；冯伏氏撑左袖，别左腿，抖右袖；二人相背一亮）

1 0）| 3 2 | 3 6 | 5 0 | 0 i | 0 5 | 6 5 | 3· 5 |

两 下 里 遭 冤 枉，就 好 似

（二人提袖）（二人手

6 3 | （3）i | 5 6 | 5 0 | 0 2 | i（36 | 5）6 | 6 5 |

钢 刀 刺 胸（呃）膛。 流 泪 眼 观

指抖动，双手轮流抚胸）（二人相对，娟娟“小边”居前，左“顺风

i 0 | 0 5 | 6 0 | 3· 5 | 6 3 | （3）i | 5 6 | 5 0 |

流 泪 眼， 断 肠 人 来 人 断 肠。

旗”；冯伏氏“大边”居后，右“顺风旗”），（二人相对娟娟“小边”居后，右“顺风旗”；冯伏氏“大边”居前，左“顺风旗”）

0 | i̇ 3 | 3 6 | 5 | 0 | 3 2 | 3 5 | 6 |
悲 切 切， 泪 两 行，
（二人换位，娟娟“大边”反折袖，左斜托袖，冯伏氏“小边”折袖，右斜托袖）

3. 5 | 3 5 | 0 3 | i̇ i̇ | 5 | 0 | 2̇ 2̇ | 7 6 |
怎 不 叫人 痛 肝(呐) 肠。 急 急 向
（二人双抖袖，“合扇”，顺风袖） （冯伏氏向右、娟娟向左各走一小圆场，台中后部相会，双折袖）

5 | 0 | 3 | 3 6 | 5 0 | サ 5 - - - 5 - - -
前 忙 忙 朝
（互托双臂，斜向“大边”台口走几步，抖双袖，退至台中，二人同折左袖，撑右袖）

（5 - - 6）6 - - 3（3 - - -）5 - - - 6 5 -
前 往。

加梆子打板
7 6 - -（6765 6765 6765 6765 6765 6765 6765 6765 6 0）‖

〔随着曲牌冯伏氏领圆场，娟娟随后，至“上场门”变成撑左袖，要右云手水袖，走8字圆场，至“大边”台口，变成撑右袖，要左云手水袖，至“小边”台口变成要双云手水袖，走一个8字，至“台中”，冯伏氏在“大边”，娟娟在“小边”，二人相背，双折袖，亮住。（**仓**）曲牌停。（**仓仓仓**）各往两边摆臂走三步，（**崩登仓**）冯伏氏两个“鹞子翻身”，娟娟一个“鹞子翻身”，跳起，摔“屁股座子”，二人亮高矮相。**【扫头】**冯伏氏右转身，拉娟娟蹉步，“下场门”下。

〔四头目左手拖刀从“上场门”上，右手“山膀”，“小边”“斜一字”，遥望冯伏氏、娟娟。大头目右转身，归“大边”。

大头目 **【叫头】**（拱手）众家哥弟！

众 （拱手）大哥！（**仓**）

大头目 看前面，有两个妇人，不免将她带上山去，任凭寨主发落。

众 就依大哥。

大头目 紧紧追赶！

〔（**崩登仓**）大头目左转身，众右手山膀，亮住。**【冲头】**大头目“下场门”领下。闭二幕。

第十九场

〔开二幕。场上设正场桌、“小座”。紫色桌围椅披。

〔【快长锤】四喽罗“拉山膀”上，“站门”。

〔马武双手拉开鹭“上场门”上，亮相。右手放衣襟，抓袖，至“九龙口”，抖右袖，提袖。

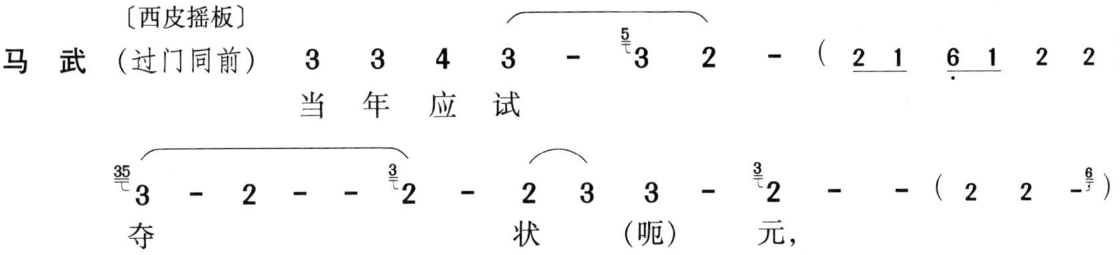

〔【闪锤】前进至台口，右手撕扎，扔出去。

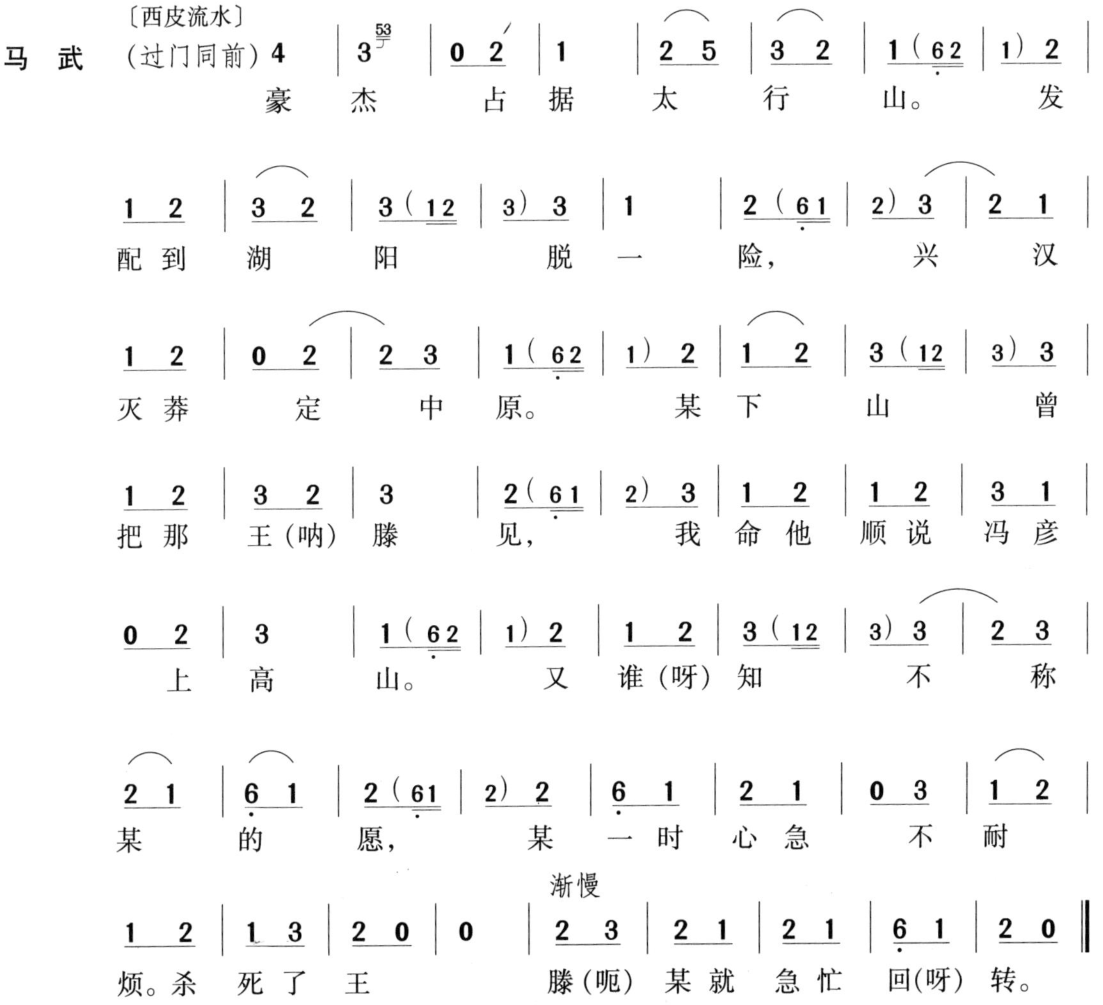

「【扫头】右手抓袖，左手拉开氅，左转身，归“小座”。
「大头目内白：“走！”
「【冲头】大头目、头目乙“上场门”上，“挖门”进。大头目站“大边”，头目乙站“小边”。

大头目 启禀寨主，小弟等在山下带来两个妇人，请寨主发落。

马　武 与我押上来！

大头目
头目乙 是。（转身向外）将两个妇人押上来！

「头目丙、头目丁内白：“啊！”
「【一锤锣】头目丙领冯伏氏、娟娟“上场门”上，头目丁后面押送。头目丙进门站“大边”。冯伏氏、娟娟在“小边”台口停住。

冯伏氏 媳妇，为婆心中甚是害怕。

娟　娟 咳，这有什么害怕的，不要紧的！

「头目丁押冯伏氏、娟娟进门。冯伏氏跪“大边”，娟娟跪“小边”；头目丁站“小边”。

冯伏氏
娟　娟 大王爷爷饶命啊！

马　武 嘟！【大锣一击】大胆的两个妇人，擅闯本大王地界，是何道理？

冯伏氏 启禀大王爷你：我们乃是前往洛阳去告状的。

马　武 噢，你们是前往洛阳去告状的？

冯伏氏 告状的。

马　武 你们是哪里人氏？

冯伏氏 乃是颍川阜城县的人氏。

马　武 噢，颍川阜城县的人氏。

冯伏氏 正是。

马　武 我那里有一个好友，你们可晓得？

冯伏氏 有名便知，无名不晓。

马　武 就是那好汉【撕边一击】冯彦。

冯伏氏 啊？冯彦哪？

马　武 嗯。

冯伏氏 啊？

娟　娟 您告诉他，告诉他！

冯伏氏 那就是我的丈夫哇！

马　武 （抖双袖，站起）哎哟！【冷锤】（提袖，拱手）嫂嫂到了。（对众）喽罗的！

众 有。

马　武 快快松绑，快快松绑！

众 啊！

「【五锤】众头目给冯伏氏、娟娟松绑。二人站起，娟娟跑到冯伏氏身旁。

马　武 （向“小边”）哪一个叫你们禁？

众 是。

马 武 （向“大边”）哪个叫你们绑？

众 是。

马 武 王八日的！

众 是。

马 武 （站“小边”，对冯伏氏）啊，嫂嫂，喽罗们不知，多有得罪，（拜揖）哎，多有得罪！喽罗们！

众 有。（仓）

马 武 快快与我嫂嫂看座。

众 啊！

〔【一锤锣】众喽罗摆椅，马武上前掸尘。冯伏氏坐“大边椅”，娟娟坐“大边跨椅”；马武坐“小边椅”。

马 武 啊，嫂嫂，方才言道，要往洛阳告状，但不知告的是哪一个？

冯伏氏 不知何人将王滕杀死，将人头挂在我家门首，诬赖我家丈夫坐监，故而前往洛阳伸冤告状。

马 武 原来如此！啊，嫂嫂，（指娟娟）这是何人？

冯伏氏 这就是王滕的女儿，名叫娟娟。

马 武 噢，这是就王滕的女儿娟娟。

冯伏氏 娟娟。

马 武 啊，小姑娘！

娟 娟 啊！

马 武 你可知你父是被何人杀死的？

娟 娟 不知道什么人将我爹爹杀死，把人头挂在冯家门首，至今也没找着凶手哇！

〔马武站起，摊双掌，大笑。

马 武 啊哈哈哈……【撕边一击】待我给你们实说了吧！【五锤】（坐下）我命王滕顺说你丈夫上山，共谋大事。谁想他不遂某愿，一时性急，将王滕杀死，（冯伏氏、娟娟大惊）人头挂在你家门首。我想你丈夫必定上山避祸。

娟 娟 哈哈！【冷锤】好哇！（奔向马武）敢情我爹爹是叫你给杀死的！

〔马武躲开，娟娟转身坐在桌上。

娟 娟 关起寨来，姑奶奶跟你完不了！

马 武 嘿嘿！【大锣一击】我说你真厉害！

〔冯伏氏站起，将娟娟接下来，一起坐下。

娟 娟 我没说什么呀！

马 武 啊，嫂嫂，你们告你们的状，待某下山，救你丈夫出监，也就是了。

〔冯伏氏、娟娟站起，施礼。

冯伏氏 多谢大王爷。

马 武 你们告状，可有状纸？

冯伏氏 这……未曾写状。

马 武 好！待某与你们写来！喽罗们！

众 有。【大锣一击】

马 武 溶墨伺候！

众 啊！

〔【冲头】喽罗撤去八字椅。冯伏氏、娟娟站“大边”。马武归“大座”。一喽罗端上文房四宝，放在桌上。马武在桌上摊开两张状纸。

马 武 嫂嫂，你告什么？

冯伏氏 冯伏氏因继母图谋家财事。

马 武 嗯。小姑娘，你呢？

娟 娟 王娟娟因父被杀含冤事。

马 武 哦，冯伏氏因继母图谋家财事；王娟娟因父被杀（左手捏右袖口，右手做杀状，摊右掌，全身颤抖）含冤事。

〔唢呐奏曲牌<风入松>马武双手写两张状纸，写毕。曲牌止。拿起两张状纸和包袱，出座。

马 武 嫂嫂，这是状纸两张，纹银二百两。

〔冯伏氏接过状纸和包袱，转手交给娟娟。

马 武 你们下山告状，若是告的不准，我定要下山杀他个落花流水！

冯伏氏
娟 娟 （施礼）多谢大王搭救。

马 武 喽罗们哪！

众 有。【大锣一击】

马 武 速速带马，我要亲送我嫂嫂下山。

众 啊！

〔唢呐奏曲牌<吹打>喽罗给马武、冯伏氏、娟娟带马，众喽罗、头目“下场门”“插门”领下。马武等三人上马，“下场门”跟下。闭二幕。

第二十场

〔【水底鱼】四士兵持枪“小边侧幕”上，“站门”。乾郎骑马上，至台中。

乾 郎 俺，（仓）乾郎。【住头】蒙岳父收留帐下，改名王毅。适才探马报道，洛阳杀来一支人马，乃是冯字旗号，想是我祖父前来。是我讨了一支将令，前去看个明白。众将官。（仓）

众 有！

乾 郎 趱行者！

众 啊！

〔【水底鱼】四士兵“插门”“大边侧幕”下。乾郎跟下。

第二十一场

〔【冲头】开二幕。场上“大边”、“小边”各设一小高台。

〔【半截水底鱼】冯伏氏撑折袖与娟娟“上场门”急上。至台中转身往“上场门”

看。（咚咚咚咚咚……）

冯伏氏 【叫头】（折左、右水袖）媳妇！（转身面向前场）那里来了一哨人马，你我婆媳，登高一望！

娟 娟 您可慢着点儿！

〔【串子】冯伏氏左转身上“大边”高台，娟娟右转身上“小边”高台。

〔四士兵托枪“上场门”上，“大边”后场“斜一字”。乾郎“上场门”上，左手按剑，右手举鞭，“九龙口”一亮；缓成“栽鞭”，跨抬左腿，圆场至“大边”，右手斜勒鞭，跨抬右腿，亮住；云手转身回至“小边”后场，左手托举一挥，示意四士兵“下场门”下；按剑举鞭，跨抬左腿，圆场至“大边”，斜勒鞭，跨抬右腿，（仓仓七仓）右转身，（八大仓 八大仓 八大仓）打马三鞭，【四击头】跨右腿，踢左腿，掏翎子亮相。【三锣】与娟娟相望。【串子】涮鞭，左转身，跨抬左腿，“下场门”下。

〔【小锣带锣】娟娟下高台，跑着向“下场门”追下。

冯伏氏 （下高台）你看我媳妇，她这是怎么样了？（跑着追下）

〔娟娟内白：“哎哟，您松手！”

〔冯伏氏拉娟娟“下场门”又上。

娟 娟 您倒是松手哇！（仍不住地往“下场门”看）

冯伏氏 你这是怎么样了？

娟 娟 您没瞧见吗？

冯伏氏 你瞧见什么？

娟 娟 那马上不就是他吗？

冯伏氏 啊！哎呀，媳妇！

〔【小锣带锣】娟娟又跑着向“下场门”追下。冯伏氏追娟娟跑下，拉着娟娟又上。

娟 娟 哎哟，您倒是松手啊！

冯伏氏 回来，回来！到底是哪一个哇？

娟 娟 您没瞧见吗，那不是他吗？

冯伏氏 啊，你说的是我儿乾郎吗？

娟 娟 啊！

冯伏氏 嗯，只恐怕未必吧！

娟 娟 婆婆哇！

冯伏氏 啊！（背供）她如何瞧见的他呀？

〔西皮摇板〕

娟 娟 【小锣凤点头】（过门同前） 5 1̇ 1̇. 6 7 7 6 5 6 -

笑 盈 盈 骑 一 匹

7 - 6 6. 1̇ 3 5 6 - 1̇ 1̇ 2̇ 3 6 5 5 6 6

白 龙 骏 马， 真 果 是 小 官 人

（做勒马状） （右手扶冯伏氏

3 6 i 6 5 5 3 5 －（5 3 6 5 i 3 2 1 2 6 5 5 5）
一 点 不 差。
肩，左手赞美式，左手翻腕摆动）

冯伏氏 i － i 3 6 5 3 3 6 5 7 6 6 3 5 6 －
我 的 儿 哪 有 那 高 头 大 马，
（换位至“大边”，向左前方摊双掌）

（6 5 3 5 6 5 3 2 1 1 6 5 5 5 3 6）3 3 6 5 5 3
要 寻 着 必
娟娟白：“没错，我瞧准啦！”（与娟娟

i 6（6 6）3 5 i 6 5 3 5 3 5 －（5 5 3 6 5 －）‖
须 要 细 问 根 芽。
向“小边”半个圆场，摊左掌）
（抬头看“大边”）来到太守的衙门了！

娟　娟　咱们得击鼓鸣冤！
冯伏氏　媳妇！
娟　娟　啊？
冯伏氏　我们要喊冤！
娟　娟　击鼓鸣冤！
冯伏氏　喊冤！
娟　娟　击鼓鸣冤！这您别管！
冯伏氏　（至“大边”击鼓）媳妇喊冤，喊冤哪！
〔众内白：“喔”！
〔**【急急风】**四龙套持门刀、中军“上场门”上，“站门。”王元双手端袍摆上；（**崩登仓**）“九龙口”亮相；**【急急风】**进至台口，**【回头】**双抖袖，提袖；（**崩登仓**）踢袍，右转身，双手端袍摆，亮背相；**【急急风】**入“大座”。四龙套、中军归“里八字”。
王　元　（连拍惊堂木）带击鼓人！
中　军　啊！**【叫头】**（出门）呔！我家大人叫你们上堂回话！哼！
〔**【一锤锣】**中军进门，回原位。冯伏氏、娟娟走至门前。
冯伏氏　媳妇，好怕人哪！
娟　娟　我也有点儿害怕呀！
〔冯伏氏、娟娟“挖门”进。双手举起状纸。
冯伏氏　哎呀冤枉！
〔冯伏氏在“大边”，娟娟在“小边”，面朝外跪。
王　元　嘟！**【撕边一锣】**胆大击鼓人，老夫放告自有日期，为何擅自击鼓，你们与我讲

啊！（连拍惊堂木）

冯伏氏　启禀大人，我们有天大的冤枉，故而击鼓告状！

王　元　可有状纸？

冯伏氏
娟　娟　现有状纸，大人请看。

王　元　好，呈状上来！（八大仓）【五锤】

〔中军将二人的状纸接过，呈上。

王　元　（面朝左前坐看状）具告状人冯伏氏，因继母图谋家财事。（八大仓）【五锤】（转身面朝右前坐看状）具告状人王娟娟，因父被杀含冤事。（唢呐奏曲牌＜江儿水＞读两张状纸，读毕。曲牌止）你们哪一个是冯伏氏？

冯伏氏　小妇人冯伏氏。

王　元　哪一个呢？

冯伏氏　乃是我的儿媳娟娟。

王　元　啊？你有几个儿子？

冯伏氏　我只有一个儿子。

王　元　他叫什么？

冯伏氏　他叫乾郎。

王　元　哎哟糟糕！（仓）

娟　娟　（站起）我说大人，什么叫糟糕哇？这叫官事吗？

王　元　带了下去！

中　军　走，下去！

冯伏氏　啊媳妇，这是什么官事？

娟　娟　我瞧这位大人哪，他准有什么毛病吧？

冯伏氏　啊，儿媳，乱七八糟的！

娟　娟　真够乱七八糟的。

王　元　退堂！

众　啊！

〔【冲头】四龙套、中军两边分下。冯伏氏、娟娟“下场门”下。

王　元　【叫头】哎呀且住！当初收留乾郎之时，未曾问明。谁知他家还有前妻。难道说叫我儿做那二房不成？哎呀这，（八大仓）这，（八大仓）这……【乱锤】（着急，思考）【叫头】呜呼有了！我不免叫我女儿扮作老夫模样，在二堂审问她的婆婆。待我对我女儿说明便了！（崩登仓）（双手摊掌）【撤锣】

〔王元双手抓袖，背手“下场门”下。闭二幕。

第二十二场

〔开二幕。场上设“正场桌”、“小座”，红桌围椅披。

〔【小锣帽子头】王碧莲扮男装穿红官衣“上场门”上。“九龙口”一亮。【小锣单点·归位】前进至台口，抖左袖，提袖。

王碧莲 （念引）前世姻缘错主张，乔装改扮，（**多多**）1 2 - 3. 5 2 - 5 7 6 5. 6 5 6 -‖
问 端 详。

〔【**小锣归位**】抖右袖，左转身，提袖，归“小座”。丫环假扮中军“下场门”暗上，“大边”待立。

王碧莲 下官，王碧莲。（**扎**）奉了爹爹之命，乔装改扮，亲自审问我的婆婆。（偷笑）中军！

丫　环 在。

王碧莲 拿我令箭，去到监中，提调冯伏氏、王娟娟前来回话。

丫　环 遵命。

〔【**小锣尾**】丫环从桌上拿令箭，右手举起，出门，“上场门”下。

王碧莲 等她们到来，我必须要仔细地审问。

〔丫环内白：“随我来！”

〔【**小锣打上**】丫环举令箭领冯伏氏、娟娟“上场门”上，站“小边”。

丫　环 候着！

冯伏氏 是。

〔丫环进门禀告王碧莲。

冯伏氏 媳妇，将我婆媳带到这里来了。

娟　娟 可说哪！怎么带到二堂来啦？

王碧莲 将她们带进来！

丫　环 （出门）随我进来！

冯伏氏 是。【**小锣五锤**】

〔丫环引冯伏氏、娟娟进门，冯伏氏跪“大边”，娟娟跪“小边”。王碧莲示意丫环退下。

冯伏氏 与大老爷叩头。

王碧莲 两个妇人，抬起头来。

冯伏氏
娟　娟 是，大老爷。（**多多大大台**）

王碧莲 起来讲话。

冯伏氏
娟　娟 是。（**多 多 台 . 大 台**）

王碧莲 冯伏氏。

冯伏氏 大老爷。

王碧莲 我来问你，你可认得我么？

冯伏氏 这个……（**大大 大大 台**）我与大老爷素昧平生，不敢相认。

王碧莲 啊？你我在紫云庵也曾见过一面，怎说不认得？（**大台**）

冯伏氏 哦，这个……（向娟娟招手）嘘，嘘……

〔冯伏氏、娟娟走至台中讲话。

娟　娟 婆婆，什么事呀？

冯伏氏 媳妇，你我在紫云庵并不曾见过什么男子呀！

娟　娟　是呀，咱们在紫云庵没跟男的说过话呀！噢，这位大老爷许是认错了人了吧？
冯伏氏　嗯，只怕他是认错了人了。
娟　娟　跟他说说去。
冯伏氏　对他说明。
　　〔冯伏氏、娟娟回身站原位。
冯伏氏　啊，大老爷，我们实实地不敢相认。只怕大老爷你认错了人了。
王碧莲　我谅你也不敢相认。冯伏氏，我这里有件东西，你可认得？
　　〔王碧莲从左袖取出玉虎坠，冯伏氏接过，惊讶。（**大台**）
冯伏氏　告便。（招呼娟娟）嘘，嘘……
娟　娟　嗯。
　　〔冯伏氏、娟娟又走至台中。
娟　娟　婆婆，什么事呀？
冯伏氏　（给娟娟看玉虎坠）这不是我们的玉虎坠吗？
娟　娟　我瞧瞧。（拿过玉虎坠看）哟，这是咱们的玉虎坠呀！
冯伏氏　是呀！
娟　娟　怎么会跑到他手里来了？
冯伏氏　嗯，想是娇儿卖与他的吧？
娟　娟　对啦，许是他买的，我问问他。
冯伏氏　问个明白。
娟　娟　问个明白。
　　〔冯伏氏、娟娟回原位。
娟　娟　我说大老爷，想这个玉虎坠乃是我们的，怎么跑到您手里来啦？是您买的吗？
王碧莲　不是。
娟　娟　不是，怎么会跑到您手里来啦？
王碧莲　啊？冯伏氏，她是何人？
冯伏氏　她是我儿媳娟娟。
王碧莲　哦，她是你儿媳娟娟？
冯伏氏　娟娟。
王碧莲　我来问你，你有几个儿子？
冯伏氏　我只有一个儿子。
王碧莲　他叫什么？（站起）
冯伏氏　他叫乾郎。
王碧莲　哎哟！（**大台**）（双袖垂下，呆滞地坐下）
娟　娟　哟，这位大人也有什么毛病吧？
王碧莲　（双手提袖，打量娟娟，（**大大**）站起问冯伏氏）哦，她是你的儿媳？
冯伏氏　她是我的儿媳。
娟　娟　（理直气壮地）那还有错吗？
王碧莲　（打量娟娟）哦，她是你的儿媳！
冯伏氏　嗯，她是我的儿媳。
王碧莲　（急切地）她是你的儿媳，难道大老爷我就不是你的儿媳了么？（娇怨地双手轻推

冯伏氏）

冯伏氏 啊？

〔娟娟拉冯伏氏到“小边”。

〔西皮摇板〕

王碧莲 【小锣凤点头】（过门同前）5 i 6 5 7 6 5 6 7 6 5 6 3 6 －

叫 丫 环 将 竹 帘 匆 匆 放 下，

（狠抖双袖，提袖）

〔行弦〕

（6535 6 7 6535 6 0 6535 6 7 6 3 5 6 －）‖

〔王碧莲狠抖双袖，左转身，右手盖袖，用旦角台步“下场门”下。

冯伏氏 哎呀，真真的好笑哇！

娟　娟 真的好笑。

冯伏氏 什么？是“大老爷，就不是你的儿媳了么！”（轻推娟娟）

娟　娟 我瞧这位大人哪，他许是有神经病！

冯伏氏 媳妇，倒叫我们好不明白哟！（摊双掌，〔行弦〕收住）

〔西皮摇板〕

【小锣凤点头】（过门同前）5 － i － 6 － 5 － 3 5

这 时 候 倒 叫

（抖双袖，提袖）

6（6 5 3 5 6）i － － 5 3. 5 6 5 3 － 5

我 心 乱 （呐）如 麻。

（6 5 3 6 5 5 3 2 1 1）3 3 6 5 5 － 7 6

紫 云 庵 也 不

5 6 －（6 5 3 5 6）5 － 7 6 5 2 － 3 3

曾 与 男 子 讲

5 － － 5 － 4 － 3 － 3 5 1 2 2 1 2 2 1

话，

〔行弦〕

2 2 4 － － 3 3 2 － －（台）（2161 2 3 2161 2 0）

娟　娟 啊，婆婆，他怎么一进去就不出来了？

冯伏氏 是呀！

娟　娟 不行，咱们得进去瞧瞧去！

冯伏氏 媳妇，你不要莽撞。

娟　娟 不要紧的。咱们得进去瞧瞧！

〔王碧莲换成女装“下场门”跑上，与冯伏氏、娟娟相遇。

王碧莲 （扶住冯伏氏）婆婆！

冯伏氏 （惊）哎呀！

娟　娟 （哭）喂呀……

冯伏氏 哎呀，这是哪里说起呀？

〔冯伏氏安慰娟娟，王碧莲抖右袖。〔行弦〕止。

〔西皮摇板〕

王碧莲 【小锣凤点头】（过门同前）i 5 6 i 5 6 7 6 6 5 5 3 5

我这里脱朝衣婆母认　下，

娟娟白：“喂呀……”

（5 5）i 5 6 5 7 6 5 6 5 3 6 5 - 7 6 -

尊婆婆与媳妇后堂　叙　话。

〔【小锣抽头】王碧莲往“大边”拉冯伏氏。

娟　娟 （往“小边”拉冯伏氏）过来啵！

王碧莲 （又将冯伏氏拉过去）这可怎么办哪！

娟　娟 （又将冯伏氏拉回）气死我啦！

冯伏氏 哎！

〔冯伏氏双手打袖，摆开二人拉扯，提袖，娟娟啼哭，冯伏氏至“小边”安慰娟娟。

王碧莲 【小锣凤点头】（过门同前）3 3 6 5 3 5 6 i

我　这　里　向　前　去　细

（抖右袖，提袖）

5 6 5 3 5 3 5 - （5 5 3 6 5 - ）‖

问　根　芽。

王碧莲 哦，婆婆，（拉冯伏氏往“小座”走）婆婆坐下，您坐下！（按冯伏氏坐）婆婆您受惊啦！您好哇？

冯伏氏 （站起）王小姐！

王碧莲 您坐下！

冯伏氏 王小姐！

〔娟娟在“小边”试泪。

王碧莲 您坐下！（按冯伏氏坐）来，我给您捶捶腰吧！（给冯伏氏捶腰、捶肩）

娟　娟 （背供）哎哟！（捶胸顿足）她可气死我啦！这么会儿的功夫，她那儿拍上马屁喽！（对王碧莲）我说嘿！你给我过来！

王碧莲 过来啦，什么事情啊？

娟　娟 我说，你这么大的姑娘啦，满处去认婆婆，你呀，真不害臊！（羞王，冯伏氏偷笑）

王碧莲 哟，她是我的婆婆，我怎么会满处认婆婆哪。（冯伏氏不解）

娟　娟 什么，什么？是你的婆婆？你把我搁在哪儿？哎哟，你把我搁在哪儿呀？

王碧莲 哼，你又是个什么东西！

娟　娟 好说，什么东西！你过来，过来！我告诉告诉你：我爹爹在世的时节，从小就把我许配给乾郎啦！我爹爹不知道被什么人杀死，把人头挂在冯家门首，害得我公公坐监。（到冯伏氏旁）我跟我婆婆在紫云庵，受了好多的苦。我婆婆要往洛阳告状，我跟我婆婆在半道上，又被什么山大王抢上山去啦，山大王又给我们写状纸，又给我们银子，好容易我们才来到洛阳告状。我这个做儿媳妇儿的容易吗？啊，什么？什么，什么？三言两语的你就要当儿媳妇儿，你也太容易啦！

王碧莲 你说她是你的婆婆，你有什么定礼？

娟　娟 那是，我们有定礼。你有什么定礼呀？

王碧莲 啊，我们有玉虎坠。

娟　娟 呸呸呸！你别不害臊嘞！那玉虎坠呀，乃是我们的定礼。你不信，问问我婆婆。婆婆，玉虎坠是我们的定礼不是？

〔冯伏氏笑。

娟　娟 啊，您瞧，我婆婆都乐啦。什么，什么？是你的定礼？你也得儿……配！（双手掐腰）

王碧莲 哎哟，咳，真是小门小户的，为这么点儿小事儿，你也犯不上粗了脖子红了筋的，你嚷什么呀你？

娟　娟 什么什么？小事儿？我告诉你，这个事情啊，动命！你呀，哎哟！（跺脚）要了我的命啦，你！

王碧莲 哎哟，这个事情也犯不上动命啊！你说这话呀，真不害臊。

娟　娟 你不害臊！

王碧莲 你不害臊！

娟　娟 你不要脸！

王碧莲 你不要脸！

娟　娟 你再说我，我揍你！（举手要打）

王碧莲 （逼近）你打我，你打我，你打我！（冯伏氏站起）

娟　娟 我，我偏不打你！（掐腰站在“小边”）（**台**）

冯伏氏 （劝过娟娟，又劝王碧莲）哎哎哎，你们姐妹二人不必争论，明日为娘见了你祖父，把此事说明，你姐妹二人不分谁大谁小。

娟　娟
王碧莲 哎，多谢婆婆，多谢婆婆！

娟　娟 这我还顺点儿气！

〔**【快冲头】**乾郎“上场门”上，进门。站“小边”。

乾　郎 啊，母亲。（施礼）

娟　娟 哟！（转至“大边”，站王碧莲左首）

冯伏氏 儿呀，你因何到此呀？

乾　郎　孩儿前去卖玉虎坠，偶遇王大人，将儿带至洛阳，又蒙婚配。为了兴汉灭莽，我祖父也回来了。我爹爹也释放出监了。

冯伏氏　怎么？你祖父也回来了，你爹爹也释放出监了？

乾　郎　正是。

冯伏氏　快快有请。

乾　郎　有请祖父、爹爹。

〔唢呐吹奏曲牌<吹打>冯昭、冯彦“上场门”上，冯伏氏、乾郎、王碧莲、娟娟出门迎接。冯昭进门坐“小座”。冯彦与冯伏氏见礼，冯伏氏拂右袖；冯伏氏给冯昭施礼；王碧莲、娟娟站“大边”；冯彦站“小边”，乾郎迎上，推磨。曲牌止。

冯伏氏　（哭）哎呀，爹爹呀！（唢呐吹奏<哭批>）

冯　彦　啊，娘子！

冯伏氏　薄情郎，你还有脸面来见我么？（拂右袖）（**仓**）

冯　彦　啊娘子，从前之事，乃继母与贺吉郎阴谋毒计，害我全家。也是我遇事不明，不该在监中对娘子那样无礼。还望娘子休记心上，我这厢赔礼了！（**台**）

冯伏氏　薄情郎，哪个与你讲话，你与我走开！

冯　昭　啊，贤媳妇，为父不在家中，可恨贺吉郎母子，定计害得媳妇受尽苦楚，如今贼人被获，皂白分明，小儿不到之处，为父与你赔礼！

冯伏氏　哎呀，折煞媳妇了！（忙还礼，对冯彦）哼，大大的便宜了你！

冯　彦　（施礼）啊，多谢娘子！（**台－大 台**）

冯伏氏　（对冯昭）媳妇有话告禀。

冯　昭　贤媳妇有话只管言讲！

冯伏氏　只因王滕的女儿娟娟许配乾郎，此事爹爹是知道的。

冯　昭　为父知道。

冯伏氏　如今王大人也有一位千金，也许配乾郎，请爹爹、官人作主。

冯　昭　好，少时为父见了王大人，与他说明此事，叫她姐妹，不分谁大谁小，也就是了！

冯伏氏　爹爹说得是。

（念）不受一番寒折苦，怎得千重喜上眉。

冯　昭　（对冯彦）儿呀！

冯　彦　爹爹。

冯　昭　随定为父去见王大人说明此事便了。

冯　彦　遵命。

〔唢呐奏曲牌<尾声>冯昭、冯彦、乾郎出门，“下场门”下。娟娟、王碧莲挽冯伏氏亮相。接【**原场**】收住。大幕落。

——剧　终